徐华亮 著

野岸集

大海同样深藏无知,
心灵的浪涛,
也在寻找野岸……

北方联合出版传媒(集团)股份有限公司
春风文艺出版社
·沈阳·

图书在版编目（CIP）数据

野岸集 / 徐华亮著 . — 沈阳：春风文艺出版社，2024.1
　ISBN 978-7-5313-6473-3

　Ⅰ . ①野… Ⅱ . ①徐… Ⅲ . ①散文集－中国－当代 Ⅳ . ①I267

中国国家版本馆CIP数据核字（2023）第133672号

北方联合出版传媒（集团）股份有限公司
春风文艺出版社出版发行
沈阳市和平区十一纬路25号　　邮编：110003
三河市华东印刷有限公司印刷

责任编辑：韩　喆　平青立	责任校对：陈　杰
装帧设计：四川悟阅文化传播有限公司	幅面尺寸：145mm×210mm
字　　数：287千字	印　　张：11.75
版　　次：2024年1月第1版	印　　次：2024年1月第1次
书　　号：ISBN 978-7-5313-6473-3	定　　价：78.00元

版权专有　侵权必究　举报电话：024-23284391
如有质量问题，请拨打电话：024-23284384

自序

黎戈说:"不管见识高低,一个人深度整理和收拾自己的内心,这事本身就很迷人。"我是个有轻微强迫症的完美主义者,对迷人的事最感兴趣。我想,既然我的能力收拾不了这个凌乱的世界,我就收拾自己!就像自恋,总是比他恋方便。况且,做迷人之事的人,有可能也迷人哟!

散文集《火柴天堂》出版以后,我未来计划想做的事情很多,但是又隐隐觉得还没有安顿好自己的过往。有的事情,你不去做完,会一直如鲠在喉。

我认为一个作家,人生中有两件事情必须交代清楚:一是记忆,比如成长过程中难忘的事情,这大都和情感相关联;二是人生经历给你带来的思想沉淀和变化。你办完了这两件事,内心得以自洽,你的笔才会获得真正的自由,剩下的就是更广袤的心灵天地。

以前我曾漫无目的写过1400多条《蝉语》,类似于思想火花,硬币一样攒着,也没想过大用。而今,突然有了拿它买个大件的想法。

这些哲思类的文字,散落在走过的人生路途,零零碎碎,杂乱无章,本应轻烟一样升腾的思想,却常常沾有一些即时情绪的草叶泥巴,所以归整起来很是辛苦。我一方面埋怨自己怎么有那么多乱七八糟的想法，庸人自扰，没事找抽，而今自作自受；另一方面，又觉得多一点好，可以用其为引子，写一本关于自我觉醒和精神成长的书，致敬过往，就此了断，不留遗憾。再说，世间万物与我的人生或有似无，我也不能一直假装没看见。

我是一个自小被文学"种了草"的人，必定会在文学道路上走下去，从没想过半路拐上哲学的歧途。虽然我过去也喜欢哲学，但那时候因无知而无畏，青涩中夹杂着懵懂激情，虽看不懂哲人的话，但又觉得哲学高深，打心眼里崇拜这一股既滚烫又冷峻的神秘力量。我甚至怀疑是不是有一位隐匿在古墓里的高人，看我骨骼清奇，想把心法神功传给我，只是我当时内力不够，身体还托不住。后来我读哲学书也不系统，所以写下的这些哲思，基本上都是自己活出来的感悟，字字椎心，句句挣扎，如怨如慕，如泣如诉，带着自己对宇宙万物和生命的热爱、敬畏和控诉。

叔本华曾说过这样一个道理：有着自身根本思想的人，才有真理和生命。因为人们只有对自己的根本思想才能真正彻底理解。一味从书中阅读别人的思想，只是拾人牙慧而已。

我独孤求败的思想和生活，一直在左右互搏。我庆幸独立思想的存在，让我的视野越过了权力财富等世间俗物，心灵走向自由，也成就了生命最可贵的意义。

我又隐隐觉得，视野之外，还有更多的东西，带着它们不为人知的故事，孤独地隐存于星空的底幕。或许每一个生命都自带亮色，只是有的被尘俗遮蔽，让自己误以为满足即时欲望就是生活的真相，或认为人生就是一场接受和无奈。而只有思想者敢于擦拭满目的尘埃，拥有仰望星空追寻真理的勇气，从而又把苦难和挫折视为无物，并时时为生命的沉酣与壮美噙满热泪。

其实我也曾犹豫过，是否该写这样一本书，因为哲思类的书受众面小,而今绝大多数人是现实的,对于世界乖滑顺从,忙着饱食终日或人间享乐,并没有花太多时间去耐心思考。

保罗·科埃略在《牧羊少年奇幻之旅》中说:"没有一颗心,会因为追求梦想而受伤。当你真心渴望某种东西的时候,整个宇宙都会来帮忙。"果然,在我犹疑之时,朋友代表宇宙来帮助我了,他鼓励我说:"写嘛!不管哪一类书,都会有受众,你要相信,世界上总有一些人,和你有相似的灵魂。哲思类的书少数人会读,也只有少数人能写,但绽放思想,给人启迪,是很有意义的事情!再者,我看你写了这本书,你才会踏实,不然,你会得心病!因为钱锺书说过,打消一个人的念头,就好比打胎一样难。我了解你哟!"

他是把我看穿了!如果说文学是无病呻吟,哲学就是有病治病,我懂他话里话外的意思,我知道自己病得不轻,所以这就算是自己给自己治病,况且,我也不想"打胎"!我又听说,文学的尽头是哲学、科学的尽头是哲学,甚至宇宙的尽头也是哲学……哲学似乎是万事万物的归宿,就像天堂一样,温情含蓄地劝诱你,一直用光远远地给你照路,还朝你眨眼睛,让你觉得不去一趟都不好意思。那么,不劳烦别人,让文学先去一趟,把后路都安排好,再扭头一战!可好?

我幻想着,如果我兼具文学的感染力和哲学的洞察力,既会"体迅飞凫,飘忽若神"的凌波微步,又会"易筋洗髓,金刚不坏"的九阳神功,岂不美妙?

于是,我在星星点点的火花照映下,开始写我的思想。我写这些哲理类文字的时候,是带着感情去写的,而不只是思想的喃喃梦呓,以至于常常感到有一股潮湿的暖流上涌,从胸膛出发,漫过我无知的脖子,到达潮红发麻的脸颊,聚停脑后,徘徊密谋,又向上攀延,最后占领了整个头脑。

如果说文学也是一种武功，那么，我觉得这股暖流就是我日渐增长的内力，它时常隐匿或游走于我的体内，而在此刻，它终于抵达了最想去的高地。

我希望理性和感性在最高处私会，穿越生活光怪陆离的情绪，看到人性冷峻中的光亮。我想在这样的状态下，用充盈热泪的眼睛，打量辽阔的世界和人生。我想透过那些具象的事物，找到背后抽象的真理，又将这些所得，转化为生命成长的营养。

我想系统地思辨人生遇见，所以这一段段文字囊括了很多方面，但越写越觉得自己像是误坠汪洋大海。世界太过辽阔，人生太过复杂，苦海无边，回头无岸。我在思想之海沉浮，差点悄然自溺。好在写作的过程，就是自救的过程，当我终于爬上那想去的彼岸，这一天，就像获得了重生，心中的幸福真的难以言表。

我在思考文学和哲学的关系，我觉得没有思想的文学，少了灵魂；没有文学的哲学，少了美感。文学在暗恋哲学，而哲学却有意无意地躲进了万物之中。

或许正是因为弄不懂哲学的心思，所以一些人希望哲学是一个个清楚明白的定义，觉得有公式可推导的人生才安全踏实，而我却不想写也写不出那种人生使用说明书似的东西，因为我手里并没有可以交给你们的标准答案。

或许是出于对人类命运的关切，先哲们也曾苦口婆心地教过很多，可惜我大都没有认真听。周国平先生也写了《人生答案之书》，一问一答之间，似乎把人生问题都消费完了。而我手里却还有一堆凌乱的草稿，全都是随心所欲的问题和涂鸦。

其实，我觉得思想的目的并不是为了否定和推翻，而只是希望与生命共情，对人生有更多的宽容和理解，所以思想的过程并不需要做太多黑与白的判断。虽然哲学表面上看起来无所不知，但是它的真实身份其实就是问题。哲学存在的价值，只是在暗示我们要通过追问，来致敬生命尊严，催化人生反应，以保持灵魂的通透和活力。

我觉得，如果我们只关注生活的炫目，或只自闭于人生的彷徨，都是不对的。有责任感的灵魂才知道，生命有一种与生俱来的潜在使命，就是需要通过冷峻理性的思辨，穿越人生的繁复或暗黑，去找到事物光明的内核，洞见生命的曦晖。

我活得跟你们一样真实而平凡，所以，我只是想通过这样一些人生触点，诱发共情思考或想象，和大家一起经历一个探寻求真的过程，不管是肤浅还是挣扎，顿悟还是升华，都将排毒清心，酣畅淋漓。

当然，我也知道个体思辨对于世界来说无关痛痒，世界仍会沉溺旧事，不改旧习，完美仍不完美，瑕疵还是瑕疵。但思辨之后，对于个体的内心，却已是千帆过尽后的豁然与平静。

思辨之路是艰辛的，又是幸福的，我尽量用文学的色彩来涂抹透明的哲学，希望笔下的哲思能有一些文采，不要那么枯燥艰涩。我给那些看哲学的眼睛加上了一层文学的滤镜，祈祷哲学之光能穿过文学的彩璃，透出彼此的灵动、光亮和底色。

我觉得我这是在挖文学的土，去填哲学的坑，我不知道这些文章是哲学的文学，还是文学的哲学，反正写完读完以后，我们会发现自己还在坑里，最多只是换了一个坑。挖坑填坑，爬来爬去，这本身就是一件既文学又哲学的事。

其实，如果大家真的爬上了坑顶，就会发现周围还有无数不知深浅的坑。而在哲学和文学坑底的思想攀爬，倒是符合我们这类人之特性——生活恬淡却不甘庸常，久经磋磨又故作精致。明知生命身上好多地方不该抓挠，却又常常手贱，沉溺于一种又痛又痒又爽的奇妙乐趣。

感谢泰戈尔的《飞鸟集》、纪伯伦的《沙与沫》，让我隐隐看到了文学与哲学对视时眼神中的爱意。至于书名，古人有《野古集》《野斋集》，鲁迅有《野草》，我就用《野岸集》吧！其实每个生命都在汪洋大海中沉浮俯仰，寻找着心灵之岸。

现在文化快餐很多，我希望《野岸集》能够有更持久的价值和意义。读这本书，就像是一次思想的骑鹅旅行，而我就是那只想驮着你混在雁群里飞翔的大白鹅莫顿。因为哲思类文章浓度较高，所以建议不要贪多图快，每次翻两三页就好，鹅飞慢一点，最重要的是阅读时你要趴在鹅背上，愿意安静下来，去仔细辨听生命的呼唤，并接受风声和鹅笑。

生命在变化中明灭，哲思在岁月中长存。这是一本心灵跋涉之书，是平凡生命的追问和自悟，叩问世事探究内心的终极目的，是心与万物握手言和。我相信，今后不管我还有多少作品，《野岸集》都会在自己心目中有极高的权重，即使过了很久再翻一翻这本书，一定还能够感受到思想自主的呼吸，回看到人生来处那些变幻的风景。

出版了这部文集，对过去的思想做了总结，我如释重负！我祈祷上天今后不要再让我此般辛苦地思想，能活得轻松随意一些；又祈祷上天不要拿走我的思想，那样，我的人生也就没剩下什么了。

米兰·昆德拉说："从现在起，我开始谨慎地选择我的生活，我不再轻易让自己迷失在各种诱惑里。我心中已经听到来自远方的呼唤，再不需要回过头去关心身后的种种是非与议论。我已无暇顾及过去，我要向前走。"

思想是"生命不可承受之轻"，它一直承载着我生命之重。感恩思想的护佑和启示，让我内心始终充盈着路过孤独的温暖，勘破怀疑的相信。它会指引着我，细看人生沿途每一轮四季的栖影，轻抚每一朵灵魂的枯荣，并带着生命的疤痕和笑靥，继续前行……

目录

天地之问
——一粒微尘，亦有星光

别从卫星地图上找我，我太渺小 / 002
地球，我又来了 / 006
人类迟早会"淹死"在银河里 / 009
为什么渐渐忘记了微笑 / 014
角落里也藏得下一个世界 / 018

思想之河
——思想赤身露体，或衣冠楚楚，都无人问津，但它却备感快乐和自由

我该想点什么？ / 022
午夜里点燃的香熏 / 025
最锋利的思想藏在刀鞘里 / 028
我必须幽默，不然早深沉死了 / 031
事物一直在流淌 / 035
谬误害怕真理的脚步声 / 041

我喜欢水果一样美丽的结果 / 044

透明是最智慧的颜色 / 047

境界是一种觉解 / 049

格局是思想的最大值 / 052

本无大智的命,却得了深沉的病 / 055

心灵之书
——最强大的力量不是来自怒海的波涛,而是源于心湖的宁静

照亮灵魂,一朵烛火就够了 / 058

人的内心有个触点,在时光中静候触动 / 062

没心没肺是对命运的软抵抗 / 066

只要心中没有废墟,鲜花依旧会重新开放 / 070

幸福有时也会误闯孤独之处 / 073

托举纯洁的淤泥 / 078

追求精致是一种素养 / 082

玉,岩石在时光里的温柔 / 085

诗歌是正在失去的一种语言艺术 / 088

想站立的影子 / 092

还有谁愿伫立在原处,含泪倾听 / 094

生命的自然状态,是流淌 / 096

岁月之晷
——在风尘弥散处停留，笑看着岁月神偷重复的把戏

岁月是个施主，也是个小偷 / 100

不要奢望每个日子都有意义 / 104

致我们终将逝去的青春痘 / 107

时光不会在你关注的日子停留 / 110

时光会留在原地，离开的只是自己 / 112

古人曾经也是今人 / 115

乌云里藏着历史的厚重 / 119

理想之光
——现实主义的脑袋在沙堆里躲避思想，理想主义的脑袋在沙堆里幻想天堂

我想找的是大海 / 124

我只是一个想改变的庸人 / 128

理想睡在优雅的露珠里 / 130

远离灯下的心灵，是否还有绿意 / 132

文字是我的逃生舱 / 136

才情是自我的药浴 / 139

有些超越，需要在别人的睡梦中完成 / 142

会得越多，就会得越少 / 145

有的事业，要像主义一样去做 / 148

感到阻力，是因为正在前进 / 151

多给我点阳光吧，我要去打败僵尸 / 154

人生之辨
—— 相信，仍然是一种通往幸福的捷径

人生的背面有什么 / 158

人是自己的囚徒 / 162

"度"是最有价值的生活艺术 / 166

人生需要PS吗 / 169

人为什么会害怕真实 / 172

每个人生都有"扩展槽" / 176

人生需要有发呆和发疯的地方 / 180

生命都是从胜利开始的 / 185

从幼稚开始，向那些成长致意 / 188

归宿是一个没有风的地方 / 192

生命，是世界的修辞 / 198

命运之瞳
—— 对生活的信心，要从尊重自己开始

命是弱者的借口，运乃强者的谦辞 / 202

成熟之后就会腐烂吗 / 204

我困了，老天爷又想瞒着我做点什么 / 208

只有在梦里，人生才可以随意更改 / 210

江湖里埋着很多英雄的化石 / 213

平庸的被子 / 216

个性是一块"臭豆腐" / 219

风筝不能把线捏在自己手里 / 223

奔跑者难以被捕捉,静默者难以被撼动 / 227

情感之锚
——爱,仿佛已经成为所有事物的起点和终点

爱是最好的美容剂 / 232

地铁开往春天吗 / 236

因为你,最重要 / 241

那个可以跳到月亮上去的人 / 246

最美的文章都是孩子写的 / 249

老人知道你过去和未来的秘密 / 251

生活之思
——淡说悲喜,浅释花香,做一个自带美好属性的人

即使生活很蹉跎,也要把它过得很婆娑 / 256

那穿越生命的笛声 / 260

文化是一幅走不出的底幕 / 262

时尚不应是时代的过客 / 267

卓越不是很难 / 271

权力是一层迷雾 / 275

人总是难以融入背景 / 278

近猪者吃，近墨者黑 / 283

江湖因何寂寞 / 289

养狗是不是因为缺失忠诚 / 293

走到边缘，看见人生更瑰丽奇幻的风景 / 296

故事的故事 / 300

那些弄碎的生活倒影 / 305

从健康通往幸福 / 308

节日是一种无法变现的心情 / 312

自然之魂

——我不说话，是因为我想拥有和你们一样的真诚

让大自然说吧 / 318

动物们活得真诚 / 325

植物比动物更坚定隐忍 / 332

棉花是有涵养的事物 / 336

深情难了，因为这片大地 / 339

四季并非刻意的风景 / 342

附

一个被文字偏爱的思想者 / 352

天地之问

——一粒微尘,亦有星光

别从卫星地图上找我，我太渺小

说到哲学，还是要从人生三大问开始。

人生太过细碎，说起来啰唆。

即使我们明知不会有什么结果，但是人一辈子来一次仰天一问，却是生命该有的尊严和脾气。

我常用北斗卫星地图或者奥维互动地图，从太空的视角俯瞰地球，然后一点一点拉近，这让我有一种我不是人，我可以躲在云里偷窥和嘲讪人类的错觉。

这过程让我觉得生命尽在掌握，又状若微尘，宏观起来大自然太过强势：日月经天，江河行地，斗转星移，沧海桑田，亿万年只是一瞬，仿佛个体生命从不需要存在，也似乎从来就没有存在过；但微观起来又都客观存在：环顾周遭，生命熙熙攘攘，命运历历在目，仿佛日常生活就是我们人生的全部，天地日月只是即时心情的背景墙，有感的全都是自己那点小小的欲望和得失。

所以我在日记里写过这样一句话：别从卫星地图上找我，我太渺小。不过有时又在想，地上的我和云端的我，渺小的人类与无边无垠的宇宙，到底是怎样的关系？

我们大都不是科学家，所以当我们一本正经地说起宇宙的时候，会显得有些做作愚蠢。

再说，宇宙看得见我们吗？看不见！它连自己的衣襟都看不见。它从130多亿年前的大爆炸开始，就习惯了太多星球的生死明灭，对于地球也只管生不管养，对寄生在地球上的人类当然也就更看不见。

宇宙太大了，以至于连科学家自己说起宇宙，都显得有三分"愚蠢"。

我今天在这里说起宇宙，不是自命不凡哗众取宠，也没有足够的能量去引起它注意，而只是想从哲学的角度，把人类的认知放到一个更广阔的空间当中去，就像把种子送往太空，是为了得到优质新品一样，我希望思想也能够在另一个格局里，产生更多智慧的异变。

这就像我们把秘密藏进树洞，总以为树洞是个可以托付一切的安全之所，却不知这样的信任只是源于树洞的黑暗和封闭。

我们不了解宇宙，而它又客观存在。它有时显得像一个最大的问题，有时又像是一个万能的答案。

人生充满了问题，而宇宙又显得最深邃神秘，特别是那些宇宙黑洞，有着恒星的前世，最后却变成了看不见的孤立天体。它有着巨大的引力场，吞噬光，也吞噬想要光的人类，它完全可以成为吸纳人类世界所有物质和意识的"树洞"。

宇宙的浩渺带来的无力感和虚无感，又像是四通八达的慰藉，稀释着所有的问题，让命运变得无关紧要，人生不必有悲有喜。所以，宇宙可以是所有问题的归宿，也可以是我们的归宿。

宇宙一直没有说出任何结果，因为我们的问题，或许对于它根本不算是问题。

所以,"我是谁?""我从哪里来?""我要到哪里去?"我们祖传下来的这几个人生大问,至今还是没有答案。

我常常仰望苍穹,死盯着星星看,宇宙不胜其烦,空洞地说:"这些不是我管的事儿,问你娘去!"

娘说:"我是谁?"

什么是渺小?

自从有了世界,万物便有了源头,世界是物质的。

放大到宇宙,物质之间恰当的距离和作用力维持着宇宙的平衡。

焚金之火,无相之冰,天地摇摇欲坠,生命岌岌可危,这些都是宇宙视角得知的预言。而我们个体生命能感知到的,不过是事物慵懒、陈旧和狭隘的部分,又在狭隘中觅得所谓安稳,从而变得愈加懒惰。天地心荡神摇,人类却过得庸常。

人类在宇宙平衡中起到的作用微乎其微,不是每一只蝴蝶都有梦想,也不是每一只有梦想的蝴蝶轻扇翅膀,都能引起蝴蝶效应。其实生活中的大多数翅膀,并不都是梦想的象征,而只是生存的工具和生活的道具。

我之所以再次强调人类的渺小,不是消极,也不是不甘,我是希望我们能够从一个更博大的格局,去审视人生,不要纠结于太琐碎的问题,而是可以用一种更平静坦然的态度,去节省人生的能量,正视生命的安排。既能在天地之间有所觉悟,又能在生命过程中脚踏实地,努力专注于实现这次人生的自我价值,并在有能力的时候,回报给社会一些有用的能量。

我们不离生活苦乐,但那并非不管不顾的麻痹与沉沦。人类不能放弃仰望星空的权利，因为那里藏有梦想，或者有着经历思辨后的自由。

存在是无垠的。无论如何，就像40亿年前单细胞生物产生，经过漫长演变进化，慢慢有了人类一样，即使我们不能影响宇宙的存亡，即使我们不过是一粒微尘。但一粒微尘，亦有星光，我们依然可以用自己生命的微光，来呈现人类生命短暂的意义。

宇宙虽然客观存在，不为我们所动，但它一直包容着我们这些渺小短暂的意义。

谁也无法否定，这些"微不足道"的意义，就发生在宇宙的无视之中，又在我们身边变得无比清晰和硕大。

于是，从个体生命的角度，人生也就成了自己的"宇宙"。在"浩瀚人生"里，我们都是自己的主角，我们如满天星辰一样生息明灭，爬满了生活的底幕，都觉得自己的生命应该熠熠生辉，珍贵无比。

现在，人类又运用数字技术构建了"元宇宙"，一个可与现实交互的虚拟世界，人类穿越其间，自得其乐。但时空逆乱也造成了感知错乱，交互之中，现实畸变，真实的宇宙也就变得越来越朦胧和失真。好在宇宙毫不介意自己在人类心目中的人设，谁是谁，是和非，与它又有什么关系呢？

又有人说人的胸膛里有一个"小宇宙"。我不知道是不是圣斗士星矢那种蓄积的宇宙能量，但又隐隐觉得不同，这应该是一种源于人类梦想和精神的原生力量。

我知道我很渺小，但我相信宇宙中总有一些东西，能够看见我，并感知到一种源于生命热爱的眺望。

地球,我又来了

地球是什么?

在宇宙中,60万亿亿吨重的地球,以每秒钟30公里的速度暴走了45亿年,它以另一种"生命"的形态存在,承载着近80亿人类纷繁多样的渺小,又连接着宇宙无边无垠的博大,它是人类认知延伸向宇宙的基地。

对于宇宙,我们只有认知和敬畏,不能占有和改变,而且我们对宇宙的认知还极其肤浅。对于地球,我们也应该秉持同样的态度。

我们在仰望星空的时候,总是感觉繁星比身边的人还多,在宇宙中,目前已知约有一万亿亿颗星球,数量是地球上人类的130多万亿倍。我时常想象,对于四周有无数星星包围着,又不能相互走近,永远不能恋爱,不能繁殖的地球,它在宇宙中的心理感受,可能会比人类更觉渺小和孤独。地球似乎有着比人类更悲催的命运,即使爱,也只能保持距离,因为在它的世界里,拥抱即死亡,这显得有点冰冷和残酷。

地球上,汇聚了人类对它的亲情和感恩。其实地球并非完全无辜，仰望天空的地球也是别人对天空的仰望，比如对于潘多拉星球上的纳威人来说，地球人却是邪恶的天空人。

说到人类与宇宙的关系，似乎男人有更多的发言权，因为很多男人潜意识里，都认为自己来自外星球，只是着陆时不小心摔傻了，有点失忆。虽然常常搞不清自己是谁，来自哪里，要干什么，但又隐隐觉得拯救地球和人类是自己与生俱来的责任。这其实是许多男人最大的浪漫和假想，似乎这样就可以摆脱生命的重力，还能放大自我能力和人生价值的极致感受。所以一些男人拍了好多科幻电影，一边毁灭地球，一边拯救地球，自娱自乐，玩得很嗨。

我也一样，我的网络签名，最开始是："地球，我来了！"后来又改成："地球，我又来了！"我在宇宙和地球之中遐想，就像在理想和现实之间穿越，从我种种怪异的表现看，我着陆时也摔过，心中也藏有这样的情结。

我一直认为自己是到地球出差，而我的灵魂源于宇宙某处。

所以，从精神层面，人类都可以算是地球的客人，我们来到地球很久了，有很多想法，但是对地球还是不太了解，就像我们对自己还不太了解一样。

人类以为自己是地球的主人，其实只是它的租客。

大家都说地球是人类的家园，而家园是需要共同维护和建设的。所以，人类生存于地球，需要一些付出，而不能只是一味地索取。

相对于人类的矫情，地球暗藏心机。它在内心最深处酝酿着炽热滚烫的想法，翻腾着激情四射的暗潮，表面上却又不动声色，一直以自然规律的方式，竭力维护着人与自然的平衡。

风和日丽是地球的絮语，风雨雷电也是它的倾诉。地球有着自身的脾气和规律，有时候地球就像是一个受了潮的"地雷"，安静中暗藏暴烈。比如，人们如果处理不好生态环境等问题，就会引发危机，甚至同归于尽。所以，保护生态就是保护家园和生命，这应是人类共同的责任。

最近的两部电影里，地球又开始了流浪，人类总是高看自己，其实我们并不能带着地球逃亡。或许在地球心里，一直藏有一个自由的梦想。

人类迟早会"淹死"在银河里

记得看过一张图片,一排排机器人像思想者雕塑一样蹲坐,上面写着一行暗蓝的字:"机器人为什么不能怀疑人?"

这话让我陷入了惊悸。

科幻是有一定科学依据的幻想,它喜欢研究人类与未来的关系,充满哲学思辨。

我喜欢看科幻片,并时时随之被代入更遥远的未来。我仿佛看到人类在覆灭边缘挣扎,城市坍为废墟,机器踏过烈焰,这是一种步步惊心的紧迫感和危机感。

当机器人开始怀疑人,人工智能慢慢形成自主意识,变得不可控制,最后,人类被机器反噬,这并不是科幻,搞得不好,就是科学的"必然"。

霍金去世前曾忠告人类,人工智能就像是一个潘多拉魔盒,可以让人类的生活更加美好,但也可能给人类带来巨大的灾难,必须加以控制。人类要做的,就是不能让这样的情况发生。

果然,最近ChatGPT以人类助手的名义,展现一部分超凡的能力,引起了社会热议和惶恐。人们的担心源于不知道它还能算计和替代什么，这只是一个不知剧情的序曲。

我问了ChatGPT几个问题：

"因为你的存在，未来会发生什么？"

它回答："作为一个人工智能语言模型，可以提供更好的信息和知识服务，提高沟通和交流的效率和质量，推动技术和创新的进步。当然，在推广过程中，也应考虑和解决相关的道德、社会和法律问题，确保其合理。"

我问："有哪些可能的负面影响和风险？"

它回答："就业和经济方面，一些传统的工作岗位被自动化替代，造成失业和社会不稳定；隐私和安全方面存在风险，人工智能技术在决策和控制方面的自主性，可能造成意外伤害，如自动驾驶车辆事故等；伦理和社会方面的挑战，如人工智能对人类的控制、歧视和偏见、伦理决策等。"

我又问它："人工智能将来会有自主意识吗？"

它说："目前还没有，但未来可能会开发出拥有自主意识的人工智能。但要解决许多基础性问题，包括如何模拟人类意识和情感，构建自我学习和自我修复的系统，解决伦理和社会问题，例如如何确保人工智能的行为符合人类的价值观和道德准则。"

问答之间，表达了我的合理关切，也展示了它的彬彬有礼。但也有很多人不以为意，因为他们坚信，即使母猪会上树，也并不代表什么，最多只是那只"特立独行的猪"又翻越了猪圈，蹿上了屋顶，人们迟早会阉割它的思想，天地之间，唯有人类的爱和感性永不落幕。

然而，当后来ChatGPT-4乃至更多版本陆续出现，我们将更加真切地感受到那步步紧逼的危险。

我希望人类不要沉溺于过去,而是能够穿透现在,预见未来,并能在未来继续书写人类新的历史,让人类文明得以永恒延续。

我们不是与"天网"斗争的反抗军,但也应事先阻止"天网"形成独立的意识。那些即将从遥远未来回来的"终结者",让人充满了不安和怀疑。

人为什么不能怀疑机器人?

最近,科幻小说《三体》很火,地球人类文明和三体文明的兴衰和搏杀,是在以另一种方式呈现怀疑。是的,我貌似坐在恒纪元的暖阳里,却也开始怀疑自己是否也是一只被农场主饲养的火鸡。

有时候,怀疑是事物发展的推动力,如果没有怀疑,世界会是多么懒惰;没有怀疑,那些暗藏的事物和变化,就会更加肆无忌惮。

最近,中国科学家通过重庆和贵州的古鱼化石,证实了人类是从鱼演化而来的。一夜醒来,发现祖先变了,我心情有点复杂,不知道今后该如何面对鱼和猴子。又在想,鱼看见我会不会骄傲?猴子看见我会不会惭愧?再者,猴子是不是也应该认鱼当祖宗?我又看过一本书,预测在人类灭绝之后五千万年的地球上,生命终将归往何处。我看着书中推演画出的那些似曾相识有点像猪又备感陌生的生物,心想千万年后当那些"猪"看到我的化石的时候,会不会也是同样复杂的心情。

"水之道,无穷无尽,无始无终。"生命源于海洋,人类应该生活在大海里,接受大海的庇佑。虽然已经证明了人与海洋的渊源,但泡在水里仍是人类改变生活方式的空想。除了最近上映的《阿凡达:水之道》,类似主题的还有科幻片《未来水世界》,

说是22世纪中叶,地球两极冰川消融,地球成了水球,人们只能在水上生存。主人公马里纳脚上有蹼,耳朵后长着鱼鳃,他寄身大海,最后帮助人们找到了陆地。这样一个预言式的故事,仿佛是在暗示我们人类、海洋和陆地的三角关系。

有种理论讲,如果有着一尘不染的空气,人的视力应该是无限的,但是事实上我们却看不清大多数东西。而从更高的哲学层面,海洋依旧促狭,陆地更显零碎,宇宙浩渺未知……而银河系与哲学的格局恰好基本匹配,既显得高远,又勉强可知。所以,我们可以认为,所有的事情都发生在银河系,人类迟早会"淹死"在银河里,也应该"淹死"在银河里!

不说宇宙,对生命而言,银河已是一个足够大的归宿,它有几千亿颗恒星,包裹着太阳系,和人类生命的基地——地球,它远远超越了海的博大,也成就了星海广袤的意义,它给人以生命的包裹,精神的包容,足以容下所有生命的进化和灵魂的浮沉。

这世上全是人迹,哪有神迹,人怎会有神思?在人类看不见的银河波涛下,掩藏着多少生命未知的秘密。

人类的躯壳滞留于人间,欲念随之浑浊纠葛,大都在泥土里或离地二尺的地方很快泯灭,又在离地三尺之处,过滤着人们升腾的思想和愿望。

只有一部分哲学智慧还没有死亡,它们会化作浅浅星辉,去往稀薄高远的银河,甚至散失于宇宙。

除了智慧,还有情感。比如,人世间最亲密的人离世,微小的能量离开地球,飘往浩瀚的银河,自此不再遇见。真空中并没有可以呼吸的记忆,但又似乎隐隐感觉到那片星海和我们的人生有着某种看不见的细微关联。

我曾经在散文集《火柴天堂》里写过一篇散文《末日》,又去电台录制过《末日》的有声朗读，还自己做了视频，用母亲折叠的纸船来代替挪亚方舟，暗喻着情感才是生命自救的原生力量。这一系列奇怪的操作，让世界末日看上去听起来都很酷。我这里说的末日并非消极悲观，它只是人类应有的一种危机感，或者说它是生命逃生的演习，是灵魂求救的警报，想让人们通过这样一个特殊的角度，抛开禁锢，直面生死，勇敢地去思考存在和消亡的意义。

当人类的胸膛成为胸怀，胸怀高远无限的时候，就可以容纳一切，就像宇宙一样能把万物化为渺小。

在宇宙眼里，地球如沙砾，沙砾上那些善恶生死，是没有必要拿显微镜去细看的。我在想，人类寄生在这无边无际的"沙砾"上，有时却也能将无边无际视为无物，究竟是心的博大，还是觉悟？

当思想安静下来，就可以听懂生命呼吸的深意，那些嗡嗡作响的事物，顷刻哑口无言，尽显孱弱。有谁，在深渊的凝视中，找到了内心；又有谁，在寂寥的苍穹下，爱上了寂寞？

刘慈欣说："人类对于宇宙而言毫无意义。"

而我认为，人类虽然渺小，但宇宙有宇宙的慵懒，人类有人类的不屈。人类面对深空，因思想的升华和翱翔而走向更广袤的自由，这就是人类生命的意义。即使这样的自由，在银河下显得像浮萍一样渺小无依，但至少也展现了个体精神走向壮阔的勇气。所以，人类的生命就是地球上的点点星光，追寻中的人类"淹死"在银河里，正是生命的一种至高荣誉。

为什么渐渐忘记了微笑

人类最应该寂静思考,却不知不觉失去了寂静。

水晶球里的人类社会充满拥挤,很多人似乎害怕独处的孤寂,因而正在失去独处的能力。

欲念如障,他们一直在惴惴不安。

经常有人喊孤独寂寞,对一些人而言,人最怕空,这样的空,不是心灵之空,而是时间之空。而时间之空只是表象,本质上就是心灵之空。

这些人并不了解生命的本质,而是不断用忙碌去填充时间之空,似乎占有了时间,就主宰了自己的人生,就有了所得和意义,又在忙忙碌碌中,满足于暂时的安慰。他们活在别人的态度里,灵魂却没有自我的根基,在变化面前,也就越来越找不到方向。

比如有些肤浅的人热衷于社交和娱乐,把心灵寄托于与他人的关系上。离开人群或他人,就惶惶不可终日。他们擅长自我麻醉,慢慢陷入毫无防范能力的自欺,他们貌似暂时快乐,心里的安全感却像一个蛋壳,轻弹即破。那些曾经的欢愉,就像天空中一闪即逝的火花，热闹之后，又会重归冷寂和黑暗。那些短暂的貌似好看的所得，最终也会一个个碎裂。其实，没有足够的精神底蕴，肉体的枯萎会更加显而易见，被容颜浮夸放大的所谓价值也会因容颜易逝而脆弱，最后只留下心灵更为久远的荒芜和空寂。他们的生命过了就过了，从未被点燃过的精神原力也随着肉体灭失而痛失机会，消失殆尽。

由于对孤独的恐惧，或对于精神意义的无视与不屑，一些人以生存需要为理由，慢慢夸大了物质的作用，并屈从它的强权。他们本不想为追逐物质而疲累，但离开物质的追求，又会有危机感，或者不知道自己还能干啥，不知不觉，终其一生，就把物质当作了唯一的价值。

他们不愿意与大自然交换灵魂，而深陷在社会中交换物质和快感，这就让心灵不幸被物质和他欲绑架。其实，物质层面的追求最终决定不了灵魂的丰瘠；他欲，也大都只是物质背景下的衍生品。

他们都想免费活着，却要花费很多才能活着。不知不觉中，人生成了计费的旅途。

羡慕奔跑的豹吧？那么灵动和敏捷，目标单一而明确。

某种程度上讲，人类基本丧失了奔跑的功能，这里说的奔跑，是指生命原始运动的节奏。

现在代替人类奔跑的是车轮，代替梦想飞翔的是飞机，一些生命在便利和享乐中变得功利，但从自然生命的角度来比对，弱化了本能，强化了外能，一切都将变得现实而无趣。

或许正是精神世界的懒惰，物质现实的无趣，让人们渐渐忘记了微笑……

叔本华说:"生命是一团欲望,欲望不能满足便痛苦,满足便无聊,人生就在痛苦和无聊之间摇摆。"是呀,很多人不敢选择痛苦,就只有接受无趣。痛苦和无聊,都没有笑容。

那些不会微笑的人类变成了最可怕的生物。他们忘记了微笑是情感的交互,善意的传达,似乎也是自己不同于其他生物的人性特征。

所以,其实很多人并不了解人性,或者说人性并不清晰。对于其他动物有没有一样的情感,也就更不在意。

毛姆说:"卑鄙与伟大,恶毒与善良,仇恨与热爱,可以互不排斥地并存在同一颗心里。"是呀,人性在生活大海中载沉载浮,翻上水面隐约可见的,有时就连自己也分不清是阳面还是阴面。

我在想,如果如《分歧者》里所说,真有博学派、无畏派、无私派、诚实派、友好派,我的检测结果该是什么?我是不是那个分歧者,能够串联起所有的人性?

从某种程度上讲,进化的是时代,而退化的是人类。

谁能认清本性,抚慰迷惘?不是狡黠的命运,只能是包容的自然。

人的生命本质上是大自然的产物,除了思想,肉骨凡胎。所以,不要过度放大人类的力量,也不要不敢承认人类的迷惘,如何正确地看清自己,才是人类最大的问题。

人类就像格列佛,有时候不知道自己的定位,在大人国里是小人,在小人国里是大人,或者不知道该啥时候变大、啥时候变小,人们常常不知道让自己的人生,如何与环境适配。

妄自尊大和妄自菲薄,是人类极容易走的两个极端。这样的情况，正是由于对自我和世界关系认知的模糊和缺失。

妄自尊大的人不会微笑，因为自我的过度膨胀，他已看不见其他事物发展变化的真相，而只是对外物报以蔑视，他就像一个越来越膨胀的气球，炫耀着自己越来越多的占有，却愈加充满破碎的风险。

"我来自偶然，像一粒尘土……"既然大家是尘土，想稳定就回归土地滋养庄稼，不想平凡就随风而动刮卷沙尘。黑格尔说存在即合理，偶然的存在也是必然的结果，所以我们不要妄自菲薄，生命的到来绝不是心血来潮的安排，它有着自身存在和运行的底层逻辑。不管遇到怎样的困难，要始终坚信个体人生也有独立的价值和意义。

其实上帝给了我们一双只看到前面的眼睛，就是希望我们不要沉溺于过去，而嘴的功能也不只是吃饭和说话，还应该有其他用意。人类有那么多遗憾，却还死撑着面子。我们如何才能改变？如何才能大声说出对生命的依赖和喜欢？如果人类需要找到一种自赎的方式，那么就从学会对生活微笑开始吧，嘴角上扬，正脸朝前。

角落里也藏得下一个世界

记得小时候看过露天电影银幕的背面，一切都是反的，和我们看惯了的这个世界不同。那一次，游击队员全都改用左眼瞄准左手打枪，照样把鬼子打得落花流水。英雄李向阳表现得一如既往的正义和正常，他使的是双枪。

我时时怀念那样的体验，它让我有了一种更新颖的角度，去打量这个世界。

随着成长，我们已无法躲到幕布的后面，因为世界对于成人更喜欢强调正面，并不想把背面示人。我不知道这是出于它的自信，还是出于怯懦。面对固执己见的世界，我常常感到无助，而对千人一面的视角，也隐隐感到烦腻。

年轻时初涉世界，感觉天地很大，大得让我打了个冷战，大得足以不断颠覆我的认知。而世界也是广袤、深邃、神秘的，这让我觉得恐惧的同时，更感到亢奋。

后来经历多了，发现世界很小，小得让我感到窒息。

我们有那么多雷同，那么多共性，那么多相同的想法，像树一样盘根错节，而那么多纠缠的欲念，时时也会在貌似客客气气中暗自针锋相对。

　　古往今来，人与人之间那么拥挤，国家之间也有博弈，但很多人理解的只是具象的利益或疆土，而不是全人类格局的共同维护和互助。所以，如果世界是一张纸，这张纸早就皱皱巴巴，有着最复杂和坎坷的褶皱。

　　不管有多少自私的理由，人类的命运始终息息相关。所以，成为人类命运共同体，正是当今人类应有的大智和大义，需要大家放下猜忌和成见，从更大的格局去思考人类未来的命运，并为之相向走近。

　　有的人喝酒，貌似是一种即时情绪，本质上有时又是因为看不懂世界和人生，所以选择暂时逃避。世界假装冷漠孤傲，不好接近，而当我们醉眼看世界，才发觉世界早就喝大了，人与世界都喷着酒气，说着大话，暂时成了掏心掏肺的朋友。第二天酒醒了，又都以理性的冷面出现。

　　其实世界与我们没什么不同，甚至比我们更性情乖张，它更明目张胆，根本不用伪装自己的心事。

　　我突然发现，世界并非不想示我以全貌，而只是我自己认知的偏执和片面。我看到的世界的正面实际上就是我心灵倦怠的一面，我以为的世界的固执却是我愿望的无助。

　　是呀，人生过程中，可以试着走到现实的幕布后面，看看世界的背面，用思想去触摸，用灵魂去感知，或许会对世界有更全面的认识。所以，当你想感知这个世界的时候，可以睁着眼睛，也可以闭着眼睛。

　　我们坚持寻找世界的美好，也追寻自由灵魂的精彩。它那温暖生动的一面，真实地贮藏在我们生命之中，需要我们用爱去发现和呈现。

我去过一些国家和城市，感觉都有着不同的文化性格。比如，如果用一些关键词来描述的话：柏林——墙、标准、秩序、森林、战争、死心眼；巴黎——浪漫、爱、时尚、人性、神经质……所以组成世界的文化基因是多元的，构成了世界的多样性。就像人的性格，构成了社会的复杂性和丰富性。

世界更需要包容个性，包容不同的个体和人群存在的柔弱和张望，我们的心灵，应该以更立体的视角，去探索和谐共生的方式。

转角之处，一切风景都有可能出现，而任何一个角落，也都藏得下一个世界。

思想之河

——思想赤身露体,或衣冠楚楚,都无人问津,但它却备感快乐和自由

我该想点什么？

我常常在阳台上看长江，那条宽大的水流，永远那么决绝，不假思索，不可阻挡，东进的信仰坚定无比。

这让我很羡慕。

我遇见过一些交汇的思想河流，有的泾渭分明，有的浑然天成。我看见过南海冲天的巨浪，听到过黄河壶口瀑布的咆哮，但我的思想还如同小溪一样浅狭，它很清洌，却在彷徨。

那些河流都在朝着我喊："加入我吧！随我去海洋！"

思想有多远，路才有多远，一旦决定了奔腾，河流就忙着赶路，好像从来就不需要等待和彷徨。

河流的速度很快，两岸的眼界气喘吁吁，撵不上。

眼界构成了思想的河道，它有时会偷偷修改思想的流径，让河流因狭窄而变得急躁，甚至迷失方向。

所以，最好有更宽大的眼界，来包容思想的流浪。

语言又躲在了眼界之外，它常常落后一步，总是撵不上思想。

罗丹把一个"马桶"搬到河边，把思想者摁坐在上面，用他来象征但丁《神曲》里对"人间地狱"种种罪恶的思考。

100多年过去了,思想者一直坐在那里反思人间罪恶。人间的事情似乎太乱,无从理清,那些善恶,有时也会显得模糊不清。所以他一直在想该想点什么。

他该想点什么?我也不知道。

他就这样坐在四季里,像一块想用思想的棱角来磨破命运锁链的黑色岩石。而这些思想仿佛也有四季,涓涓的春溪,黄浊的夏流,清冽的秋水,缓滞的冬凌……

他该想点什么?我也不知道。

不知从什么时候起,我的脑袋开了天眼,从此灵魂就睡不着了。

爱失眠的我常去河边散步。寒风凛冽,某一天,我顺手给思想者披了一件衣裳。

思想者似乎从我的行为中得到了启迪,他猛地站了起来,说:"理论,不过是给裸奔的思想,披了件衣裳。"

然后,他掀掉我给他的衣裳,撒腿奔逃。

我理解他逃亡的借口,他只是厌倦了思想。

而我仍积思成疾,备感疲累,他跑了,我就顺势坐在了他的"马桶"上,我并不是想代替他进行精神排泄,而是想暂歇一下我的思想。

但是,我掉入了更大的魔咒。

我果真如他般日夜思索,思想的电流蔓延全身,兴奋、焦灼、疼痛……情深不寿,慧极必伤,这用力过猛的理性,让我有了思想短路的危险。

佩索阿在《想象一朵未来的玫瑰》里说:"我是一个没有精神病院的精神病人。我有意识地疯,我冷静地疯,我格格不入于一切,又和所有相同。我处于一个清醒的睡眠中,做着疯狂的梦。"或许我和他一样,说不清身处清醒还是梦境,总是感觉到有某种使命,却又说不清来由和去处。我为什么要思想?或许我就是个自诩聪明的人,笨得不知道让大脑休息。其实那些神曲,也并不是什么天籁。

路人说:"安个保险丝吧,用情感。"

但我又觉得,情感属于感性,思想属于理性,如果用感性的情感作为理性思想的保险丝,就情感那种热到一定程度就容易熔断的特性,是更不安全的隐患。所以,情感并不保险,甚至不如思想可靠。反之,感性的情感中,倒是可以试试安一个理性的保险丝,这样的话,那些情感,使用寿命会不会更长久一些?

而今,理性的保险丝承载着人生强大的思想和情感电流,但仍会常常感到过载和紊乱。或许,它已接近了命运的熔点……

思想者逃离很多年了,我还在那里想,我该想点什么?

午夜里点燃的香熏

喜欢哲思弥漫的黑夜,又如午夜里点燃的香熏,袅袅于生命的空寂。

思想最喜欢呼吸这略带香气且寒冷宁静的空气,它让我时刻保持清醒,维持着一份对美好结果的期许。

这果真是一个美丽时刻,平凡的生命也因思想而变得非同凡响,暗香袭人。

不知道为什么会喜欢黑夜,或许是因为它的包容,思想赤身露体,或衣冠楚楚,都无人问津,但它依然快乐和自由。

黑暗并不美丽,但可以因自由想象而无限接近美丽。

如果不能给我一个自由想象的黑夜,那么就用现实苍白刺目的苦难锥刺我吧,我不愿在庸常的浑浊中迷失!

我有时候期待天亮,又隐隐害怕天亮,因为不知道天亮会有什么。

在那里,一切或美或丑的真相即将昭然若揭,我赤裸的思想胴体,也即将暴露在世人面前。

"前面漆黑一片,什么也看不到。"

"也不是啦,天亮之后会很美的!"

《喜剧之王》这样说道。

思想的高度,可以超越天空的邃远;思想的宽度,可以覆罩未知的人生;思想的强度,可以打通命运的堵点;思想的深度,可以抵达灵魂的痛点。

所以,思考的时候很疼,不思考的时候更疼,这是思想者的宿命。

思想的修行,可以使人打通"任督二脉",也可能让人走火入魔。一个深刻的人,懂得如何用思想给自己的命运按摩,敢于努力去积极面对人生的堵点和痛点。

思想难以名状,感觉难以言表,这个过程会很疼,但是也有着一种奇妙的快感。

思考被逻辑所导引,也被逻辑所束缚,逻辑想覆盖一切、管控一切却不能解释一切。逻辑是一种传统,它试图把我们引向真理,自己却早已深陷迷途。

我们可以因思想的顿悟而幸福,看到更加宽广多姿的世界。但是也不能不讲章法,违背天地自然的规律。

我们不能成为逆练《九阴真经》的欧阳锋,和自己的影子打架;也不能成为练《易筋经》整出内伤的鸠摩智。思想的目的不是为了争夺天下第一,而是希望兼善天下。

即便如此,思想的过程却不要惧怕锐利,有时候,那些锐利的东西,才不会让神经变得麻痹。我们想要在平庸的生活中做到清醒,就更需要思想时常的锥刺。

可以保持思想的锐利,但也要警惕狭隘和偏激,思想是一柄双刃剑,锋刃朝人的同时,另一面也会朝向自己,所以思想,是最容易伤人伤己的东西。伤人，表面不留痕迹；伤己，内心鲜血淋漓。

锐利，只是思想的特征；方向，才是思想的灵魂。思想的正确方向，是看是否有利于人生在思辨中健康成长，并推动人类社会的进步。

每个人都在赋予自己人生某些意义，只是由于认知的不同，所谓意义也就不同。我不质疑大家对于生活诸多的快感，也不接受世俗无端的打量，我只是想一个人走下去，让自己的人生，留下一点点清晰的印迹。很多人对于命运既暗自咒骂，又毕恭毕敬，而我却想翻几个跟斗，去命运遥远的指根撒一泡野尿，做一个"到此一游"的记号，以彰显我与众不同的勇气和不屑。

我不停地思想，是因为害怕愚昧，愚昧无知比灾难更可怕，它本身就是一场可以引发更大灾难的灾难。

不要太早或太晚遇到对的人，遇到太早你的人生会有依赖，会少了些自我思辨中因痛苦而得到的快感，也少了些个体跋涉中因挫折而得来的沉淀；遇到太晚你又会加倍迷惘，众里寻他千百度，蓦然回首，孤独仍在灯火阑珊处。

你也不要太早或太晚发现真理，发现太早，你会失去探寻的乐趣；发现太晚，又会深陷人生迷途。

思想者是幸福的，也是辛苦的，但最终是幸福的，他可以在自悟中感知思想的温暖，在碰撞中觅见智慧的火花。

那样的温暖，可以抵御生命彻骨的寒意；那样的火花，可以驱散人生迷蒙的雾障。

最锋利的思想藏在刀鞘里

思想没有轮回，只有远方。

有时候在想，在一些宗教学说里，为什么生命是不断轮回的？是不是生命总在后悔，或总有不甘，因为孤独或遗憾，所以才常常回来觅拾思想。

每一个心灵，都可能有一个虔诚和安宁的角落，不为人知，那里只有自己的思想才有能力抵达。

人生宽大的旅途，都是思想的河床。思想的河流仍在奔流，可怕的是，一些人的思想已经不会流浪。

我是一个有娱乐精神的思想者，因为我想用娱乐来掩饰思想清晰锋利的棱角，让思想看起来平易近人，不要像一个道貌岸然的伪君子，或一个一本正经不懂生活的呆子。

而娱乐嬉皮笑脸醉生梦死，它们确实是一群只会游戏人间的傻子。

以偏概全，以特例推断性质，这是人性的缺陷，也是生活的陷阱。我不断思考，就是不想丧失对人生更全面综合的判断力。

而缺乏独立，人云亦云，或不敢面对问题，也是一些人的通病。我思想的独行，就是为了不去模仿或剽窃别人的人生，而想让个体的人生有一点意义。

有人说，思想可以在过去和未来，而身体和呼吸却永远在当下。怪不得，自己的身体和呼吸经常跟不上思想游走的节奏，有时候身心被思想牵扯得有点累，却也隐隐有一丝幸福。因为我知道，正是穿行于过去和未来的思想，赋予了身体和呼吸的当下意义。

我的思想并不深邃，追求并不高远，所以命运对我并不担心，它心知肚明，愿意给我假装"上厕所"的时间，因为它知道，不管我的思想走多远，"广告之后，马上回来"。

先哲把思想的食物摆在这里，就像营养丰富的自助餐，而我早习惯了家常的口味。我不是一个思想的美食家，只是一个常常咀嚼窝边的药草，差点毒死自己的神农。

正如埃利亚斯·卡内蒂说："每个人都要拥有自己的火焰，从别人那里借来的火是不完整的。"我理解这样的道理，所以我的写作，只是想通过燃烧自己来照亮自己。是的，文字是一种思想的可燃物，点亮和照见什么，就是文字的使命和宿命，所以，文字并不是魔方一样只用来休闲娱乐组合排列的玩具。

思想是有刀锋的，我们也不能因为自求安稳，或害怕它的锋芒，就冠以它偏激的定义。思想本身就不属于风花雪月的东西，尊重思想，其实就是尊重思想的锋利。

我发现，最有本事的人，往往低调内敛，他们喜欢把最锋利的思想藏在刀鞘里，脸上却满是和平的堆笑。

他们知道刀鞘并不能熄灭刀刃的光芒，思想的终点就是心与万物握手言和。

我常常在夜里深情地抚摸朴素的刀鞘，仿佛正沉醉于和平。

思想可以大行，领先一步；行动必顾细谨，脚踏实地。

思想无根，行动无羁，不要企图圈养思想，它一直在头顶盘旋；不要企图干涉行动，它有自己决定的方向。

我知道，在我之前，曾有很多人来过、活过、悟过、说过，我捡到的，不过是一些他们思想的蛇蜕。

原来，成长就是一次次蜕皮，那就留下一点思想的皮囊吧，那是生命活过的证据。

曾有这样一个报道，题目是"一个身体却拥有两种思想，罕见双头蛇死亡"。

一个身体却拥有两种思想，双头蛇活得很累。

我相信，它留下了自己非凡的蛇蜕。

我必须幽默，不然早深沉死了

我本质是一个内向安静的人。

我常常经受着思想的压迫和磨砺，这就像是绑着沙袋在跋涉，有朝一日沙袋破了，却突然发现思想变得更加从容轻灵。

不了解我的人说我是个严肃的人，不苟言笑；了解我的人说我有一个有趣的灵魂，风趣自然。

这两种截然不同的评价，让我觉得自己拥有双重人格：一个是坐在马桶上还在沉思和便秘的智者，一个是找借口裸奔跑远了的疯子。疯子厌倦自闭的智者，智者嫉妒自由的疯子。

这两种人格经常吵架，就像《魔戒》里的咕噜。

一个说："你疯了吗？跑什么跑！你想起该想什么了吗？"

另一个说："你也跑吧，何必自作自受，疯了，也是一种涅槃。"

仿佛又听见咕噜的唠叨："魔戒是我的！我的！"全然不顾魔戒对心智的控制和欺骗。

我不堪其扰，又暗自庆幸，因为我想起了《致命ID》，那可是11个人在厮杀！

这个世界深不见底，让人总担心掉下去，而掉下去的都是大大咧咧随性的人。他们嘻嘻哈哈喜欢嬉闹玩笑，也不注意看路，所以，掉下去也是活该。

一本正经的人比较多，他们小心翼翼地盯着脚下的生活，一脸认真和紧张。他们认为认真就是紧张，紧张就是严肃，严肃就是正经，正经才是人该有的品行。在一些人眼里，如果你一天不谨慎，不端庄，你就不是正经人。

我看起来像个正经人，但实际上不正经。我敢于自嘲，经常拿自己开涮，因为涮自己比涮别人方便，并且不需要代价。这些自虐早已让我变得皮糙肉厚，就像一条一直张着大嘴的鳄鱼。你们认为我很凶猛，有吃人的祸心，谁能了解这就是我真诚开怀的笑容？

真正幽默的人必定是勇敢的、宽容的、睿智的、豁达的、乐观的。具有幽默心，不做搞笑事，自嘲不是自尽，也不是自我怀疑和否定，而是一种以退为进的伏身蓄势。

幽默不是玩笑，幽默比玩笑更真诚。

玩笑看起来活泼，有时却是一种藏在阴影里的东西，一些欲念或阴谋，常常化装成玩笑出现。如果一个人说给你开个玩笑，往往是出于他不好直接说出口的真意。玩笑只是以一种看似人畜无害的方式，来掩藏锋利或杀机。

玩笑假装成幽默的形式出现，其实是一个真实的谎言，浓度不高的谎言才最可怕，因为它最难被识破。玩笑都有着和睦的表情，由于人们看不明白或者不好意思戳穿，所以它才更得寸进尺肆无忌惮。

我对周遭事物，既带着尊重，也暗藏戏谑。我的戏谑本质上不是对他人的轻视，而是自我解嘲似的调侃。自嘲只是一种对问题的举重若轻,而不是玩世不恭的放浪形骸。

买东西的时候,表面上嫌弃商品的人,可能才是心里喜欢最想买它的人。所以,自嘲和戏谑,往往本质上是源于对生命和世界的热爱。

马克·吐温说:"幽默的内在根源不是欢乐,而是悲哀。"怪不得我的笑都透着沧桑。

幽默源于勇气,当你经历了很多,就不再惧怕什么。当你的视野越过万水千山,就不再被过往的事物诱惑和羁绊。当你变得足够坚韧,那些以前看起来高不可攀的事物,甚至那些天塌下来般的苦难,在你眼里,都带着几分滑稽的长相。有时候你会有某种奇怪的念头,你甚至想呼唤风雨,只因想看看命运强大外表下的滑稽,和它滑稽底下的虚弱和慌张。

我清楚地断定,我的幽默是源于对生活的一种无奈和深情。无奈到极点,那就是皮糙肉厚的坚强;深情到极致,那就是天马行空的自由。所以我假装出一副不屑和莞尔的样子,就是因为不愿意轻易屈服或放弃,我"调戏"生活是因为备受生活的戏弄,但或许只有同样的灵魂,才可以从那些所谓的戏谑中,看懂我对生活真诚的态度。

我看过朱德庸的一幅漫画:一个小孩儿骑在猪背上,配话是"幽默是一种甜甜的悲哀"。

我骑在猪背上,以小孩儿般的单纯审视着人心的复杂。我看着人们装模作样的样子,感到好笑,我了解人们滞重的内心,早已不堪重负,却又在拼命假装镇静,人们深陷悲情,使命重重,时时展示战斗的警惕,内心却渴望着撤退和解脱。其实,对于逃避,我们往往只是缺少一个借口而已。

所以我常常胡乱联想,胡说八道,把人们置于快乐而尴尬之处，又在他们的快乐之处跟着快乐，在他们的尴尬之处窃笑。

这个世界太闷了！无论如何，我必须幽默，不然早深沉死了！

幽默是智慧的浅笑，所以，幽默本质上来源于自信和自由。幽默当中，我更喜欢冷幽默，因为我觉得，或许只有通过长长的反应弧，才是可能途经心灵的快乐。

幽默又与搞笑不同，搞笑是庸俗的逢迎，而整蛊，却是另一种恶搞。

有人说我喜欢一本正经地说笑话，自己从来不笑。我承认！因为卡夫卡说："心脏是一座有两间卧室的房子，一间住着痛苦，另一间住着欢乐，人不能笑得太响。否则笑声会吵醒隔壁房间的痛苦。"所以，我幽默的时候并不敢笑，我的痛苦，刚刚睡着。

我的悲哀是真悲哀，我的快乐也是真快乐。

痛苦当中，隐痛最痛，因为它总是经久，甚至让你逐渐忘记了起因；而欢乐却是即时的，它更容易被打断和改变，所以总是显得短暂。

快乐是现象，不是源头，快乐的源头是人心和人心的自由。快乐的门槛对低者很低，对高者很高。我的快乐，一米七六。

心态也影响生态，微笑的心情比表情更重要，所以有时候，鳄鱼的大嘴并非展示凶残，鳄鱼的眼泪也并不代表悲伤。

所以，人们要学会在生活中保持灵魂的乐观，多一点傻笑的心情，不要害怕暴露你的傻，你还能有我傻？跟社会认知恰恰相反，有些时候，"傻"，才是一个人心理健康的证明。

那就张开大嘴，和鳄鱼一起傻笑吧！

事物一直在流淌

问:"人是事物吗?"
答:"是。"
问:"事物是东西吗?"
答:"是。"
又问:"人是东西吗?"
答:"……"
再问:"事物在哪里?"
答:"事物一直在流淌。"

我理解这样奇妙的问答,水以有形和无形,囊括了事物的深意。事物像水一样灌满了我们生活的每一个空白和罅隙,又溢到视野之外。

至于人是不是东西,这个问题已经涵盖了哲学、文学、生物学、物理学和社会学等诸多范畴,它们欲言又止,实在是不好回答。

这类烧脑的问题还很多,比如,"如果一个人被移植了他的克隆人的大脑,这个人还会是他自己吗?""上帝能不能造出一块他自己都搬不动的石头？"……

视野是思想的河道，不是事物的河道，事物的存在不由人的认知决定。

我们已知的，不过是极少事物极少部分中极其表面的现象。人们对事物真正全面清晰的认知并不存在，我们自以为是的认知基本属于盲人摸象。况且我们摸到的那头大象，有可能也是瞎象。

由于客观事物的被动冷漠，有时候人们更愿意相信主观判断。所以，当你从某个角度看问题时，就会觉得处处都是这个角度的道理。你之所以会从这个角度看问题，要么是因为这个角度有着因经验而产生的安全感，要么就是因为有着某种情感的舒适感。你会认为自己看见的就是真相，一是因为你最愿意选择它作为真相，二是因为你没有其他多余的眼睛和角度。即使有，也大都没有求真的兴趣、勇气和力气。

《杀死一只知更鸟》里有这样一句："你永远不可能真正了解一个人，除非你穿上他的鞋子走来走去，站在他的角度思考问题。"

是呀，要不是因为害怕硌脚或为了好看，我们都懒得穿鞋，更何况穿别人的鞋。在我们的思维中，别人的鞋，要么汗臭，要么夹脚。

傲慢与偏见是孪生兄弟，傲慢是偏见的根源，而偏见会遮蔽眼睛，让我们看似完满的生活充满真实的残缺。

哈佛大学心理学家戈登·奥尔波特在《偏见的本质》中说："偏见是'大脑偷懒'的常态，也是社会习俗对个人价值的侵害。"那么，偏见容易成为社会习俗，或许正是因为有太多的大脑都喜欢偷懒吧。

人的思想为观念左右，又被观念欺骗和杀害，所谓进步与落后，也主要体现在观念上。"在乌鸦的世界里，天鹅也有罪。"不同的观念之下，有时就连正义都显得有点儿底气不足，立场含混，暴露几分无可奈何。

观念常以墙的形状出现，森严壁垒，冷漠威严；墙也是切断事物的刀，固执己见，强势果决。我们常常想摆脱墙的阻挡，却忘记了防范墙的锋利。

墙又似思想出塞的关隘，史铁生在《墙下短记》中说："不要熄灭破墙而出的欲望，否则鼾声又起。"但他又说："要接受墙。"

"有人的地方一定有墙，我们都在墙里"，是的，我们深陷其中，面壁时图谋破壁，破壁时却常常碰壁。这让我们逐渐明白了一个道理：怀疑墙，是勇气；接受墙，是智慧。

世俗其实也是一种思想，喜欢与现实媾和，总想束缚梦想的脚步，并常以观念的形式，在你人生的汤碗中偷倒慢性毒药，或种下巫蛊。

所以，我们看到的东西，不一定是真实的东西。那些看似没有生命的东西，也不一定就没有灵魂。

总有一些看不见的事物，一直在身后翻江倒海，让看似平静的生活，弥散着各种灵魂混合的体味。

有些人需要得太多，又常常弄不清自己本质上最需要什么，所以胡乱攫取人生中各种遇见的东西，或许又由于资源的缺少，让竞争成了下意识的习惯，不去争一争抢一抢就会不踏实，让占有成了一种强迫症。他们弄来了一大堆没用的东西，错把它们当作人生的成就，但他们这些行为，一直没有得到自己内心的信任。

其实这样可能最终会一无所获，仿佛得到了又从未得到过，只有过程中的短暂感觉才是自己的所有。怪不得有人会讪讪地说，结果不重要，过程最重要。说这种话的人，要么是谦虚，但更多可能是怯懦，或者是正经历着失败。

我认为，世界上最有价值的，是那些给人以灵感的、美好的、激发人创造力的事物，它给人改变宿命的勇气和希望，给生命注入蓬勃新鲜的动力。能感知和追求这些事物的人，才能在创造中，获取人生真正的财富。

事物的本质往往是那些我们熟视无睹的部分。我们常常以为本质会被岁月埋得很深，需要考古一样地掘地三尺，却忽略了身边刚刚路过的那一阵"若无其事"的轻风，它拂开了一层薄薄的沙土，露出了一些事物浅白的骨骸。

其实，有些事物的正确答案，就是没有答案。但又因为无解，所以又有了那么多曲解。就像世界上唯一不变的是变化，所以变化中的事物本身是不变的，无所适从的只是人的自我感觉。

加缪说："每当我似乎感受到世界的深刻意义时，正是它的简单令我震惊。"本质上，简单其实很简单，复杂肯定会很复杂。现在复杂的人太多，他们大都一样憔悴凝重，所以，简单反而成了一种鲜活的魅力。

有的简单，已经历过山重水复，跨越过千山万水；有的平静，已脱胎于惊涛骇浪，归隐于四季晨昏。

所以，智者终将归于简单，庸者始终保持简单，差别在于是否经历了一个思想洗礼的过程。所以，智者的简单是大道无形，庸者的简单是无知无畏。

开车听《尼采的心灵咒语》，感觉并不想咒谁，而是摘取了尼采著作里的话。但为啥叫"心灵咒语"我不懂，难道是哈利·波特那种，学会了这些咒语就不再是麻瓜？我读过一本书《魔法四万年》，我愿意浪漫地相信世间有神秘魔法，但不相信哲学是魔法，我反而觉得哲学应该就是那个敢于揭秘魔法还原真理的直男。

看不到一切，也就看不清一切。不要被低层次的问题所永远束缚，要学会忽略，跳到更高层次上去认知。

点是尖锐的，线是锋利的，面是宽容的，事物用宽容的面承载了所有的尖锐和锋利。面对那些扭曲的事物，与其无奈，不如宽容，那就原谅它们吧，因为它们从来不知道自己做过什么。

道理是客观存在的规律，形式只是求证的过程。深刻是建立在肤浅上的，就像划开表象的刻刀，游刃于事物的内在。

赫拉克利特说："人不能两次踏进同一条河流。"我觉得思想之河除外，因为我看见有一些人多次跳进这同一条河流，又在同一个思想漩涡中不得自救。

哲学是小众的存在，又像静悄悄的血液，不管我们识不识得，它都是人生的必需。生活中的哲思，给我们某些答案的同时，也带来更多的问题。

生活万事藏有哲学，比如说摄影时，相较于拍景，我更喜欢拍人。因为景不是人，人却是景，景空洞，人有灵。为什么拍人像单点对焦要对准眼睛？这是一个哲学的问题。又有对能者多劳的解释：相机不用接电话，而手机却天天拍照，这是不是又很哲学？

心理学家就是制造和解决心理问题的专家，知道问题又解决不了问题是痛苦的，因此又产生新的心理问题，所以心理医生是世界上自杀率很高的职业之一。以此类比，我们要么用哲学来解决问题，要么就无视或忘记那些问题。哲学或许解决不了哲学自身的问题，只是能让人在思辨过程中，以一己之力，去尽量理解生命复杂的意义。

　　我写一些意识流的东西，不是刻意为之，而是身不由己，事物裹挟着我的意识以水的形态，在静静流淌。我左右不了外部事物的秉性行为，也控制不了自我意识的流向。所以我常常分不清，这些意识流究竟是意识的流浪，还是意识的"流氓"。
　　当本质让你疲惫的时候，那就接受现象吧。
　　你的意识，可以拿我当"流氓"。

谬误害怕真理的脚步声

  有人说,哲人是愚蠢的,他们总想说清那些说不清的东西。我不是哲人,也想说清那些说不清的东西,我似乎更愚蠢。

  哲学是正途还是歧途?喜欢穿正装还是便装?我投靠它不是为了某种信仰,更不是为了给个人的思想穿上招摇过市的衣裳,以神秘来假扮力量,我只是想细抚自己的灵魂,并通过它找到更多生命的光亮。

  思想以理论为壳,就像一只趴着不动、热爱思考的乌龟。

  我爱思考,但我的思想并没有理论的保护壳,所以脆弱和柔软显而易见。有人宽容地说,你也是我们一样的乌龟,只是没有穿马甲,看起来像一条蛇而已。其实我知道自己只是一条蛇,但我善良无毒,我爱上了那个将我拢在怀里怕我冻僵的农夫。

  哲学是构成这个世界的精神能量,它以虚无的形态存在,却具有最真实强大的影响力。它驾驭着世界观和方法论,无形地影响着我们的思想和行为,并通过它们来传达预言。哲学的英文是 philosophy,它源于希腊语,意为"爱智慧",所以哲学只属于爱智慧的人。

偶尔有这样一种感觉，一些真实的东西很虚无，虚无的东西很真实，这事本身就很哲学。

真理常常掌握在少数人手中，这常常是因为无视或害怕真相的人很多，他们讳疾忌医息事宁人，宁可在麻木和自欺中满足于幸福的假象。

真理不穿衣服，喜欢赤身露体，它并不是想刻意展示自己的伤痕和肌肉，只是酷爱自由。

而谬误谦和礼让，巧于化装，穿着最精致的衣裳。所以善于伪装的谬误往往比真理看上去更温婉可爱。

谣言招摇过市，吵吵嚷嚷；真相躲进角落，遍体鳞伤。

真理曾大声说话，但没有人注意。人们的眼睛和耳朵灌满了各种迷目顺耳的声色，安逸之中，谁还愿意去仔细辨认那些直白的警告？怪不得古斯塔夫·勒庞在《乌合之众》里说："群众从未渴求过真理，他们对不合口味的证据视而不见。假如谬误对他们有诱惑力，他们更愿意崇拜谬误。谁向他们提供幻觉，谁就可以轻易地成为他们的主人；谁摧毁他们的幻觉，谁就会成为他们的牺牲品。"

有时候，除了诲人不倦的哲学书籍，其他有哲学营养的还有民间祖传的大白话，但大白话似有几分粗俗平淡，乍一看并没有营养。其实能让人吃饱的往往不是珍馐，而是白饭。倪萍写了《姥姥语录》，她是姥姥的白饭和白话养大的。

漂亮的谬误都有着最软糯动听的声音，让人沉溺于享乐的幻境。

谬误害怕真理的脚步声。

人前精致的谬误，竭力维护着脸面，内心却往往脆弱和怯懦，它最害怕真理的揭发，让自己失去某种光环。又或许谬误一开始也以为自己就是真理，而当发现自己身世的时候，又不惜用谎言维护假象。在古希腊时代，希帕索斯发现了老师毕达哥拉斯勾股定理的漏洞，竟被恼羞成怒的老师派人丢进地中海里活活淹死。而亚里士多德则幸运得多，他多次指出老师柏拉图的错误，并在哲学思想内容和方法上同老师存在严重分歧，他说："吾爱吾师，吾更爱真理。"好在柏拉图也深爱着真理，所以也就不会介意。

空想是泡了水的理想，在它失去价值的同时，却把一些养分留在了现实的杯中。

我醇厚的理想泡在空杯里，被当成了空想。

我不想去放大理想的主观感受，它习惯了自我的孕育；杯子以固有的形状，表达命运的客观。

本质迟早会打败形式，理想迟早会挤破杯子的桎梏。

追寻真理的理想不会被任何形式阻碍，它早早就识破了谬误的伪装。

我不迷恋那些好看的幻觉，我写这些东西也不是为了制造幻觉，我知道这些文字，只是想随我一起扑向真理！

我喜欢水果一样美丽的结果

规律是看不见的操盘手。任何事物只要放到历史长河里,就能发现不管时代多么自负,过程中有过多少战利,最终还是规律决定了事物发展的必然结果。

规律喜欢在事物中反复出现,装出一副事不关己的样子。它有着最随和普通的扮相,却暗藏着客观认定的结论。所有的规律都貌似独立,却暗通款曲,他们有着同样刻板的标准,也有着一样固执的脾气。

被河道引领的河流似乎永远都有方向。但方向不是规律,潮流也不一定是规律,比起坚定东去的河流,大海有更大更多的迷惘。

大海用巨浪展现力量,也掩饰慌张。即使是洋流,也只代表风的方向,并不代表大海有什么理想。

顺从于规律,不随波于潮流。那些站立在潮头的弄潮者,是不是就真的没有大海般的彷徨?

或许人可以逆势而上,但不能逆天而行。个人可以制造事件,但不能影响规律。人定胜天是一种精神,但不是科学的态度，尊重自然，尊重环境，顺应规律，才是与天合作共赢的智慧。

欲望喜欢在市井生活中吹着下流的口哨，规律喜欢在事物进程中打着无声的节拍。节奏是影响事物发展的另一关键，所以，适应规律首先要学会把握节奏。但对于节奏，我们往往能把握的是不急不慢，却很难做到不偏不倚。而轻浮的口哨，只是对事物宁静本质的搅扰。

有时候事情越是完美，越是像一个骗局。

极致的完美会让人产生畏惧，所以那些有缺陷的结果，更让人踏实。

可以告诉回音壁你最想听的话，但是不要相信你听到的就是真相，那不过是自我安慰的一种方式。你得到的回音只是自己心境反弹回来的思想和情绪，其实自问自答之后，想法还是想法，问题还是问题。

要学会回头找真相，因为真相喜欢躲在你背后，跟你捉迷藏。

总感觉还有什么东西在幕后奔跑，除了真相，剩下的都是命运私藏的玄机。它们试图不停地用自己的位置变化和跑动，来掩盖静止的真相。

进退不等于胜负，胜负不等于得失。不要害怕失败甚至死亡，死过一次，就无畏了。

错误都是平等的，跟真理一样；成功也是，失败也是；生也是，死也是。它们都是平等的，它们脱光了立场的衣裳，没啥两样。

本质和规律一母同胞，他们都在争抢着结果，就像在争抢果盘里最新鲜的水果。

结果就像水果，放久了也会变质，新鲜的结果大都充满了甜蜜的想象。
　　我为什么一直在坚守？或许为了喜欢一个水果一样美丽的结果。

透明是最智慧的颜色

智慧一直在看着我,无语无形。

它装出对我的人生毫不知情的样子,静静地偷看着我的慌张、我的错误、我的迷惘、我的希望……

智慧喜欢以透明的形式存在,而在现实世界里,生活却有着各自复杂混乱的颜色,似乎显得忙忙碌碌,毫无智慧。其实,生活也有着生活的智慧,只是容易被掩藏。

我以具象的方式存在于生活的大地,却又幻想以抽象的方式行走在智慧的天空。我常常自问,颜色下面是什么颜色?那些好看的天空,是不是撕了一层又一层?

我看见那些开了窍的智者,一直想在人间播撒智慧的种子,他们心思高远,步履匆忙,在理想和现实之间奔波,气喘吁吁,这又让我觉得,如果窍一直开着,也挺辛苦的。

聪明人谋术,智慧者重道。我不会道术,要求也不高,只是想尽量做一个不那么懒惰和愚蠢的平凡的人。

生活也想教会我一些智慧的东西,比如:它诱惑我去征服世界，又提醒我要先征服自己；它把我的未来吹得天花乱坠，却又说天上掉馅饼是变态，没馅饼才是常态；它一边呜嗷呐喊地打着网络游戏，一边又告诉我游戏人生，一定会死得很惨……唉，生活如此颠三倒四，到底有多少个人格？它一脸沧桑却故作平静，又经历过什么？

那些"聪明绝顶"的人，比如苏格拉底、拿破仑、亚里士多德、达尔文、丘吉尔、莎士比亚，还有"白头搔更短"的杜甫，"朝亦嗟发落，暮亦嗟发落；落尽诚可嗟，尽来亦不恶"的白居易，都是在以牺牲自己头发的哲学方式启迪我们：人生的留白，才是最重要的智慧！

感性就是精神喝了点酒，理性就是精神剃了下头，智慧是一种极其理性而又暗藏顽皮的东西，它自己长得郁郁葱葱，却喜欢欣赏别人脑袋上的荒芜。

我又在想，聪明而不绝顶，才是健康型聪明。我希望自己在人生中学会留白，进退取舍收放自如，但又能在思考之后，保全这一头秀发。

大智慧总以安静的方式出现，它以透明的方式告诉我：空，不一定是放弃，而是一种真实的存在。它也在以最实际最真实方式交给我们生活，让我们在人生的苦乐中不断得到感悟和启示。

人类因智慧而不再孤独和怯懦。我发现，有谁，把透明的智慧，偷偷放在了我们中间！

境界是一种觉解

"界，限也，别也。"大自然处处有界，很多动物都有地盘意识。比如你小时候也在课桌中间划过三八界吧？同桌胳膊敢伸过来，绝对会遭你肘击。

从社会分工讲，有政界、商界、体育界、文艺界等。精神生活中的界，要安全一些，少了些现实中的离乱，更多表现在个体修炼和自我把握。

如何"打开星际之门"，穿行于各界，享受一个充实游刃的人生，从而在各界中觅得一种安全舒适的境界？按本人的想法，可总结为以下几句："神界我是人，人界我是妖，心界我是我，世界我是你。"

"神界我是人"：我是唯物的，其实我知道并没有什么神界，拿来说一说也是从艺术角度展开一下胡乱的幻想。幻想中的神界总在高处，深不见底，神舟飞船上去也没撞见过。大家能看到的，大都是它们泥塑的形象代言人。臆造的神风度翩翩，玄机暗藏，即使你磕破了头流了血，他们也装没看见，什么都不会说。看多了神幻故事，加上现实社会有些人的浮躁和急功近利，有时候我们会焦躁狂妄到以为自己也是神的地步,也想着去享受那种白衣如雪、来去如风的逍遥。而各位神仙是经过几千年在民间产生的,代表着人们超现实超自然的某些幻想,有广泛的群众基础和威望,所以,你要装神弄鬼,或许会得罪菩萨,以为你越界抢地盘,劈你个炸雷也未可知。况且,身边的人们会认为你自命不凡,想跳槽,也肯定会抱着你的腿不松手,并狠咬两口解气。所以,你要客观认识自己,不要过高看待自己,要做好一个普通平和的人,保持那种轻松的快乐,神前该磕头磕头,人前该敬酒敬酒,即使你真有几分神性或者神韵,或通过苦练,也能离地三尺,除非遇到灾难要逃命,否则千万别轻易拿出来显摆。神前做人,脚踏实地,是人之智慧和本分。

"人界我是妖":人界是辛苦的,那么多人挤在一起,自然没有天上宽敞,时间长了,会满身臭汗和尘屑,没了神清气爽的灵气,于是有人"发明"了妖,妖是快乐的,它在人神之间混日子,少了天庭的王法束缚,也没有人间的柴米油盐,高兴起来,还可以"只羡鸳鸯不羡仙",找个英俊老实的小白脸一起过小日子。记得我过去曾写过一首歌词,叫《我是妖精》:"喜欢走路扭来扭去/偶尔耍点小小诡计/茫茫人世寻找爱情/别看我媚眼你会着迷……不戴面具我是妖精/清清白白做我自己/早已厌倦了变来变去/想做个女人生儿育女……"如果有妖的话,我觉得妖跟人一样,也是有命运的,它的妖术和本领来自勤学苦练的千年修行。所以,我们大可不必拿它当神一样敬畏,做人的时候,也可以注意一下自身的悟性,活得也别那么累,多点灵性,少点浊气,多点飘逸,少点计较。人界为妖,绝不是劝你当人妖,而是说要追求一种人生态度的轻灵。

"心界我是我":"心即无形无相的我。"很多人知道这样一个故事:"旗子在风中飘动,师父问徒弟,徒弟呀,是什么在动?徒弟说,师父,是旗子在动。师父说,你再修行三年吧!三年后,师父又问徒弟,徒弟呀,是什么在动?徒弟说,师父,是风在动。师父说,你再修行一年吧!一年后师父问徒弟,徒弟呀,是什么在动?徒弟说,师父,旗不动,风也不动,是徒弟我的心在动!师父说,你出师了。"所以,心界是你自己的领地,需要你自己经营和呵护。世间有太多干扰,而心界的门虚掩着,什么都能进去,又什么都能阻闭,是开是关,全在你把握,钥匙就在你自己手里。所以,最好做到不失自我,不为所动,既对万物包容接纳,又能不让它扰动了你的心性,蒙蔽了你的心智,搅乱了你的心境。或许这样,你才真正是你自己。

"世界我是你":花有几样红,人与人不同,说的是差异性,你也大可不必追问花儿为什么这样红,这就是大自然的高妙之处。世界在差异和变化中不断达到一种平衡,而这样的平衡中潜藏着共同的规律,而这些共同点则是维持这个世界产生、存在和发展的基础。于是,你可以是玫瑰,也可以是仙人球,大家都有刺吧?如果你成了油菜花,没有刺,大家都还是植物吧?如果你运气好混成了菜青虫,大家也都是生物吧?所以,这个世界,我就是你,你就是我,只有小不同,没有大不同。要学会求同存异,在尊重个性的同时,珍惜机缘,维护和平,强调合作,这就是所谓世界的大同,生命的和谐,也是自然的最高境界。

境界是一种觉解,我们的境界是或有或无的,常常与具象的现实相纠缠,所以,大家也不要奢望着哪天真的能修成正果,大家照样睁开眼睛走路,闭上眼睛做梦吧!

格局是思想的最大值

我问朋友："你感觉我的思想是什么风格？中式，欧式，田园，还是地中海？"

朋友答："幽默哲思，刚柔并济……混搭吧。"

我又问："有何改进方向？"

朋友切齿："格局可大些。"

我醍醐灌顶。

我知道我一直是单干，左冲右突、横七竖八、故弄玄虚、无法无天，常感血脉偾张、经脉逆行。思想一直在走火入魔的边缘徘徊，这一切正是源于没有思想的靠山。想当初，泼猴要是没有观音和如来的点化，如何能有从占山土匪混成斗战胜佛的待遇？人不能上纲上线矫揉造作，也不能看破红尘烂泥一摊。

人生是一场精神的苦修，好多精神，正在这个过程中不断死去和重生。

看过一种说法，就人生观和价值观而言，人可以分为几个层级：所谓"下士"戒恶行善，求得人天之身，享人天之乐；所谓"中士"修德修慧，追求脱苦涅槃；所谓"上士"放弃自己的苦乐，尽心尽力，为众生的利益服务，最大限度地利乐他人。

利他利己，自度度人，自觉觉他，这样的境界，尚不知我练到了第几重，亦不知自己人生的职称到底是下士、中士还是上士。

格局的大小在于生活的眼界，更在于思想的活力。格局大时举重若轻，格局小时举轻若重。格局包裹一切，溶蚀一切，那是一个人观念存活的土壤，思想游走的空间。格局决定了人生态度，态度决定不了命运，但很大程度上影响着命运。

我常有觉无悟，只顾忙着眼前的小事，也经常在南墙下头破血流。不过，也习惯了，疼痛中的感悟更加深刻，纠结中的释结更加透彻。没有体系就自成体系，没有风格就自成风格。没有结果的囚禁，我反而可大可小，亦庄亦谐，能屈能伸，感知过程的甘苦，享受顿悟的欢畅。

我知道自己走了很多冤枉路。一路上，很多高人坐在车上，同情地看着我跋涉，有时也忍不住给我闪一闪大灯，可我从来就没弄明白，还很小人地骂人家晃了眼睛。

格局是思想的最大值，现对本人格局自评如下：首先我不是大S和小S，她们太有名。我也不是M，应该基本属于L号，所以还需努力提升。在此谨向朋友这样的XL和XXL致敬，而圣者的格局，XX实在太多……

我突然想，虽然方法土点儿，我这不也是在自度吗？人生是自己的过程，怎么支配为啥要人家说了算呢，不疯魔不成活，自度才能度人吧。

不过我还是有点心虚，惴惴地问朋友："按佛教的说法，我这种情况能到达彼岸吗？"他很犹疑、很纠结，咬牙挤出两个字："能吧。"

我又想问彼岸有什么。恍惚中彼岸花开，梦想披着华丽的羽毛，站在金色的树上，据说那里就是人生幸福的集结地。但怎么又听说，彼岸的美景，必须死了才看得到？这个……我想我还是不去了吧。

我还是不说了。这样说下去，我会把朋友逼疯的，忍了。

本无大智的命，却得了深沉的病

　　我需要清空，因为心灵已然负重。
　　当思考变成习惯，成为自我感觉良好的攻防利器，当自己对这个世界的窥视，越来越"神出鬼没与众不同"的时候，会不会是自己的思维出现了异化？总是习惯从斜上方往斜下方看这个世界，貌似有高度，却不见真高远，貌似有视角，却无大正见。
　　猛然发现自己是本无大智的命，却得了深沉的病，或许这不是若愚，而是真蠢吧。还是周遭常人，才有真正接地气的慧根，他们一直对人生抱着最简单善意的信任，从不无妄挣扎，把自己交给命运，幸福地卒过河，马走日，象飞田。
　　无法绝尘而去的思想总在半空飘浮，像雾霾一样污染着自己的人生，久不尝雨后清新的空气。于是自我混乱而浊重，越来越感觉接近的不是自由无垠的空，而是走火入魔的疯。
　　填满我生命的，除了食物和血液，就是思想。当思想运行的碎片积累到一定程度，或许就会系统崩盘。所以，有时需要重装思维运行的操作系统，因为那被自己磨得越来越锋利的思想，已很有可能成为自戕的凶器。

清空、放空、归空，真正安静地吐纳，倾听呼吸的轻语。这样的空，不是死寂，而是包容万物的浩渺宇宙，它没有窃窃私语，只有着旗幡一样飘扬的思想灵动。

平时我从不入流，是因为洁癖，逃避圈子带来的湿邪，但是，这也切断了外界的启迪和暗示。

闭，不是净，不是静，而是小；空，不是关，不是散，而是容。

其实每个人得到的，都是自我付出态度对应的因果和反射。那么，何不对外界报以更多的善意、真诚、理解和宽容，那样，或许你也会得到这个世界更多的温情和善待。

空，是无垠，不是无根，我们要有在生活中搅拌和抽离的能力。只有充分混合，才能尝透生活的五味杂陈，才能从战术性的聪明中，提取战略性智慧的营养。

博大，不是因为多，反而正是因为少了人生的杂物，才有了更悠然的心境、更远大的空间。所以，真正的修心，可能不是修习缜密慎微的思想，而是自然放松的净化；真正的境界，不是驾驭繁复，而是心手空空。

紧，非我执，而是规整杂思的静修。

松，非自洽，而是包容万物的豁达。

无，非虚无，而是充盈慈恩的悠远。

空，非虚空，而是成就大爱的度化。

心灵之书

—— 最强大的力量不是来自怒海的波涛,而是源于心湖的宁静

照亮灵魂，一朵烛火就够了

我曾写过这样一句话："我只是一个安静灵魂在人间的映像。"

我觉得我存在的本质是灵魂的存在，肉身只是在人前的包装。

之所以这样说，不是说我有什么宗教色彩，或者说我具备半夜爬出来吓人的实力，我只是想表达一种对精神存在的重视和肯定。当然，此灵魂非彼灵魂，这也并非迷信，而是只跟哲学相关的术语。

是的，贯穿生命的是身体，超越生命的是灵魂。

灵魂平时安睡于生活之中，沉默无语。它忠诚安静，我行我素，仿佛与我的生活际遇并没有太多关联。而现实生活却有着极高的表现欲，它想霸占所有的人生精力，想以自己的哗众取宠或叵测多变，来吸引眼球，掩盖精神灵魂存在的真相。

没有思想的人睡得很香，而思想者的灵魂却时时保持着敏锐和警惕，因为它们知道，一旦睡去，就会发生些什么。所以只要窗外有一丝风吹草动，灵魂就会突然睁大眼睛，黑暗中，它又看到了什么？

米兰·昆德拉说:"受到乌托邦声音的诱惑,他们拼命挤进天堂的大门,但当大门在身后砰然关上时,他们却发现自己是在地狱里。"

天堂和地狱之间,只隔了一层薄薄的人间,受到某种未知境界诱惑的思想者,一直斜靠在地狱的门柱上想象着天堂。

而当这些头破血流的追寻者又流落人间,灵魂的所见就不再是生活浮现的冷暖甘苦,而是思想深潭微笑的涟漪,它能与命运共情,又常在苦难中释然。

智慧的灵魂,更懂得呼吸的节奏,它一直在黑暗中搜寻,惊喜于点滴幸福的所得和遇见。它深刻如斯,却并不贪婪。

这样的灵魂自带火种。照亮灵魂,一朵烛火就够了。

心灵和灵魂没有多大不同,心和灵常伴,灵是核心,并以心的形式呈现,所以心之所向,就是灵之所托。

不同的心灵不分高低,只有开合、接纳、排斥、存放或抛弃,与个人的世界观、价值观和人生观密不可分。比如信仰,就是心灵选择的某种存放。

是的,心灵需要存放。真正独立的人,宁肯把心灵存放在荒凉孤独的高处,也不寄篱于他人。

有人常常怅然于自己的付出没有回报,不知道怀有索取之心的付出并不是真正的奉献,即便是真的无私,也不是占有其他独立人格的理由。这种以爱为名的依赖,本质上不过是一场情感或道德的勒索。不知不觉,也让有的人患上了情感的斯德哥尔摩综合征。

肉体和心灵密不可分,又截然不同。迷恋肉体而无视心灵,是一种错误,心灵才是生命最有价值的存在,是一个人拥有尊严和骄傲的唯一资本。

叶芝问:"有多少人以虚伪或真情,爱过你昙花一现的美貌?有没有一个人,爱上你朝圣者的心?"

而你,除了终将枯萎的肉体,又有没有一颗朝圣者的心,值得另一个人一生沉迷?

自从有了墨镜和美瞳,眼睛已不再是心灵的窗户,这让我更难看清心灵的秘事。

其实每个人都有心灵的阿喀琉斯之踵,并非完美无瑕无懈可击。唯一能做的,就是保护好自己的心灵之踵,时刻防备被命运收买的帕里斯射出的死亡之箭。

命运诡计多端,心灵常常受伤。但心灵万万不能死呀,心灵死了,肉体也就成了行尸,变得毫无美感和意义。每个人的心灵自愈或许都有自己的方式,但是目的都应是成长和前行。

庄子说:"哀莫大于心死。"

那么,心死之哀源于何处?

无思想,毋宁死!思想不自由,毋宁死!

有了心死之哀,就再无思想之"痛"。

心灵和生活不可分割,但不能等同。它们同气连枝,却相爱相杀。

我一直想做的,就是帮助心灵逃离生活的追捕。生活用现实编织罗网,它屡屡得手,志得意满,习惯了控制,它一直不理解心灵为什么要徒劳地挣扎。

不羁的心灵总喜欢跑在我的前面,想给我指引。有时候我被生活绑架了,心灵又会跑回来救我,替我解开情绪的绳索。

心灵孜孜不倦地追寻着什么，仿佛有着梦寐以求的事物，有时候我觉得心灵需要找一个舒适的床歇息一下，而它却甘愿一直奔波在路上。

三毛看懂了心灵不懈追寻的意义，她说："心若没有栖息的地方，在哪里都是流浪。"

心灵的强大才是精神世界的强大，心灵只是想比命运走得更远。卡夫卡说："目的虽有，却无路可循；我们称之为路的，无非是踌躇。"即便如此，我们也不要踌躇不前，走起来再说，因为精神只有行走，才可以获得超越命运的唯一机会。

最强大的力量不是来自怒海的波涛，而是源于心湖的宁静。能代表真实自由的只有心灵，自由是万物最美丽的光辉，原来它才是心灵孜孜以求的天堂！

终极自由的形态是：流浪的心风平浪静，它不再被目的牵引，被欲望追撵，被风雨裹挟，内心因精神的充盈和坚定而变得幸福无比……

所以，如果你和命运正打了个平局，相信你的心灵吧！它已顽强地将命运拖入了加时赛，无须质疑它对人生终极胜利的渴望！

人的内心有个触点，在时光中静候触动

人们都希望一生平安，与快乐幸福长久相伴。希望那些美好的既有，最好不要改变和丢失；希望那些风雨，只是用来煽情的布景，并不会真正地打湿人生。在此基础上，又期盼生命中有一些新鲜的遇见，并能继续从中得到更多美好的体验。

我们希望一切新发生的事物最好是柔软妥帖的，能够直达内心的舒适区，不会让心灵感到丝毫不安，反而是一种梦想刚刚抵达一样的愉悦。

其实人们常常不清楚，自己等待的究竟是什么。或许，只是每个人的内心都有个触点，在时光中静候触动。

很多事物在时光里行走，仿佛听到了人们的愿望，又仿佛只有各自的远方，彼此的短暂邂逅，仅仅是某种机缘。

我们有时会被某些偶然路过的事物感动，它总在不经意间与我们擦肩，就像一抬头就看见的一双温柔的明眸，让我们僵硬的自负和矜持瞬间瓦解。

这些能够打动人心的微小事物，就是人生途经的幸福。或许幸福就应该是生活慢慢蒸馏出来的纯净水滴，点点滴滴，在透明

的心形容器里爬行和汇聚。

没有欣赏，就没有喜欢，也就没有爱。

如果时光可以倒流，人人都会去做更好的自己。但要知道，一切和"如果"挂钩的话题全是伪命题，如果生活中有那么多如果，那就不叫生活的现实和现实的生活。我曾看过陈可辛执导的歌舞片《如果·爱》，很久以后，才恍恍惚惚明白了这个题目的含义。爱，没有如果。

其实，你现在拥有的痛苦，还不是最沉酣的痛苦，你现在拥有的幸福，是会失去的幸福。这个跟如果无关，而就是结果。人总是失去后才知道后悔，但在失去之前，却习惯了浪费。

人生总是残缺的，即使不能完整，但心中都应该留有一块最美好的空白拼图。

在卢浮宫，我看见了断臂的维纳斯，以及那无头无手的胜利女神，她们都在以残缺的方式，宣告着美丽精神的胜利。

世间万物的存在都自有因果，我们要以欣赏之心，去接纳缺失。

缺失其实一直是美好的一部分，我们要感恩缺失，是它留下的遗憾让心灵还保持着梦想的机会，并有了更多瑰丽的想象，也让这些事物因想象而变得比现实更完美。

想象接近至美，这又让哲学思想有了美学的色彩。

喜欢一件事物，就想走近，想去细细地打量细品。喜欢是一种更高级的欣赏，它开始从表象深入内里，并与自己的标准比对暗合，产生信任、舒适和愉悦。

爱是最敏感的触点，但我不想去定义爱，因为定义本身太过理性，不适合展示爱的特征。爱比喜欢更加主观和主动，又更加难以自控。爱是理性的喜欢在感性中发酵，产生某种更为亢奋的物质，爱在情感的突变升华中，让人生喝得酩酊大醉，也让世界变得绚烂无比。

最近学习民法典，有人在议论离婚登记要有一个月的冷静期，觉得这是一大进步。我玩笑说："结婚更应该设立冷静期嘛！身处爱情旋涡的人，全身每一个细胞都是幸福的触点，就像成熟的豌豆荚，一碰就炸，你们结婚的时候，哪一个是冷静的？"

这些"豌豆"在大笑之后，又立刻沉默了，仿佛若有所思，我触碰到了他们内心的触点。碰了就碰了，是幸福还是其他，只有他们自己知道。

幸福和痛苦的根源都在于对生活的敏锐和多思。幸福总是不期而至，而痛苦喜欢雪上加霜。

是的，触动你的除了温柔的感动，还有粗暴的痛苦，这并不是你想等待的东西！但它却会突闯你的生活，让你避之不及。

生活中的快乐和忧伤、幸福和痛苦，本来都是孪生兄弟，又像是自行车一前一后的两个轮子，接踵而至，从不单行。我们要做的，只是保持内心与周遭环境的平衡。只要不丢失自己的心性，就不会害怕莫测的风雨。

没有痛苦铺垫和对比的幸福是浅薄的，就像对辣味的知觉，据说辣也是由痛觉神经负责。微辣、中辣、重辣，代表不同层级的体验，越是重辣，越是痛苦，就越能接近极致的快感。

幸福和痛苦，常常在你内心争斗，又频频媾和，让人生变得因跌宕起伏而变得错落有致、立体丰富。极致的幸福是哭，极致的痛苦是笑，本质上，痛苦和幸福，有着共通的表情，就像命运的左脸和右脸。

  朋友的桌上，摆放着一个木雕的四面佛头，四个方向，有喜怒哀乐四种表情。我一去就会把它笑脸的那一面调整为面对自己，下次去又发现笑脸已转过去面对着朋友，我们彼此理解对方深藏不露的心思，因为我们都想面对快乐。

  快乐是什么？快乐不能为负面的事物所累，但可以为正面的事物所动；快乐更应该是观自，是打开心结枷锁、释放自己新鲜欲滴的潜在活力；快乐是无所顾忌、无所畏惧的内心旅行，是想放下什么就放得下什么的轻松，是想拿起什么就拿起什么的自在。快乐由自己决定，而不该囚于他人眼神的陷阱。所以，不用做别人人生的看客，也不要被别人虚张的声势所刮倒，你需要的，简单得只是瘫躺或站立，用自己最舒服的态度和姿势。

  幸福和快乐在于内心的从容，更在于内心的坚强不屈。即使我们无法选择即将到来的事物，也不必关闭心灵的感官，因为触动心灵的一切，都是人生值得的遇见。

没心没肺是对命运的软抵抗

明朝张岱说:"人无癖不可与交,以其无深情也;人无疵不可与交,以其无真气也。"深情与真气,似乎是灵魂鲜活的魅力表征。我想不断丰富自己,做一个对生命有深情、对生活有真气的人。

何谓深情,就是懂得热爱,活得真挚。何谓真气,就是有点小毛病,自由率性。

但热爱容易,真挚珍贵;毛病很多,自由难得。就像思想与情绪,有着不同的性格,却又总喜欢缠斗纠葛。

思想很精致,而情绪往往不够精致。

思想更多代表理性,情绪更多体现感性。理性和感性都不能成为人的主宰,人应该驾驭它们。

其实,我们也不要惧怕情绪。一个人的个性,更多表现在情绪上,偶尔发点小脾气,也是对人性的保养。脾气,其实也是真气的一部分。

情绪有时也跟外力有关,比如给点阳光心情就灿烂,给点鲜花笑容就泛滥。

又有人说，情绪是魔鬼。是的，情绪的氤氲有时会污染四周，切断阳光和空气，让人在毒雾中逆变，变得狭隘和狰狞。要警惕坏情绪的破坏力，它比刀子还可怕，所以，管控情绪，也是一个人必要的能力。

如果人人心中的情绪都有"兽性"，那么情绪需要驯兽师，那就是文化涵养，它可以让"兽性情绪"平静下来，展现更珍贵的人性。

离"兽性情绪"很远的是佛系，所谓佛系，并不是没有情绪，只是把情绪熨烫得服帖，就好像嗜睡的生活，穿了一件肉色的弹力睡衣。

思想如河，情绪如浪，我们可以学会在情绪之上冲浪，而不能在情绪中溺亡。

为什么要被情绪左右呢？我羡慕"没心没肺"的人，简单、包容，具有阻闭一切，又盛放一切的能力。他们以"虚无的无"对抗"所有的有"，外物的影响对于他们无计可施。除了他们以及大多数心肺功能正常的普通人，剩下还有两种极端，那就是狼心狗肺和掏心掏肺。

狼心狗肺带有伤害性，如果法律和道德没有拴牢，就会跑出去伤人。他们常以背叛为利齿，撕咬忠诚善良的人心。

掏心掏肺极易被狼心狗肺撕咬，因为他们有着最单纯且易外溢的善良。这些没有任何原则和理由的真诚，让人生缺少防范，软肋尽显，即使是去爱，也常常无端受伤。

而没心没肺，却有着最普通的扮相，他们隐匿在茫茫人海之中，人畜无害，雅俗共赏。

有人说没心没肺的人很"二"。"二"似贬低，又似玩味。

在我的认知中,"二",是一种暖萌的笨,遇事不过脑,做人不拐弯,遵从直觉,心直口快,笨中偶尔还夹杂一点小灵气,显得不那么讨厌,反而有几分大众普遍缺乏的可爱。

暖萌的笨也是一种浪漫。比如人们常说"对牛弹琴",貌似在指责牛的愚钝。叔本华说:"狗对于狗来说,当然才是漂亮的生物,牛对牛也是这样,猪对于猪、驴子对驴子,莫不如此。"也就是说,真正被质疑的应该是弹琴之人,他为啥要对着牛弹琴,而不对着人弹琴呢?这种很"二"的做派,似乎浪漫得无边无际,超出了同类的认知,连累了无辜的牛,也让猪和驴子,产生了一些非分的想法。

没心没肺不等同于狼心狗肺,他们只有一个空白坦荡的胸腔,灵魂却藏在别处,还没有在生活的熏染中发生异变。

或许是某些人心有着太多复杂,聊胜于无的心灵竟然有了大智若愚的幻象。

可以没心没肺,谨慎掏心掏肺,不能狼心狗肺。但我又希望,大家都能随时随地掏得出一颗清晰得可以示人的心。

没心没肺不等于没有思想和灵魂,这不过是对命运的软抵抗。在看清这个世界之前,他们的胸腔即使空着,也不愿意注满怀疑或执念,他们只是想等着确定了理性的方向之后,再拿感性的希望和爱去装填。

而我的心似有定论,我与世界矛盾统一,与命运相爱相杀。我羡慕没心没肺的单纯,厌倦鲜血淋漓的撕咬。

我想清空我的心,等待注入新的希望。可是,那掏出来的心呢,又该何处安放?

莫言在《晚熟的人》一书中写道:"本性善良的人都晚熟,并且他们是被劣人所催熟的,当别人聪明伶俐时,他们又傻又呆,当别人权衡利弊时，他们一片赤诚，当别人心机用尽，他们灵魂开窍，后来虽然开窍了，但内心还会保持善良与赤诚，他们不断地寻找同类，但最后变成了孤独的那一个。"

我从不害怕孤独，因为善良和赤诚是可以充盈心灵的能量。原来我的心并不需要再重新填注什么，那些东西，一直都在我那看似空荡荡的胸腔。

只要心中没有废墟,鲜花依旧会重新开放

越来越觉得,人最重要的,是精神的定力。什么是力量之源?并非外物的寄托,而是内心的丰盈。

总觉得世界上美好的东西太多,也庆幸自己具有感知敏锐的能力。生活的庸常只是生活本身的样子,美好时时与生活关联,又能够与灵魂互动。

强大的心灵有一个厚厚的壳,我蜷缩在里面,像婴儿一样安睡。这是我用精神构筑的"能量罩",也是我的"精神结界",它保护着我历经风雨,坚定前行,又可以在心灵最深处,私藏下我的单纯。

再有力量的拳头也是肉做的,而大海的力量是水和风做的,即使只有水和风的涌动,大海也成了无尽力量的源头和象征。

我一直很敬佩出海的男人,郑和、鉴真、哥伦布、麦哲伦、达·伽马,他们的人生都充满了传奇。

我的人生没有伟大的漂泊,一直伫立在原地,我心灵的原野上,有着一大片麦地。我在远离沧海之处,在另一种苍凉之中,守护着这安静不屈的成长,我是多么幸福的农夫!

那些正直的麦秆，就像精神的站立者，即使风吹雨打，一直根握大地，丝毫没有胆怯战栗；它结满思想的麦穗，这些饱满欲裂的智慧，又让人觉得能量不源于外在，而由心生。精神如麦，这应该是对心灵最朴素的指引，骨感的是身体，饱满的是生命，只有精神丰盈的人，才懂得永远恪守初心。

我又看见那些废墟，在以慵懒、颓废和堕落的姿势，呈现失去。在麦地的不远处，散布着心灵的荒凉。

那些嫉妒、恐惧、焦虑、悲哀、猜忌、羞耻、消沉、自责、憎恶、怨怼、仇恨、报复……在散落堆陈的砾瓦之间毒瘴一样缓慢爬行，传染着绝望的情绪，让一些摇摇欲坠、脆弱的心灵棚屋随之坍塌。

什么才是精神的骨髓？

我们的生命本就该狠狠地长在土地上，像麦子一样朴实，像棉花一样善良，面对命运，也可以像玫瑰一样用锐利的尖刺保护灵魂的柔美。

精神依托不应放在个体身上，而应该放在信仰、事业或爱好上。

很多事物不和谐的根源在于依附，是依附造成了精神的不对等或不平等，精神可以搀扶，但不可以依赖，也不可背负。不依赖，才可能成就完整的人格；不背负，才能接近心灵的自由。

对信仰、事业或爱好的投入不是依附，而是生长，它们会在学习中吸纳营养，得到源源不断的力量。

每个人的精神世界都应是独立的，也是隐秘的。不要让你的善良随意闯入他人的精神领地，这也是一种善良。

物质是一种人尽可知的东西，而精神讲究门当户对。精神的满足可以冲淡对物质的需求，物质的满足却容易留下精神的空窗。在物资匮乏的年代，需要精神做支撑；在物欲横流的年代，需要精神做底线。

精神并不能代表一切，比如不能像食物一样维持基本的生命所需。精神只是精神层面的营养品，与我们内涵的沃瘠相关联，不过有时候，精神也跟食物一样，吃少了虚弱，吃多了睡不着。

对于精神的追求，本质上不是旅行，而是回家。我喜欢一个人的精神徒步，在孤独中学习坚强。精神的流浪不是漫无目的的沉沦和放逐，精神只是在以流浪的方式，慢慢走向心灵的家园。这个家园，又因精神的枝繁叶茂，而变得更加生机勃勃。

在北川，我看见废墟上，在狰狞的碎石和扭曲的钢筋之间，长出了一棵挺直的小草，这是生命荒芜之处不屈的希望。

我举起相机拍下了它，自此，它就像生命重生的图腾，又像是一个美丽的预言，不断出现在我精神世界的各个地方，让我愈加坚信——只要心中没有废墟，鲜花依旧会重新开放！

幸福有时也会误闯孤独之处

越走进人生深处,就会越来越孤独。

以前还有人远远听听山谷的共鸣,现在已无人懂得你的嘶吼。是我走远了,还是世界走远了?

鸟兽各自散去,世界依然无恙。生命的独白,越来越被那些忽明忽暗的灵魂遗忘。

在一片黑暗和死寂之中,只听得见自己熟悉的呼吸,在隐隐作痛,沙沙作响。

以前动不动就喊孤独的人很多,现在不多了,不再喊孤独不等于不孤独,只是喊的次数多了,喊累了,又看出人们烦了不愿听,就不好意思再喊;也或许是大家都孤独了,彼此感到无话可说。

以前是年轻人喜欢喊孤独,其实那只是寂寞,他们还不了解什么是孤独。寂寞是时间的寂寞,孤独是灵魂的孤独;寂寞是寂寞者的通行证,孤独是孤独者的座右铭。

我无话可说,但我必须写,是因为我想用最擅长最正式的方式,表达对自己孤独的恭敬,或许也是想验证一下自己的孤独。

泰戈尔说:"孤独是一个人的狂欢,狂欢是一群人的孤独。"

晚上的时间总是很快,对于我不够用,这是属于自己独处的时间,学习和写作,有好多事情需要去做。时间的碎片拼起来,也可以做成完整的事。这样的独处让我备感充实,我的心灵一直在无人知晓的角落里狂欢。

马尔克斯说:"孤独之前是迷茫,孤独之后便是成长。"当途经过孤独的迷茫转变为成长,孤独就成了一种治愈。

我承认自己孤独,但什么是空虚寂寞冷?我似乎又不曾经历,我感受到的孤独一直是温暖的,这样的温暖不是来自人群,而是源于内心。

我不知道我的孤独跟你的孤独是不是一样。可能是一样,因为我们都在同一个人间;也可能不一样,因为我们有不同的人生。但我知道,即使我们彼此懂得对方的孤独,自由和快乐的人最喜欢反复说的字就是"我",他们总是用虚张声势的"我",来放大自我在人群中的存在感,其实,反而证实了自己的无助。

所以,"我"这个字,注定与孤独永远共存,你的"我"和我的"我"即使近在咫尺,也似远在天涯,孤独自品,即使最深切的爱也无法消除横亘在中间的孤独。

有人不信,觉得拥抱能拯救彼此的孤独。最后又发现救下的,只是寂寞。

孤独应该很可恨,但事实上却很可笑,一个人面对孤独一点都不可怕,我早看透了它欺软怕硬的把戏。

人们觉得孤独都是神秘暗黑的,披着看不见面目的大氅。我却发现孤独之心是彩色的,它只是喜欢穿一件黑色的衣裳。

孤独步步紧逼你的灵魂,挤走喧闹和浮躁,让内心变得沉着空寂,使人可以用更冷静的思想和专注的目光,去看清人生。正是因为这种深刻细腻的观察,才更能看到人生罅隙透出的点点曦光,并在内心空旷处投射出它们完整的彩色影像。所以,孤独并不是消极的状态,而会产生一种能量。孤独者的内心并不黑暗,反而更容易被光明点亮。

"独处亦有清欢事,未必人生尽相知"。或许,孤独者的内心正充满清晰鲜活的新生,那些呈痛苦状的黑暗与沉默,不过是他们不想被外界打扰用来掩藏幸福的伪装。只有孤独的人,才知道幸福也会误闯孤独之处。邂逅幸福的孤独常常会隐藏笑容,不动声色地沉溺于一种安静的美好。孤独从没有过狂喜,只有心灵深处会心的浅笑。

孤独收留了生命中很多流浪的事物,又把它们都隐藏起来,好像它们从来没来过人间一样。我理解孤独的善意,它只是想把那件厚厚的大氅,变成隔离人生风雨的屏障。

以前我曾写过这样一句话:"最美的风景总在荒凉之处,是孤独成就了它的纯粹。"

孤独是荒凉的,就像一个人伫立在寂寥的荒原,或至高的雪峰,风吹动了头发,也撩动了孤独。而美丽的风景早已存在,山归山,海有海,各有各的孤独,也各有各的幸福。此时,只有我的灵魂,才是这片风景里唯一举棋不定的过客,它好像一直在搜寻,又似乎一直在等待。

从摄影的角度讲,在一片美景里,如果没有某一种生命的鲜活,作品就会缺少灵魂。那么,现在的我,正孤独地站在这一片心灵荒野的C位，在你的眼里，我会不会成为人生风景里一朵绝美的灵魂？这是多么令人期待！

村上春树在《挪威的森林》里写道："哪里会有人喜欢孤独，不过是不喜欢失望罢了。"梁实秋也说过："只有上帝和野兽才喜欢孤独。"

我倒觉得，孤独只是中性的存在，是每个人都绕不开的生命体验。比如如果你能像纳威人一样用尾巴链接心灵，也就能够勇敢地链接起孤独，并获得斑溪兽的接纳和臣服，从而就能驾驭着它飞翔和战斗；如果你驾驭不了孤独，就会被它反噬，而成为命运的猎物。

或许是由于人性对舒适的需要，没有人会喜欢孤独，但当你经历了很多，命运又安排你孤独的时候，你丝毫不会害怕，反而有一种隐隐的欣喜，因为你已发现孤独并不是生命的绝笔，而是一次灵魂的逃亡。

有人说："活出孤独力，是顶级的能力。"或许那样的能力，都是被生活逼出来的能力。怪不得站在顶峰的人，都是通体自带凛冽寒意的寡人，但我知道他们的内心，都深藏着炽热的火种。

现实生活里，希望越多，失望就越多，让人希望和失望的东西多了，所以才有人会沉浸于孤独。而对于野兽，孤独只是一种与生俱来的本能，不管是群居还是独居，孤独都是它们生命呈现的最基本方式，动物在孤独面前远比人类更勇敢和坦然，对于它们来说，人类带来的麻烦远比原始森林里的孤独更加可怕。

朴园春雨，我斜靠在阳光房的大沙发上读书写字，这是一个属于自己心灵的世界，我发现孤独竟与窗外的春绿如此协调，仿佛春天温婉的内心也暗藏孤独。鸟儿在玻璃顶上踱步，时不时透过玻璃偷看我，它是在偷看我写了什么，还是爱上了我美丽的孤独？

　　生活知道我是一个享受孤独的人，我也喜欢生活安静的一面，即使我知道它有多面，只是不想很快地翻页。我和生活的这一面彼此信任，没有防范，它愿意和我一样，在月光下暂时赤身露体，晾晒内心。

　　叔本华在《人生的智慧》中写道："在这世界上，除了极少数的例外，我们其实只有两种选择：要么是孤独，要么就是庸俗。"

　　享受孤独并不代表喜欢孤独，而只是接受孤独后的通达和释然，我投奔孤独是因为我更害怕庸俗。所以，我要感谢孤独的呵护，使我逃离了庸俗的追杀，又陪我穿越人生所有的荒野沼泽，去找回那些被遗忘在人生角落里的淡淡的幸福！

　　"孤独一点，在你缺少一切的时节，你就会发现原来还有个你自己。"

托举纯洁的淤泥

　　世界上好多美好的东西，有趣的事情，需要我们去发现，虽然会错过大多数，但一定也会遇见很多。正是因为不知道它们躲藏在哪里，所以我们才对生活既感到神秘，又保有希望。

　　很想有时间按照自己的想法出去走走，站到更高远的山巅，去倚靠天空那深远博大的胸膛；深入生活的角落，去发现那些微小顽强的感动。希望内心安静下来，独立于一切意义之外，从另一个角度，去看看这个世界的素颜。

　　是的，公众视野里有大量杂质，而纯粹的地方往往就是在孤独之所。角落让人宁静，宁静带来安全，早就想在某一个角落，放下杂乱的思想，放下生活的道具，放下欲望、梦想、爱和愤怒，放下嘲笑和自谑，放下一切身外之物，给灵魂一次耳根清净，还生命一个身家清白。

　　我想用一块洁净的白布覆盖生活肮脏的部分，上面没有肤浅的暗花，用来伪装生活的虚荣华贵；不需要缥缈的蔚蓝涂染天空，那些好看的颜色，其实只是一些平常光线的散射，它们早已在放纵中迷失了方向。

纯粹艰难地生存在雅俗之间，脱离俗的泥淖，也脱离雅的做作。

我希望每一颗纯净的心，都能找到一片纯净的背景。为此，我渴望邂逅纯粹，爱上某种没有惹上过尘埃的品德。

闭上眼睛看到的黑色，没有一粒尘埃，原来纯粹的事物，只有闭着眼睛才能够看见。

我是一个不完美的完美主义者，我追求着不可实现的东西。我是一个有精神洁癖的人，见不得那些虚荣背叛、蝇营狗苟的腌臜，这也让我在生活中常常会下意识地擦拭自己的灵魂，又总担心会有什么东西擦不干净。

怪不得东野圭吾在《白夜行》里说："不要对任何人，抱有道德上的洁癖，在这个世界上，每个灵魂都半人半鬼，凑近了谁都没法看。"

过去看杨丽萍的舞蹈，那种对生命的诠释，对自然的敬畏，让人觉得原始和自然才更像是纯粹的来处：纯粹的高山、纯粹的大树、纯粹的野花、纯粹的荒草、纯粹的飞鸟、纯粹的毒蛇、纯粹的春风、纯粹的冬雪、纯粹的繁衍、纯粹的诞生、纯粹的死亡、纯粹的指甲……

那些逝去的事物，似乎并不带有复杂的因果，而是以一种简单的静态摆放于生命中，而每一次精彩，每一种曼妙，又都无法复制。

生活却一次次擦开那块白布，故意袒露它肮脏的部分，仿佛是想证明我的错误！

它告诉我世上没有纯粹的事物，生活的本质就是不完美，追求完美本身就是一种不完美的劣癖，真实生活里欲望挤得水泄不通，哪里还有完美主义者的立锥之地？

当纯粹被当作幼稚，是因为一些人早已习惯了肮脏。

生活中没有我的立锥之地，我不担心；世上没有纯粹的事物，我很失望；但是又听说还存在纯洁和简单，这又让我有了一丝宽慰。

纯洁，就是纯净洁白。它或许是一种简版的纯粹，这又勉强满足了我变态的怪癖。

如果说纯粹是一种透明，简单就是一种洁白。这几个词的关系有点绕，我就不多说了，因为我希望我变得简单。

人心都盼望简单，又害怕简单，所以更喜欢别人夸自己不简单！

不简单的人被称作聪明，简单的人有时被称作愚蠢，其实聪明并不该是一种复杂，愚蠢也不是一种呆傻，聪明和愚蠢都应该很简单。

真正能体会到简单之美的，是少数。特别是在复杂混沌变化莫测的生活中，简单和直接，更需要一种勇气和智慧。

而纯洁比简单更脆弱，过于洁净，易受污染，有时候纯洁在欲望中，竟难以栖身。

我痴迷纯粹，我追求纯洁，我喜欢简单，以至于对人而言，我倾向喜欢优雅清爽的气质。

自从社会上有了油腻男这样一种说法，让我对生活多了一层恶感，这又是对我精神洁癖的挑战。为了杜绝油腻，我藏起了手串，吃了一段时间的素，慢慢从食肉动物向食草动物转变，心理上竟感觉通体清爽，自带芬芳，飘飘欲仙。我甚至幻想过像哪吒一样，用莲藕摆放成自己的骨肉，无魂无魄，无血无肉，百邪不侵。

　　我突然又想起贾宝玉说过："女儿是水做的骨肉，男子是泥做的骨肉，我见了女儿便清爽，见了男子便觉浊臭逼人。"

　　如果我真是泥做的骨肉，就我那雌雄同体的特性，一定是做的时候被多掺了些水，也就是说，我可能是稀泥巴做的男人。但不管我是怎样的形态，我始终厌恶浊臭，尚有一颗暂且清新的灵魂。

　　那么，面对生活的风刀霜剑，花鸟的庭外悲歌，我是不是也该葬花去？

　　质本洁来还洁去，强于污淖陷渠沟……

　　然而，世人只知赞美莲花的纯洁，却忘记了哺养莲花的淤泥，淤泥无私地反衬着莲花的纯洁，却从未怨恨过世人，淤泥更了解生活的真相，故而更懂得理想的珍贵。所以，即使不能是纯洁的莲花，也可以做那深陷污浊之名却努力托举着纯洁的淤泥。

追求精致是一种素养

我是一个追求完美的人，这让我对精致的事物充满欣赏。欣赏，是微笑着面对一种美好，所以精致的事物总是能让我内心感到一种微笑般的幸福。

精致本质上就是让感觉协调，它可以抚慰愿望的痛点，又以一种尽量完美的形态出现在灵魂的舒适区。

我们在认识事物的过程中，错过的往往是细节的部分，而大多数事物中，都藏有精致的细节。

细节容易被人忽视，所以精致不易被人发现，是因为我们在世俗中，有着越来越急功近利的心态和游移不定的眼神。

有时候只有偏执才能接近完美，所以追求精致可能是一个痛苦的过程，它可能会经历愿望和现实的极度撕扯，每一处小小的裂隙，都可能会成为追求精致的心灵的伤口。

不要让你的审美能力被商业化的平庸所绑架，任何时候，都要维护个性和艺术。如果说审美是对产美的评估，那么追求精致就是一种素养。

不管生活如何粗粝，我们都不能做践踏精致的帮凶。而面对精致，有一些人并不能认真地去过滤沉淀生活，美好、平庸和丑陋的部分，都被一并囫囵吞枣，以至于尝到的，一直是人生杂乱的滋味。

精致和生活相爱相杀。精致装点生活的外貌，却不能改善生活的困顿。精致可以是一种态度和品行，显得更公正和细腻。但精致有时也会被利用，如那些精致的利己主义者，把精致当作自私自利的道具，那样的人都善于伪装，所以从某种程度上讲，他们还不如那些"真诚"的小人。

我们要学会以精致的心去鉴赏精致的艺术和人生。首先要有审美的主动意识，最大限度地调动敏锐的感官，并提高文化知识等关于审美的基本能力，同时，更要保持道德的精美。

粗犷的东西有力量感，精美的东西有深邃感。

华丽不是精致，它只是穿了一件高档的外衣。感动心灵的往往不是华丽，还有朴素，在华丽越来越泛滥的时候，朴素就越来越贵重了。大朴往往大真，朴素的事物，第一眼总是不被一般人看好，需要时间和耐性才能品味出珍贵。所以，精致不一定都要华贵，但必是用心之作；朴素并非俗贱，它也是堪用之物。

这是一种面对生活更专注纯粹的态度，纯粹是生活中最为稀有的珍奇，也因朴素而变得亲近灵魂。因为专注和纯粹，所以平凡的生活有了更多美好的感受。

精美的东西往往是脆弱的，越是精致，越易破碎；它们被生活所讨好，也被岁月所玩弄；它们常常在生命中昙花一现，留下美好的同时，也留下遗憾，所以，我们应向那些纯粹的品质致敬并致哀，并感恩于生命的馈赠。精致的事物总是短暂，或许只有以朴素的心态，才能延长精致的寿命。精致不应处处卖弄，而应是一种深藏于内心的安宁和确幸。

对美的感悟，可以殊途同归。我们要把自己变得精致、细腻和朴素，然后再用它们来抚摸灵魂。

婉约是对幸福的释放，精致以婉约的方式展示喜悦。

过于精致略显做作，过于粗糙毫无意义。我们不能活得太精致，也不能活得太粗糙，就像身体需要膳食的平衡，虽然雅俗共赏是一种和谐，但追求精致仍是更美好的去处，精致的事物也不应该完全被雅代言，而应该有着更大的责任感和更丰富的内涵。精致既服务于心灵，又寄存于生活，应让更多平凡的人生，都能得到一份美好的宽慰和满足。

玉，岩石在时光里的温柔

一直希望天地间有一种物质，能够穿透时光，抵达心灵。能够在变幻的世界中，始终保持温润的心性。我寻找着一种自己生命可以模仿的品质，可以让躁动的灵魂顷刻变得平和安宁。

时光轻轻地滑过岩石，那些变得温柔的岩石，就成了玉。玉是一种令人平静的东西，值得托付深情。

两千多年前，子贡问孔子："为什么君子珍视玉而轻视美石呢？因为玉少而美石多吗？"

孔子说："君子怎么会因为多了就轻视它，少了就重视它呢？君子用玉比拟人的德操。玉温润而有光泽，好比君子的仁；玉致密坚实而花纹有条理，就像智；玉角方正而不伤人，就像义；玉沉重欲坠，就像礼；玉敲击声清越悠长，终了戛然而止，就像乐；玉的瑕疵遮掩不住美好的部分，美好的部分也遮掩不住瑕疵，就像忠；玉的色彩四溢，就像信；玉的气质如白虹，就像天；玉的精神在山川，就像地；玉制的圭璋用于礼仪，就像德；天下没有人不珍视玉，就像重视道一样。"

古人爱玉说玉，尊崇玉德，法家管仲在《管子·水地》中说的"玉之九德"等，跟孔子之说基本一致。

我用哑蝉化名多年，一直想寻一件心仪的玉蝉随身，曾到北京潘家园淘过新货的玉蝉，但总觉得缺乏内涵。后来在民间得到一枚汉玉佩蝉，有浸口，有三角手工钻孔，由于孔太小，鱼线都无法穿过，折腾了半天，才挂上绳子。古有君子佩玉之说，汉代距今两千多年了，汉代玉蝉，线条简练，以直线为多，琢磨平整，锋芒锐利，刀法粗犷有力，故有"八刀蝉"之称。

古人认为蝉性高洁，"蝉蜕于浊秽，以浮游尘埃之外"。西周时，死后含一只玉蝉开始在贵族圈里出现。对古人来说，蝉是洁身自好的象征，蝉的羽化可以理解为人的重生，因此古人对玉蝉生以为佩，死以为含。

据说贾宝玉是嘴里衔着一块通灵宝玉出生的，这在人们眼里似乎代表着生命的祥瑞，但谁知道呢？当然倘若他叼的是其他东西，那就是另外的寓意了。可惜玉能映人，不能改命，那块宝玉最后成了世事无常中没用的劳什子，丢失在了人生半路。

我出生的时候，张着空嘴只管哭，啥礼物也没叼来。既愧对母亲十月怀胎的辛苦，又似在预告此生毫无灵性，所以我需要在后面的人生中，去认识和学习世界之用，追随玉的品德和价值。

玉藏于石，发现它的过程如透过朴素的外表去认识一颗晶莹的心，这本身就是一场欣喜，而人被当作璞玉的感觉同样很好，似乎人生有了变化的新奇和无限美好的前程。

我怀疑在世界眼里，人们都只是一坨一坨堆在它视野里的带皮的石头，看不清内里。如果生命是一次赌石，我们又能不能保证这些心剖开之后，都能看到一片晶莹？我常常想象那些雕刻师内心的善意和美好，或许他们才是玉和人相知于世的灵魂摆渡人。

我有一块青玉摆件，半成品，一棵青绿的树冠还若隐若现，一只青绿的鸟探出雏身，它比璞玉更多了一点具象，比成品多了一些想象。这样的玉石，如花之将开未开，同样充满生趣和希冀。

我还有古玉的笔架以及青玉扳指、白玉佩等，它们似乎可以吸纳我的精气，让我的灵魂与之契合，变得清澈和宁静。

而现在一些地方对于玉的商业化开发已近极致，一些人的穿金戴玉，这只是外表的装饰，在他们眼里，玉似乎已不再是德的象征，而是财的表现。玉与人的关系，疏离了历史情感，变得功利现实，更少了精神层面的交融契合。

民间有"三年人养玉，十年玉养人"的说法，玉用玉德养人，而人应拿什么内涵来养玉？玉只好在外界的一片迷茫中，悄悄保持独立沉默的品行，璞石中的通达，高冷里的善意，我始终坚信，这世上还有很多有着玉一样美德的人，让我们的社会充满细腻温情。

为此，我希望那滑过岩石的时光，也温柔地滑过我的生命，那是我心灵的玉问，如此，我的世界，也会变得温润如玉。

诗歌是正在失去的一种语言艺术

突然怀念起诗歌。

诗歌还和当年那个懵懂少年在一起，而我已经走远。诗歌仍是那个少年的奇幻漂流，而我的人生已经没有了历险。

我站在生活的安稳妥帖之处，这是一个众人喜欢扎堆的地方，拥挤的生活演绎着现实的真相，心灵自囚在貌似宽大实则促狭的地方，这里，早已搁不下幻想。

我有时会躲在人群里偷偷地回望诗歌，就像回望情感；诗歌像一位女子单薄的身影，她仍在旧的岁月里期待爱情；诗歌也是一个男人，在人生的跋涉中，像指间的烟一样散布着复杂而感性的情绪。

爱诗的人很多，但谁能拥有她的真情？谁又能懂得他的热爱？

诗歌为什么存在？因为它能超越生活的表象，以一种虚无的形式，展示灵魂的真实。或许是因为人们对于现实感到无奈，渴望着让灵魂以一种更纯粹的方式进行自我救赎。有时候，无奈像一片掉不到底的秋叶，几分好看，也那么悲情。

诗人看到的万物皆有生命,万事都有因缘,但可惜诗人那些看起来像胡话的心里话,很多人从来就看不懂,也不愿信。

我是一个能看得懂童话和诗歌的成人,我时常轻抚诗人捧在手里的一颗颗滚烫的真心,那是多么柔软和新鲜。

诗歌的世界如此瑰丽,万物通灵,似乎有着超越现实的另一种潜在的联系。我想一本正经地写《野岸集》里的文章,让道理看起来显得端庄正式,不要那么"轻浮",以得到更多普通人的关注和理解,但我却常常不知不觉写成了哲学的"散文诗"。或许诗歌是哲学之外另一种特殊的语言,同样诠释着万物的关系,它是文字的骊歌,是灵魂对平庸的坦然作别。

我很长时间没有写诗了,因为诗歌与现实的切割太过清晰,往返于两种状态的"时光隧道"是多么辛苦。这样的撕裂让人处于一种危险的境地,类似精神麻醉,短暂痛快后,会是长长的隐痛。

今天我突然想到写诗,也是一种突然的自我,想要为左奔右突憋坏了的情绪找到一个通道和出口。很久没写,却感觉写起来比以往更畅快游刃,意识乱流,一地碎瓷,光脚踩在上面,痛并快乐着。

我用诗歌映照自我,却看到了奇特的《画像》:

空镜子里只有深不见底的夜/很多面孔从里面爬出/我却想不起自己的模样。

脸漂浮在干净的水面/泛起的涟漪/是浅白的微笑/头发是生长在天空的根须/抓不住安静的泥土。

手啊/风中低垂的柳叶优雅地飘落/推不开的命运/散尽了

力气。

躯体是直线／起伏的只有山峦和音乐／颜色是多么轻浮的东西／那么刺眼。

眼睛倒立着／它突然看清了黑白世界！

我用诗歌认识《现代》，却看到了这样的情景：
镀锌的日子／错动中撕咬啮合／拥挤的潮动变化着方向。
假扮森林的城市／灰雾中鬼影幢幢／众人在黑暗中分赃／分不清哪些才是财富。
理想没有温度／被金属冷笑／战争与和平交媾／弃婴是世界。
只有暗夜愿意私藏品质／心灵的窥觑／不要惊动窗外食梦的魑魅。
马匹孤独地死去／人类和汽车蜂拥着／沿着悬空锃亮的钢丝／走向未知……

我看见我的《诗歌》，还在岁月的风中摇摆：
参加选秀的文字挤到前排／而思想却躲在幕后抽泣。
那些混乱的幻想／好过肮脏的真相／仿佛只有屏息／才是唯一高尚的存在。
我不知道该用什么颜色／来描绘无色的诗歌／我的欢乐和悲伤／早已置之度外。
但是／我的灵魂／仍想铺开洁净的星空／踏上那条返回梦乡的小路。
小路两旁／我看到营养过剩的土地上／生长着瘦弱的诗句和爱情。
叶子黄了就掉了／就像我／从来不懂得盛开……

其实我早就想用这样的方式说话，又怕人们认为是疯话，所以我一直把诗歌藏在自己心灵背后，这就像日记一样的东西，作为人生梦想成长的另类记录。即使生命如此孤寒，我仍愿意相信诗歌，它就是贫瘠人生中长出来的忠诚和热爱。

那些和诗人说话的事物，它们会读心术？它们是鬼语者？它们想告诉诗人什么，或者想委托诗人说点什么？诗人游离在幻想的艺术世界里，但又真实地出没在平凡的生活中，诗人的幸福和疲惫都源于在现实和幻境中的不断穿越。

所以，诗人也好，艺术家也好，都应该既上得了厅堂，也进得了厨房，心可以去往高远，脚永不离生命大地。对于我这样一个追求完美的不完美的人，诗歌是完美主义的代言，是可以填补生命残缺的云泥。

在现实生活挤压下，诗歌是正在失去的一种语言艺术，却又因此显得弥足珍贵。

我又看到了一些诗人绰绰的影子，还停留在原地，在一片绚丽和迷离深处，孤单而静美。

生命问："战吗？"

诗人说："战啊！"

我敬重这些灵魂的孤勇者，他们坚定地守护着世界脆弱温暖的诗心，给我依靠，放我流浪，让我生命里的那一片黄叶，在凛冽的风中，想起了盛开……

想站立的影子

　　影子在至暗和光明中间，揿入一张写着生辰的黑色纸片。路灯和未来之间，揿着灰色的我。

　　无形的影子附着在有形的事物上，附着在荒凉的身体上。影子不说话，我也不说话。我说话了，影子依然没有说话。

　　我说出来的是话，没说出来的是心里话。有些话的影子，印在了心里。于是我说出来的话，都有影子，话里有话。

　　影子站在身前，挡在谎言和真相之间。影子站在身后，躲避命运的假意垂怜。我喜欢影子，它是我的安全屋。我害怕影子，它是我的阴暗面。

　　影子在正午蜷缩一团，是因为阳光太亮，我怕原形毕现。影子在黄昏拉得很长，是因为阳光走远，而我还在流连。

　　我站在冰冷的地上，活着；影子躺在冰冷的地上，喘息。我靠在空白的墙上，思考；影子趴在空白的墙上，遐想。

　　有人说，影子是我的灵魂，与我随行。我时常会有找不到影子的时候，我有没有灵魂？做过很多梦，梦是不是梦想的影子？

是不是找不到梦想的时候，人才会做梦？

世间推推搡搡，人心真假莫辨。

老人说，是人是鬼，可以看看有没有影子。黑暗中，我看不见自己的影子，我是不是人？光明里，影子纠结模糊，中间有没有鬼？

影子拼命想证实我厚重而真实的存在，以自己的单薄和虚无。影子躲在幕布背面，出卖我灵魂的轮廓。

我不小心踩着影子，影子从不喊疼，所以我从不在意。影子默默托举着我。但踩着影子，也并不能增加人生高度。于是我无视影子存在的意义，影子却把我当作唯一意义。

昨晚，我去看了一场皮影戏，才知道被践踏的影子也有故事。有故事的影子可能有痛觉。我是不是该脚下留神？

影子想有一次独立的人生。生老病死，爱恨情仇。

影子盼望我拥抱影子，不再是若即若离地暧昧；影子盼望我扶起影子，给它生命站立的尊严。

但大家说，我是物质，而影子不是物质，只是现象。

我一动不动，冷漠地站在物质堆积的尸骸上。我和海鸟的影子投射在海滩上，被巨鲸的骨架吞噬。

风吹动了蜡烛。影子开始颤抖。

影子哭啦？

…………

还有谁愿伫立在原处，含泪倾听

  我是自己人生的主角，还是过客？如果说是主角，为什么一路走来，我说的话无人倾听？如果说是过客，为什么命运对我如影随形？
  是自己的声音太微弱，还是世间的声音太嘈杂？似乎早有什么东西抢先一步，挤占了太多灵魂的空间。这个世界，拥挤得只剩下喘息，或许只有在某个松软的梦里，才有人愿意聆听。

  一道黑影划过窗户，悬停在门梁的上方，隐在黑暗里的耳朵，开始记录思想的声波。我习惯了断断续续有去无回的倾诉，那是我的梦呓。
  我把思想倒挂在黑色的梦壁，化作了一只爱上黑夜的蝙蝠。
  夜，有无边的宽容。
  蝙蝠躲进宽大潮湿的庇佑，沉溺于真诚和邪恶的爱抚。
  这深黑的精灵，如此高贵和纯粹。也许，只有这天地间神秘的暗影，才配做那些无助灵魂的祭祀。

蝙蝠忘情地起舞，无视人间流言的箭矢，蝠翼轻颤，击散黑暗中汇聚的恐惧。这尖锐的呐喊，悄无声息地刺破人们早已作聋的耳鼓。

预言的灾难之后，还有谁愿意伫立在原处，含泪倾听？夜，终于轰隆隆地坍塌下来，堆砌的天堂瞬间倾覆。世界突然变得死寂，连呼吸都变得孱弱无力。

寻遍新鲜的废墟，再也找不到一粒闪亮的碎片，那满天星辰，曾是那么美丽。

原来，没有了梦，会痛得如此清晰和干净。

蝙蝠贪婪地舔干自己伤口的鲜血，一双瞎眼，又凝视着遥远的深空……

今夜，我用诗歌般的语言，来赞美和怀念一种黑暗的意志，并不是为了投奔黑暗，而是因为黑夜也可以深藏希望和深情，它比白昼的直白更深沉，比阳光的刺目更包容。当那小小的蝠影穿行于无边的黑夜，就像我孤独的灵魂在广袤的人生中勇敢地游弋。

或许只有角落，才感觉得到汇聚的真诚，或许只有盲目，才看得见黑暗里的追寻。

如果生命只是一场歌剧，我又听见了魅影夜半的歌声，它正在用那扭曲的执念，歌唱着幸福与爱情。

而在暗夜的背后，那些毁灭和希望，都在新生。

生命的自然状态，是流淌

生命的自然状态，是流淌……

属于自己的时间，大都是一种从容随性的状态，身体是固体的，而精神是液态的。

这是一条潺潺的小溪，因为不是海，所以不需要波澜壮阔，血液无声息地流动循环，像时钟一样，传递着生命的行走和渐失。

给我一个黑夜就够了，让我洗浴，擦拭惹染的尘埃。

今夜，我想沦陷了，陷落在深深的沙发里，想失败，想大睡，想任性，想破坏，松开紧握着梦想的手，目送它飘向漆黑的天幕，不知所终。

就让我的帝国啊，在此刻轰然垮塌，倒在黑夜的最深处，无人能知，也不要人知。

流淌……流淌……不需要什么意义和形状，所有的意义，都没有形状。意识在水面漂浮，随波流浪。

嗯，有一只蛐蛐，在什么地方哼着小曲儿，仿佛世界小得只有自己的存在。

此刻，生命是放养的形态，融化在一个精神的自由天地。

像风一样徜徉田野，温柔细腻，抚摸麦穗；像水一样流过荒原，幻化万千，滋养贫瘠。

流淌，是心情和某个时间的私奔。

可是，可是，总有着什么，在时间之外，操纵着人生。

天地造物，中有因果，想起一首歌，"隐形的翅膀，带着我幻想……有形的翅膀，飞进了坚强"。

不在意昨天的得失，它只是了无意义的往事；不迷恋华丽的虚荣，它只是魅惑人间的画皮。

男人的责任，支撑着我前行，天意难违，命中注定，归隐和放弃，都是怯懦的逃避。

所以，如果生活给我苦难，我可以倒下，但不能崩溃；如果生活赐我安乐，我可以放松，但不要懈怠。

使命如矛，期待穿透一切的阻碍，直取人生的要塞；意志如盾，希望遮盖如鳞的刀疤，抵御挫折的逆袭。

男人的终极归宿，并不是这个温柔如水的黑夜，而是那个嗜血如歌的沙场。

那么，今夜，只是今夜，让我好好安睡吧，回到那个羊水里睡眠，再听听母亲的心跳好像从来就未曾出生。

我知道，梦，根本没有离开。

它蜷缩在门外，等我醒来。

它的身后，一个巨大的白色羽翼正悄悄展开，那是又一个黎明……

岁月之晷

——在风尘弥散处停留,笑看着岁月神偷重复的把戏

岁月是个施主，也是个小偷

　　岁月，是一种让人安静到闭嘴的力量，它永远坚定，不容置疑。它不断给你机会，又不断夺走机会；它在深夜也不会睡觉，而是以时间为表象，继续有条不紊地细数着点滴得失，旁观着你睡梦中的幸福和混乱。

　　时间编织成的岁月有时又像一个筛子，粗粗拉拉，漏掉了很多精致美好的细节，只留下粗大的记忆颗粒，就像梦想没有燃烧干净的骨殖。

　　每个人都攥着一点点时间，那就是自己可以感受到的生命部分。手表不代表时间，此刻是时间。你可以攒下一分钱，但不能攒下一分钟，即使你拥有最名贵的手表，你的一天也只有二十四小时，不多一秒。如此，时间是最公正的东西，但它又以冷漠闻名。

　　有时候，房间里放的钟表越多，就越慌乱，越来越搞不清确切的时间。时间比岁月更残酷，它负责通知你当下的失去，而不是阶段的提醒。生命本是倒数，你应该庆幸命运的懒惰，你的表才没有被设置成倒计时。

从二月跌到三月，是一个陡坎，因为二月常常会缺几天，这让我这种有强迫症的人很是恼火，总是觉得这一年缺了一个角，就像是你自己的月饼，被上天偷偷啃了一口，还告诉你月圆月缺是自然现象。

我不得不原谅上天对时间的偷窃，你又奈之何？不过我也为此心生疑窦，我的生命资产属性是什么？我们一直以为生命是自己的独资，现在看来最多只是参股。

岁月里的日子，每天会在生命里划一道浅痕，至今已有无数个细细的疤痕，它从不遗漏这样的事情，又装着无关紧要，仿佛自己并没有恶意。

其实，岁月是何用意，我并不关心，我很忙，没有精力去琢磨这些琐碎的事情。我珍惜你给我的深情，也蔑视你带来的失去。

那些废墟上的杂草，是一些老故事长出的胡子，时间锋利的剃刀，也从来不愿打理。

岁月以自然的形态出现，就是光阴。所谓光阴，就是既有阳光又有阴影的日子。

有没有注意岁月的容颜？它今天比昨天年轻，明天比今天稚气。而生命呢？却正在岁月里逆行。

一路上，那些丢失在时光里交错的影像，将不再重逢和重演。

岁月留下了痕迹，你想记住或抹去都是枉费心机。只有岁月，才能想抹就抹，想记就记。

不要笨得想做岁月的看守，谁也无法阻止它的逃亡，它就像生命的血液，一直在滋养生命，又在生活的某个伤口悄悄渗漏。

岁月是个施主，也是个小偷。

它施与人生的入场券，让你可以拥有一段自己的生命旅行；却又在出发的同时，立即开始窃取你的机会。它偷偷在你的券上打上一个个小圆洞，让你以后可以去的地方，变得越来越少。

岁月施与成长的过程，让你一路感受酸甜苦辣咸，从青涩到成熟的人间滋味。它在青涩那一端，给予你一些希望，却又悄悄在成熟这一端，窃走你珍贵的单纯。

岁月施与你情感。亲情的温暖，友情的力量，爱情的沉醉。

它又偷偷在途中某处埋伏，窃走一部分美好的情感，并暴尸于现实的狰狞，让你人生最饱满深情的部分，变为淡淡的过往和遗憾。

岁月拥抱了你的童年，又遗弃了你的童年；

岁月抚摸过你的青春，又掩埋了你的青春；

岁月滋养了你的身体，又消耗了你的身体；

岁月证明着你的生命，又窃取了你的生命；

所有的得到都是岁月的施与，所有的失去都是岁月的偷窃。

岁月如歌如刃，与我相爱相杀，我节节败退，差点一无所有。幸好我还剩下思想，在岁月里独立生长，它超然于生命的载体，所以永远不会失窃。它坚定地伫立在岁月的荒芜之处，根深深地扎入土地，它讲述着光阴的故事，汲取着岁月中的教训，并转化为人生的点滴智慧。

岁月会带来什么？对有的人来说，带来的是平和与回归，对有的人来讲，却带来了复杂和欲望。不过我相信，总有那么一天，他们都会带着复杂和欲望的伤痕，开始渴望平和与回归。

岁月也会带来灵魂的成熟，带来人间之爱的经历，又让人在不断失去中，更感受到人生的珍贵。

如此，我变得越来越平静，不动声色，看破而不说破。我将这样的灵魂寄予生活之外，任它在风尘弥散处停留，笑看着岁月神偷重复的把戏。

不要奢望每个日子都有意义

　　日子就像分分钱，看起来很多，用起来很快。也有人想把每一个日子都像硬币一样攒起来，作为自己人生的货币，去交换一个有意义的未来，也想让这些积累，有一些价值。

　　也有人希望时光能在某一个幸福的时刻停滞，留下人生最美的风景，让散落在人生各处的欢乐，全都到这里聚集。

　　但是停滞，不等于现在什么都不再发生。那些希望，依然在心中若隐若现；那些艰难，依然在前面蠢蠢欲动；那些既有，依然会慢慢被磨得斑驳陈旧；那些失去，依然在幕后踽踽而行。

　　有人想把生活的碎片都拼起来，组合成人生的完满。但又感到拼图太过复杂，直到生命的最后，仍会发现多出一些没用的碎片，同时也总是缺少最关键的那几块。

　　那些多出来的没用的东西，是你人生慵懒软弱的部分，或许也有一些错误和失败，带着混乱的剪痕；那缺少的几块，却是理想的正脸，而你，却似乎永远不能补全。

　　人一辈子，能拼出自己人生目标大致的模样，已属不易。所以，不要奢望每个日子都有意义，不要奢望每一块拼图都能找到最合适的位置，不要奢望所有的想法，都得偿所愿。

意义这东西，有时会卡在社会定义和个人定义之间，时而一致，时而又不一致。人不能脱离社会意义，那是个体对社会贡献和增值的能力体现；人也不能脱离自我意义，让生命有一个自选的机会。如果每一个日子都充满意义，那似乎浓度过高，也不太现实。或许能做到的，是为了某种意义，而让日子变得更有希望。那些最崇高的意义，有时需要用更多的牺牲去换取。

生活中有一些人，因为懒惰、封闭或胆怯，造成思想僵化人生锈蚀，百无聊赖了无生趣，也就是说，"有的人活着，他已经死了"。人生锈蚀往往是从每个日子的点蚀开始的，所以我们平常要保持开放心态，平和乐观，注意生活细节，不能过于慵懒，要经常给自己的日子加点调剂的润滑油。

我觉得做人有三层境界，第一层境界是灵活，身体不僵硬；第二层境界是灵气，思想会飞翔；第三层境界是即使死亡，也要力争"灵异"，达到跟"僵尸"不一样的结果。

我这样说似乎又有戏谑之嫌。正经地说，思想跑到现实前面很远，是很正常的事，有的意义，并不能被当下理解，需要时间甚至生命来证明。

正如尼采所说："总有一天我会如愿以偿，这将会是很远的一天，我不能亲眼看到了。那时候人们会打开我的书，我会有读者。我应该为他们写作。""我的时代还没有到来，有的人死后方生。"

那么，写作的意义是什么？就是在看不见的未来里，投射出你的影子；在不断遗失的时光中，寄放下你的灵魂。

没有人逃得过时间的追杀，唯一能做的，就是尽量阻止它对生命和梦想的双杀。

我也想在日子里闲坐，但又不得不起身追寻。如果停止了追寻，那么人生肯定就会变得了无意义，连最后一丝希望，也荡然无存。

当生命带着骄傲和疲惫，站在或好或坏的结果面前，它不由得回忆起这一路历程。回忆，是往事搅拌后在今天的渗漏。而今天的故事呢？又将滴落在哪里？

人们常常问，生命是不是应该回到原地，重新出发？时光沉默不语，沉默是它最好的回答。

因为它知道，即使让我真的又回到了原地，回到原地的早已不再是自己。或许，我只是某个梦想多余出来的一部分，并不需要什么责任。所以去远方吧！那是另一张梦想拼图，在那里，或许我能成为更重要的一块！

致我们终将逝去的青春痘

  过去的我消失在记忆深处,我想去看看他。
  我依稀记得小时候被水果糖粘掉乳牙时的慌乱,而今,即使被医生拔掉一颗大牙,也丝毫不会紧张。
  我还记得同桌小女孩儿那张长满雀斑的脸,笑得多么无畏灿烂。而今,我看到过太多用脂粉掩盖的脸,即使这样,她们依然在惴惴不安。
  我的脸上早已找不到一颗青春痘。我已记不清,我的青春痘因何而来,为谁而长。

  有些生命里的东西,曾经感觉那般琐碎,但又在人生的某一个节点,突然变得珍贵。儿童期因为无知,所以快乐;而青春期的故事,除了生理上的懵懂,更有心理上的迷茫。
  在那些青葱岁月,我们的人生会填上越来越多的知识和信息,有用的很多,没用的也不少。青春就像白洋淀上的鸬鹚,貌似叼着满嘴大鱼,总想着能饱餐一顿,却又被捉摸不透的生活捏住了喉咙,咽不下去。

在社会性的灌输中，我们慢慢形成了自己的观念，又似乎都不是自己的思想；这些观念让我们对事物有了更为主观的判断，但又常在这个过程中感到迷惘；我们不再像儿童一样对生活无知，却又似乎对生命多了隐隐的无奈。

青春是什么？没有束缚的想象力，没有标准的执行力，思想和情感蠢蠢欲动，万物生长。青春被梦想的热度照耀着，人生的困难仿佛被甩到好几座山外，哪管它其实只隔了一层薄纸。不过，这样不是很好吗？青春无畏的日子，其实挺珍贵。

"青春是一场绝美的梦，一样的年龄、一样的心情、一样的孤独……只是，不一样的我们，在不一样的路上寻找属于自己的天空。"我们在青春里安放了什么？是纵情的沉沦，还是激情的奋斗？人生道路的分岔，往往是从青春开始的，青春之初有那么多同样绚丽的愿望，倾倒在了毕业宴的酒桌上，而又在散场出门之后，开始有了越来越多的不同。

青春应该有更宽广的胸怀，要把青春的视野拉长为对未来整个人生的思辨，让青春成为一场冲锋，也让人生因激情而鲜活。青春渴望成功，但不能急功近利，那些被"成功学"绑架的青春，已失去了自由。青春无悔，是因为经历了奋斗，只有思想和奋斗，才能让心灵得到成长。

思想是青春的导师，挫折是青春的教练。当我们学会让激情变得理性，不再把青春之痛当作整个生命之痛，不再把自我价值认定为青春的唯一价值，学会包容，学会接纳，学会团结，学会奉献，青春就开始走向成熟。

我们在青春里是忙乱的，总想着要去追求幸福，却不知道这就是应该珍惜的当下和应该握紧的幸福。青春总是觉得未来得到的东西会越来越多，却不知道生命的本质并不是越来越多，而是越来越少。我们唯一能做的，就是把自己的灵魂变得越来越好。

终有一天，青春故事会被岁月草草掩埋，一些美好和遗憾，都成了零零碎碎的标本，那么咸、那么甜、那么乱、那么远。之后的我们已不再懵懂，却依然也会感到迷茫，青春并不能解决所有的人生问题，它只是学习解决人生问题的初级实践。我们就像一颗颗朝着宇宙深处坠落的星星，飞啊飞啊，命运依旧深不见底。

或许这就是人生的铁律，一手获得，一手失去；一边成长，一边腐朽。

有的时候，我依然怀念那颗被扔上屋顶的乳牙；我不知道那个小女孩儿而今是否脂粉扑面，是否也会像我一样，怀念起她灿烂的雀斑。

我们的获得和成长，潜移默化，不动声色；我们的失去和腐朽，大摇大摆，无忌横行。青春，就是这样的界碑，似乎来不及记录太多，人生却已经千帆过尽。

在岁月中，我学会了漠视，也学会了接受。虽然脸上偶尔也会长痘，但我知道那已不代表青春。不过，我们仍会庆幸，青春的故事，讲起来依然绘声绘色，青春的颜色，至今依然鲜艳亮丽。

我有时候会想，我们那些逝去的青春痘呢？又长在了哪一些青春肆意的脸上？

时光不会在你关注的日子停留

如果有月光宝盒,你愿意回到过去吗?

因为岁月的流转,万物才有了可以跃动的生命。但是绝大多数生命,并不在意自己的前尘后世。人们现实地活在现实里,生老病死,柴米油盐。

大家都不是至尊宝,也不想认识什么白晶晶。

很多人不想回到过去重新安排,只想着现世安稳,自求多福。而那些有穿越想法的人,反而显得有点儿魔障妖孽。

我也不是至尊宝,并没有不现实的英雄情结。

记得看过一篇文章,弟子问老师:"您能谈谈人类的奇怪之处吗?"老师答道:"他们急于成长,然后又哀叹失去的童年;他们以健康换取金钱,不久后又想用金钱恢复健康。他们对未来焦虑不已,却又无视现在的幸福。因此,他们既不活在当下,也不活在未来。他们活着仿佛从来不会死亡;临死前,又仿佛他们从未活过。"

我有时觉得记忆很模糊,就好像从未活过。不过忘了就忘了吧，这样也好，人不能因为患失过去，再错失现在。

时光就像穿堂风，穿过我寂寞透明的身体，又绝尘而去。每个日子似乎都一样不温不火，毅然决然。

我突然想起浮士德的话："如果我对某一瞬间说，停一停吧，你真美丽。"

所以我想留住点什么，希望时光至少在某个特殊的时刻停一停吧，让自己平常的心情有一个难得的仪式感，也让我认真看看生活中的那些被忽略掉的片段。

时光最好是个慈祥的老人，他经历过人生的惊涛骇浪，变得如此成熟和善，我希望让自己的人生徜徉在他宁静温暖的目光里，就像一只天边归来的孤雁，找到了南方。

时光不再年轻，但也未垂垂老矣。它的成熟包容，只是经历万事后的淡然；它的宁静温暖，只是对人生伤痛的共情。

时光并不会在你关注的日子停留，它的视野，覆满了万千的人生。那些人生，一部分光鲜亮丽，热闹非凡；另一部分则困守一隅，落满灰尘，但擦一擦，又似乎都有着一丝旧日的光亮。

或许，我们不该只活在现实里，慢慢变成岁月的垃圾，被无视和丢弃。我们也应走进某一个有趣的故事，成为某一个人生命中一段精彩的剧情。

改变如此简单，或许，我们只需要喊出月光宝盒的口令："般若波罗蜜多！"至于穿越到哪里不重要，或许还在盘丝洞里转圈，也或许去了一个陌生的地方，重要的是当我们站在那边回望这里的时候，不要忘记我们的昔日，也曾有过爱与梦想的痕迹。

我们应该学会自己安排人生的意义，哪怕我们的过往，始终挥之不去；哪怕我们的未来，依然讳莫如深……

时光会留在原地，离开的只是自己

如果时光真如流水，其实我们一直生活在水边，那条河流无时无刻不从我身旁流过，而我却触摸不到它丝绸一样的柔软和冰冷，听不见它远去的声音。

不知什么时候，我突然感觉丢了些什么，以至于翻遍所有的柜底，再也找不到它们的影子。那些东西，或许是曾经的珍爱，但现在，早已杳无踪迹。

点点滴滴的记忆偶尔会掉进荒芜空旷的心底，在厚厚的灰尘中溅起一朵短暂美丽的烟尘，悄无声息，却无法捡起，这样的时刻，你是否隐隐有一丝怅然和疼痛？

爱水的鱼，大都水性，喜欢追随水面漂移的落花，却无视水底磐石的沉默。其实，能被冲刷掉的，绝不是心中最重要的东西，最有分量的记忆，最终会随着生命的消逝永沉水底。

水底的石头，有着坚定的命运，让我在岁月中找到了精神的根基。

我不愿做水面上漂浮的落英，只愿做水下静默的石头。

我是那黑色的花朵，静静地盛开在明澈的水底，绽放冷铁般的幽辉，一任岁月如流，逝者如斯，我仍以河之柔波荡涤昔时记忆的尘埃，仍然淡泊恬适，不骄不饰，于澄明中永存质朴的信念。

　　我是水之魂灵，融化于广博的心湖，投身于不懈的奔流，我是清浅的溪水中深邃的思索。在幽幽河谷，我被漂泊的岁月细细地打磨成了一颗深沉而不倦的心。

　　我不愿成为一块寄托他人臆想的圣物，或一块装点虚荣的玄玉。我那么平凡，那么普通，高山生育了我，流水造就了我，我只愿久久地沉醉于这欢乐如痴痛苦如痴的生命洗礼，我从未祈求拥有怎样辉煌的一生，只愿求得如此端庄的永恒。

　　那么，请悄悄地从我身边走过，不要惊扰我，不要将思念暗长的背影，投入我宁谧的醇梦。在平静的日子里，请悄悄地忘记我，就像忘记那条曾是怎样年轻而又纯净的河……

　　谁在水面上刻下了墓志？波光里闪动的一瞬，不过是昨日的魇影。逝者如斯，岁月的河流，最终会带走一切，携生命逃离。

　　记得有人说，聪明人不谈论人生，因为人生无解，多说者，不是矫情，就是犯傻。

　　光阴如是，荏苒之间，静静剥蚀我们的生命，发现了，又奈之何？故此亦无解，多说者，不是啰唆，就是怯懦。

　　遗憾的是，慨叹光阴者实在是太多，人们的生命充满了啰唆和怯懦。

　　我们看到了人生波光粼粼的美丽，却拼凑不出完整的倒影，才发现人生从来就不曾完整。我们每天都在和99.99%的事物擦肩而过，所以，我们遇到的0.01%才显得弥足珍贵。宇宙那么大，地球那么小，人们擦肩而过，彼此能够看上一眼，都不知是怎样难得的缘分。这是光阴里最浪漫的故事，也是生命间最美丽的擦痕，遗憾的是，我们却往往不知道它的珍贵。

没有人敢说未曾辜负过一寸光阴，成熟本来就需要用光阴来支付。只不过成长的过程，应该考虑一下时间的成本。

光阴，此刻就在我身边，像拂动我的风，故意让我感到它的到来和离去，给我们某种心情。

随心所"遇"，光影徘徊，这是我生命存在的一种形式。我依然是一个画梦者，但我更应踏梦前行。

我想安安静静地打量着星空，那些狭长的暗影，只是很多人生划过星空的浅浅擦痕，并不影响它之广袤、我之静美。

期待，可以拉长时间；最后以后，又是最初。

时光会留在原地，离开的只是自己。

古人曾经也是今人

我没有在古代待过，即使待过，翻越了无数次生命过程，也早已记不得了。我和现代一直厮混，多么欣欣向荣，也那么乏善可陈。我想，我应该回去翻寻一下生命的历史脉络，找它，应该是在背身的方向。

当车轮代替了脚步，我们擦肩而过的东西就更多了，对于一些事物，甚至来不及瞟上一眼就消失了。我知道，有很多生命走过荒芜，永远不曾被后人看到，但我知道他们肯定也曾美丽，也曾迷惘，他们的人生，也曾有过希望和回望。

李白诗云："今人不见古时月，今月曾经照古人。古人今人若流水，共看明月皆如此。"

古人曾经也是今人，有着与我们一样的生命形态，只是时代环境差异，他们的遇见，跟我们不同，但人性之所感，又都共通。不然，为什么当我独自面对这次人生的时候，心底并没有太多慌张，那些爱恨情仇，好像曾在哪个地方遭遇过一样。

其实，只有那一轮亘古至今的明月最为清楚，古人今人如月亏月盈般的人生悲喜。遗憾的是，古人今人可以共明月，却不能共此时。

　　古人省字不省布，今人省布不省字。当然，这闲话又是我自作聪明的发明。古人还是今人的时候，他们中有些人喜欢把安静的时间用于思想，与自然建立更为密切的联系，顺应天道，懂得敬畏；可以田耕，可以狩猎，可以为文，可以布道，可以君子坦荡，可以小人戚戚，可以安贫乐道，可以革凡成圣，可以齐家修身，可以治国安邦。古代生产力落后，没有太多信息干扰，所以人们更加关注生存本身，也更能透彻地揭示生命本质。其实古人过的才是低碳生活，那是可以让人更接近自然的时代，或许正是由于生命的清晰，生活的纯粹，目标的单一，所以古代才有那么多人生智慧和生活艺术，成就了古代文化的精美和深邃。

　　物质越少，人性越多。由于更接近本真，一些古人似乎更懂得生活，比如，古人专注于生活的所需，那时各地都有很多技艺精湛的匠人。所以，每一块石头，都有可能成为殿堂的柱础；每一根木头，都有可能变成雕花的围床；每一件衣裳，都落满细密的女红；每一个贴纸的花窗，都透出温暖的烛光。我们现在提倡工匠精神，就是现代人在各领域传承传统文化，并赋予其时代性的实践。

　　我们听说过一些古人的故事，但并不了解他们的人生。我们存续着忽隐忽现的古代文化，又被放到现实中玩味。但当古人今人"待"在一起，又多出了一些现实荒诞的想法和话题。

　　我那次在杭州，早上不到六点早起，拎着相机去西湖边采风。城市还比较安静，西湖边大都是晨练的老人。突然天空飘起雨丝，和柳丝一起摆动，这让我有点小兴奋，因为很多西湖的经典传说，貌似都关乎雨情。雨越来越大，从迷迷蒙蒙到淅淅沥沥再到滴滴答答，我实在不能再装浪漫了，于是鼠窜，边跑还边看桥上有没有想故意借伞给我的蛇精。

跑到西泠桥边一个亭子避雨，中间一个小小的黄色圆坟，墓碑上写着"钱塘苏小小之墓"。原来在这里休息的正是南齐那位十九岁就因情病而终的一代名妓。打扰了！我只是借您的亭子避雨的路人。我心里说，姐也是值了，守着这一湖烟波一千五百年了，房价都熬上五六万了，位置又好，真是老有所养，愿您永远安宁。

姐没有搭理我，她见过太多无聊的现代人，都是在以玩世不恭自私狭隘的方式，逆乱时空，瞎猜她在烟雨南齐跌宕的人生。

其实这也不怪我，"若解多情寻小小，绿杨深处是苏家"，白居易才是唐代乃至历代吟咏苏小小次数最多的诗人，他好像更无聊。而我，只是避雨时顺便问问房价。

如果真有轮回，那么我也曾是古人。

我不知道我以前是古人的时候，有没有过财富权力，车马宝剑，管家随扈；或者，我有没有过够用的粮食和衣裳，四壁茅墙，一具犁铧。但无论贵贱贫富，我肯定有过哭泣和微笑，留下过情感，为一些不认识的古人，为一些想不起的旧事。我曾在历史角落的某一个地方，出生和埋葬。我甚至希望能在某一件出土的文物里，看到我生活过的痕迹，并有幸摸一摸我过往人生的包浆。

我常常怀古伤今，有时竟觉得，岁月最可怕之处，是让我们"退化"成了现代人！那么强大又那么脆弱，那么自负又那么自私，那么繁裕又那么肤浅，那么自得又那么慌张。

现代生活中，开车不好停车，出门不好打车，骑马没马，走路太累，歇着不可以；现代人看电脑、看电视、看手机，不看天、不看地、不看人，这一切都和古人的生活截然不同。

其实对于古代，我只是"叶公好龙"。我仍感谢现代生活给予的照顾，让我得到更多更好的东西，也在很多方面超越了古人的认知。其实怀旧只是一种情绪，并不代表对现实的失望和逃避。

我也庆幸作为今天的现代人，自己也并没有把人生目标，放在追逐财富和权力上，我没有忘记天空、大地、庄稼、飞鸟、树木、家园……这些从古代一路过来的元素，又在现实里生息繁衍，这些似乎在岁月里经久不散的生命古意，给我动荡的灵魂以最朴实的安慰，维护着内心醇厚和平的意象。

我还记得第一次抚摸青铜器的场景，这是一个汉代的香熏。我小心翼翼轻抚它圆润的身体，它的锈色，如此青绿。

我与它对话，就是与古人交谈，古人如烟的话在铜腹里酝酿千年，说出来时，又如点燃了千年前那一夜袅袅的檀香。

旧物是有灵性的，它是更可信赖的朋友，这就如同与古人的交流，会比与现代人相处更能觅得灵魂的松弛和寄托，更能感到道德的温馨和光亮。

我不知道该用什么来形容我想要的品德：我不做金银，只想做一块青铜！这就是古人，给我冥冥的指引。我要做青铜一样的男人，有着沉着静美的气质和力量！

当我们接过古人的遗产，我相信如歌如泣的时代，一定能为未来留下更多的物质精神宝藏。

我也希望自己是一个有文化气息的人，一个具有历史感的现代人，我打开了我生命的香熏。很多年以后，当我也成了古人，我希望那些后人在从岁月的夯土中取出我思想碎片的时候，还能够隐约闻到，从古代弥散到现实和未来的那一缕微弱的檀香……

乌云里藏着历史的厚重

　　为什么历史喜欢藏在乌云里？或许是因为只有乌云才有对黑暗和风雨的包容之心，才藏得下这么多厚重的历史恩怨、人间情仇，才能给历史带来片刻的宽慰和安全感。

　　人们常说，历史是一条长河。是的，时间跟河流一脉相承，历史跟时间暗通款曲，不要以为你双脚站在水里，就了解了历史，你站立的地方只是历史流经的一瞬，历史跟时间一样不会停留。

　　历史人物和历史事件只是时间的标本，它们曾以生命的形式鲜活地存在，而今却在岁月里一动不动。它们好像死了，也好像活着。

　　读史以明智，博古以通今，学历史是一件很有意思的事情，可以从前人的经历中去总结一些现实的意义。学习历史，首先要在脑海中建立清晰的历史构架和脉络，这样，我们才会更深刻地去了解和理解古人在那个时代的悲喜。不管对什么人什么事，我们都要善于把他们放回时间的原地，只有在那里，他们才如鱼得水真实地存在过。

　　我又想起了《三体》里卷成一团的脱水人，他们等待的，只是恒纪元到来时的一次浸泡。如果他们真的能够浸泡重生，我们又该有怎样的交集？我们对视的眼神中，更多的究竟是熟悉还是陌生？

我喜欢看考古节目，甚至买过考古的正规教材，更读过《鬼吹灯》似的野作。但从哲学的角度，挖古墓挖出来的古人人生，被置于现代人明目张胆的窥视之下，这本身就是很八卦的事。这时空的逆乱，又如历史和现实的量子纠缠，你动我动，你断我断。

历史是个慈祥的老人，即使它经历过人生的惊涛骇浪，但此刻却如此成熟和含蓄，我欣赏他那安静包容的眼神，仿佛洞悉一切，接受一切，并把所有的成败得失都当作了命中注定。

人们想用思想浇筑历史，又在历史中接受灌输，这使得人们既有着生命个体的追寻，也有着各自时代的烙痕。人们在时代里鲜活，又被时代所囚禁。

只有规律和智慧挣脱了时代的桎梏，一直在沿着历史和时间的长河顺流而下。

历史有着自己独立的思想和记忆，流传的只是它的表象，这就像历史的外衣。光鲜亮丽或鹑衣百结，只是它出现在不同场合的扮相。

记录下来的，我们知道的，不一定都是历史的本来面目，最多只说明了历史总体的趋势，对于细节，无法精准。人间的一些流传，很多也是道听途说，是对真实的偏离。究竟发生了什么？那些历史人物的恩怨情仇，只有他们自己才知情。

我们总是以自己的所需或臆断，放大着曲解和感受，历史的真相，绝大部分并不为人知。历史的喜怒哀乐，都躲在了乌云的背后。我们喜欢把那块云彩扯来扯去，不知是想偷窥历史的身体，还是想掩盖现实的心思。

没有人深刻了解历史的内心，它的爱恨情仇，它的斑斑血迹。那些光荣、平庸和残酷，都是历史的遭遇，就跟我们的人生一样，难以自述。对于这一切，历史选择沉默不语，沉默就是它最好的回答。

我喜欢被考古发现证实的历史，并希望能够大量检测历史的DNA，找到更多与现实关联的血缘，它是真理的另一种表现形式，能给后世以正告和启迪。

我也理解一些讹传的野史，因为正史的全貌并不能为世人周知，所以每个时代都会有众口铄金之事，让历史带着人们一些主观的想象。这些主观的东西没有客观冷峻的灰度，却被赋予了后人生活的经验和愿望，显得更有色彩，也似乎更加好看，所以也能穿越时空，口口流传。

其实看似一本正经的历史，也会有疲累的时候，所以，它偶尔也喜欢跟着时光穿越私奔，穿着野史自由休闲的衣裳，就像当年微服私访的乾隆一样。

喜欢往乌云里藏的，是正史的创痛，喜欢往彩云里钻的，只是它想放纵的心情。

物竞天择，适者生存，历史上推动人类社会进步的是适应性斗争，斗争贯穿了历史的始终。很多年来，人与自然斗得高下立判，人与人却斗得难解难分。所以，人类历史主要就是人类社会的发展史，最普遍的记录，就是人与人的人谋，群与群的群殴。

天下无贼？回顾历史，无贼哪有天下？后羿代夏、王莽篡汉、司马炎篡魏、袁世凯窃国……"窃钩者诛，窃国者侯"，是历史最感悲摧的无奈。历史貌似能掌控自己的命运，却也一样在颠沛流离、动荡无助。

　　历史其实是由无数无名者创造的。人生做不了几件大事，所以那些著名的历史人物，也只不过是贴在史书上的一个个或红或黑的标签，是翻到那几页的索引，并不能代表深厚丰富的历史的全部内容。

　　如何怀念那些充满美好的历史，如何忘记那些播种仇恨的时代？我在历史中呼吸，也在历史中屏息。但是，"人类从历史学到的唯一的教训，就是人类没有从历史中吸取任何教训。"

　　我爬过拜占庭的残墙。那是千年帝国东罗马最坚固的堡垒，让二十四支声势浩大、旌旗蔽日的军队折戟而还。

　　我看过圆明园的废墟。一只被砸烂了嘴的石狮沉默着，但记忆并没有死亡。草丛里散落着很多雕工精美的碎石，它们以这种最痛苦最扭曲的姿势躺了很多年，只是为了揭示历史深处的一次噩梦，这也是为了教育后人担负起民族振兴的责任，让苦难的历史不再重演。

　　我目睹了一些历史雕像的伫立或坍塌，雕像是历史片段的定格，也是历史人格的衰荣。

　　我发现：

　　伫立着的雕像，始终面朝阳光。

　　坍塌了的历史，始终背对繁荣……

理想之光

——现实主义的脑袋在沙堆里躲避思想,理想主义的脑袋在沙堆里幻想天堂

我想找的是大海

有这样一个故事：一条小鱼对一条年老的鱼说："我很想找到叫大海的东西。"

年老的鱼说："大海？你就在海里呀。"

小鱼很惊讶："这儿？这只是水。我想找的是大海！"

小时候老师说，每个人都要有理想。于是我第一次听说了理想这个东西，就像小鱼听说了大海。又听说理想很美好，于是头脑中开始胡乱描绘它的意象，其实，我那时一直不知道理想该是怎样的模样。

我小时候的理想是当作家，晃悠了很多年，又有了很多欲望，混杂在一起，也就越来越分不清什么是欲望什么是理想。

这些年随心所欲地写了一些东西，从来不投稿，只把写作当成精神排泄。直到近年几个有理想的朋友不厌其烦地鼓励我，我才又重新从欲望的废墟中刨出了那满是灰尘的理想。

我说："我想当作家！"朋友说："作家？可你现在就是呀！"
我很惊讶："现在？现在只是写。我是说我想当作家！"

我想当作家！就像小鱼想找的是大海！是不是每个人都难以看到理想的全貌？是不是我随便写了几笔，像鱼一样泡在水里，就代表实现了理想？我觉得理想不应该是这样一种唾手可得的东西，它就应该存在于远方。遥不可及，又与心灵遥感，显得十分亲密。

有人说："理想就像内裤，要穿。但不能逢人就去证明你有。"那么，我这种情况，是算穿了还是没穿呢？是不是不该在这里讨论内裤？

我发现理想从来不会清晰，这正是它的高明之处，也是魅力所在。

《诗经》里的蒹葭、白露和秋水，给人以雾里看花之感，理想亦如那位伊人，朦胧缥缈，在水一方……

其实理想栖身之处并非天堂，而只是另一个现实之地，只不过比现在高了一个海拔，换了一个更好听的地名。

理想又如一缕难以捕捉的光，照亮着我的心灵，也在脚下铺开了一条月白的路，吸引着我，去高处眺望远方，去低处触摸大地，最后抵达那个想找的大海！

理想是若隐若现的美好，也是若即若离的诱惑，让我在一路上，始终保持着对它的期待和想象。但遗憾理想高冷，从来不愿发个微信自拍，让我看看它素颜的模样。

走进阳光下，我才发现镀金的不只是庙里的佛，还有路上的我。或许有理想的人身上，才会有这样的华彩。

阳光也照耀着沿途那些伤痕累累的理想的尸骨，它们是多么可敬！追寻者即使死亡，也可能成为理想的路标，就像珠穆朗玛峰上的"绿靴子""睡美人"一样。

追寻理想之路充满艰辛,但是再累也不会觉得辛苦,因为它带着自己赋予的意义和希望,就像婴儿在母腹里时母亲的心情一样,她能幸福地感知到理想在孕育中的拳打脚踢,又期待着穿越疼痛后与它的第一次相见。

有的人天天按照红绿灯的指示过斑马线,不差一步,不多一秒;有的人却在幻想着去踩踩那条充满想象的地平线,这就是现实主义和理想主义的区别。

理想主义喜欢画饼,它充满着灵魂的饥饿感和想象力。越是饥饿,越是想象;越是想象,越感饥饿。

理想主义似乎永远难以看到理想,但是精神上却有着现实主义无法理解的幸福。因为思想,它们的灵魂一直在遍尝百味。或许理想与理性结合,才能结出真实的硕果。

而现实主义一直在忙着烙饼。它们对一切报以理解、宽容或者屈从,似乎早就看透了一切,其实它们什么都没有认真看。它们觉得生活才代表现实有用的真理,有着对生活饱腹欲的满足。它们觉得,喂饱了今天的欲望,就是今天的幸福。现实久了,就会让很多人眼里只剩下现实,再也不相信还需要什么理想。

其实,理想主义和现实主义都认为对方是把头埋进沙堆里的鸵鸟,多么偏执可笑。现实主义的脑袋在沙堆里躲避思想,理想主义的脑袋在沙堆里幻想天堂。

我觉得,理想主义是难能可贵的,它让人对事物保持了新鲜的憧憬,让人能从令人窒息的现实深潭中浮出水面,去呼吸几口清新自由的空气,以保持灵魂血液里的含氧量。

如果理想没有巨石般的坚定,也会被现实的漩涡乱潮裹挟冲走。有时候我挺同情那些溺死在现实中的生命,因为他们主动放弃了梦想的权利，甚至以现实为借口，怀疑嘲讽理想主义是虚无和轻浮，却从来不敢正视自己的狭隘和软弱。

理想是宽容的，它仍可以与欲望共存，而又可以超越一切既有，摆脱现实的诱惑，成为精神无法阻挡的力量。它有着自己的视野，是的，"满地都是六便士，他却抬头看见了月亮"。

苏格拉底说："一个人若是漫不经心地变老，而未能看到自己将身体力量与美发展到极致之后可能成为的样子，那是一种耻辱。"生命于我们，是唯一的机会，所以，我并不想用宝贵的机会只复制原始的共性，而是想在这次人生的某个角落，找到单独属于自己的精神站位。我希望所有的生命，既脚踏实地，又懂得仰望，永远可以得到大地的滋养，又能被来自高处的光芒照亮。

"我以为小鸟飞不过沧海，是因为小鸟没有飞过沧海的勇气。十年之后我发现，不是小鸟飞不过沧海，而是沧海的那一头，早已没有了等待。"有没有鸡想过像鸟一样去天空飞翔？有没有蛙想过在大海里游荡？而我已经习惯了远望，我发现海天相吻之处，才是理想等我相拥的方向。

很多童话是美好的，至今保持着理想的童贞，寄托了现实的回望。我有时喜欢看动画片，是因为从这个角度，还能看到理想和憧憬的痕迹。我甚至怀疑，是不是我的理想，一直没有出发，至今还附着在童年的身上？

理想，如在黑夜里寻找的萤光，但我又发现，不是所有的理想，都会发光。它也可能潜移默化地悄悄抵达人生，就像大海，一直拥抱着你，却总以水的平凡，给你未曾抵达的假象……

我只是一个想改变的庸人

人们对少时的记忆感到模糊，或许是因为一直想停留在一个更宽大的世界里。而这样一个宽大的世界，又常常令人感到空寂，如同一件巨大的灰色战袍，罩在了瘦弱的理想身上。

其实每个人都一样普通。吃喝拉撒，日子庸常。

生命貌似在繁华热闹中活力四射，其实它只是寄居在这样的生活里，不得不表现出顺从迎合的热情；当然也有想宅在生活里一动不动的生命，它们就像没来过世间，也不愿意接受任何召唤和打量。

宅人的热闹是一个人的热闹，宅人的活力是一颗心的活力，所以宅人看起来更像是一个一动不动的东西，淡定得跟乌龟一样。我类似于一个宅人，其实我的真实愿望是：如果非要宅，也不能宅得像乌龟，而要宅得像蚕蛹。

这二者的区别在于：乌龟只有静好的岁月，蚕蛹仍有嬗变的理想。

对于平凡的生活，我只是一个想改变的庸人。

我有气无力地斜扛着义旗,走在熙熙攘攘的大街上,我发现生活的爪牙无处不在,它们对理想虎视眈眈,我又该如何反抗?

　　生活中还有一些人,接受、享受、忍受着生活的一切安排,从来不愿抬头张望。我甚至盼望有一两个人停下来指指点点,笑话一下我奇怪的扮相和无病呻吟的理想。但可惜的是,我的屈服或抗争,生存或毁灭,对于这个世界似乎无关痛痒。

　　能随心所欲地生活,或许是很多人最理想的生活境界。其实一个人,即使没有远大理想,但至少也要有短期的目标。

　　为什么要改变?是因为生活索然无味的饱暖,还是因为灵魂孤独苍凉的饥寒?颠覆是为了看清人生的底子,我只是不甘于沉沦和平庸,想做点什么,让人生有点异变,也留下一点记号,如果有下一次人生,不再这么盲目和慌乱。

　　我依然是个庸人,因为不管我如何想改变,也改变不了生活,改变不了遗忘。

　　别只顾埋头赶路而忽略了一路上的好风景;也别因为路上的风景而忘记了赶路,除非真不知道自己想要的是什么。生命的脚步,带不走脚下的泥土,或许只有泥土,才知道理想会在哪里埋藏。

　　重要的不是记住过去,而是准备未来,而当下所谓的平庸,只不过是生活本来的模样。

　　人生的意义,不以生命为标志,而以精神为传媒。我孤独的义旗最后插在了命运瘠薄的胸膛,那是生命最重要的高地,它站在那里,形销骨立,又坦坦荡荡,象征着一个生命的孑立或死亡。

　　不过,无论生活会带来什么,又带走什么,幸好我还相信梦想。

　　那就让岁月继续煎熬我吧,我会成为一锅好汤!

理想睡在优雅的露珠里

一个清晨,我开车到一个新建的公园,走在润湿的草地上,路边灌木打湿了我的裤管。不管是草叶、树叶还是花朵,都挂着晶莹剔透的露珠,在一滴露珠里,我看到了理想的影子。

理想睡在优雅的露珠里,像一个黎明。鸟儿在它的窗外说笑,牵出了一个个新梦;呼吸蜷缩成古老的仪式,仿佛躲在露珠里的声音,天生就是在等着人们来聆听。

理想睡在优雅的露珠里,像一个果核找到了内心;穿透那一片晶莹,我看到正直的麦地,在灵魂里生长,变成了通透的发晶。

理想睡在优雅的露珠里,又像一座孤城。它涂满黑夜的颜色,也有着刺破青天的光芒;只有理想,才能识破太阳的阳谋,和化装成雨的父亲;它睡在优雅的露珠里,就像一次没有破壳的爱情……

在这里,我用美丽的语言来描述理想,是因为它还没有被现实涸染,它还有纯洁的灵魂,配得上我所有的抒情和赞美。或许理想就应该是这样一种干净优雅的存在,它寄托了我太多美好的期待。

而现实酣睡在露珠之外,酣睡在优雅之外,打着肆无忌惮的呼噜，流着夜夜宿醉的口涎。它酣睡在广袤的凌乱里，仿佛这个世界从来就不需要醒来。

但当人们偷偷缠绵于理想的时候，又听见了现实假装成梦呓的冷笑。

其实在现实的眼里，理想浪漫、小资、不安分、不切实际、不知天高地厚、不食人间烟火、做作、虚荣……现实十分清楚理想的软肋：烟花易冷、精瓷易碎。

而在理想的眼睛里，现实自私、功利、浮躁、冷酷、缺乏教养、不懂浪漫、市侩俗气……理想十分清楚现实的结局：碌碌无为、鸡毛一地。

现实看着自闭在露珠里的理想，觉得是那么虚幻缥缈，极不真实；露珠里的理想看着外面的现实世界，觉得这是一个肮脏冰冷、扭曲变形的世界。晶莹的露珠反射着双方陌生的脸，彼此都感觉恍若隔世。

我看了电影《至爱凡·高》，艺术的美感带来极致的冲击，我想起了一句话："我爱我离奇的想象，盛开的意念，是扭曲着的真实，鲜艳在狂想。即使人生，有太多扭曲与痛，我的世界，依旧光明到闪耀。"

其实，我也爱我离奇的思想：

人们为什么生活在现实，却又要臣服于理想？

人们为什么想追寻理想，却又要沉沦于现实？

是不是黑暗之中，只有抱有对光明的追寻，才可以看到更远？

是不是穹顶之下，只有怀着一颗等死的心，才可以睡得很香？

我又在祈祷：

风啊，不要弄碎了那滴露珠，

雨呀，不要混淆了我的理想……

远离灯下的心灵，是否还有绿意

把身体陷落在柔软宽大的沙发里，喝着包装得越来越豪华却更品不出味道的茶，手里慌慌张张地捏着好几个遥控器，在近百个频道中无法锁定一个；手机会时常在旁边提醒我，我并不属于自己；我很熟练地用诚恳的谎言，用一个应酬推托另一个饭局。现在，我常常不知道我要做什么，甚至不知道我需要什么。

回过头去，遥远的记忆深处，那束橘黄色的灯光依然在原处闪亮，而灯下的那个身影早已模糊不清。

那个身影，曾是那个年代最真实的温存。

冬夜里，靠在宿舍的床头，录音机里刮着看不见却能感觉到冷的北风，又传来齐秦孤单而尖厉的狼嗥。

把腿盖在被窝里，披一件毛衣，衣袖在脖子上绾一个结作围巾。一束橘黄色的台灯光，将我温暖地包围，让我觉得安全和宁谧。

一缕沁人心脾的书香，悄悄弥漫我青涩的心原，使它萌动出春意。

打开书本,也就打开了一扇门,走进去,我看到了天堂般的场景。很多人在这里耕作和收获,思想和智慧是饱结的谷穗,梦想是清脆的鸟鸣。

这里,俨然怡然自乐的桃源,处处洋溢着幸福的喜欢。我猛然发现,原来,世界可以如此宽大,人生可以如此美丽。我空荡荡的心灵开始变得自信和充盈。

我惊喜着战栗着,在清新的泥土中,播下了梦的种子⋯⋯

多年以后,远离灯下的心灵,是否还有绿意?

今天,我从抽屉底层,翻出那一摞发黄的日记本,打开扉页,那么熟悉而陌生,那青春的手写字迹自由地奔跑和跳跃,比打印的文字更加真实,充满激情和张力。

踩着椅子,从书架最上层,我找出几本曾经陪伴自己的书。

掸去灰尘,我把脸埋进书页里,从腐霉中捕捉到那熟悉的书香。渐渐地,我感到一种久违的宁静,一股柔和的力量随着血液悄悄回归。

原来,我是这里的王,灯下,才是我的世界。

我该看书了,当看腻了现实。

我似乎无法躲避那些在现实中翻卷的事物,它们带着冰冷固执的定义,脸上没有一丝血色。我甚至不知道它们的内心,有没有过情绪或情感。

当我在现实中徘徊的时候,在我的书房,书都发芽了,它们在无人理会的时候,依然没有忘记生长。

书有书魂,一如人有人心。我又想到古时的书生,表面是指读书人,又似乎暗藏深意,书生,究竟是因书而生,还是书有人生？

  我有很多个角色，但更希望自己是书生。在家里建了一个书吧，那时每次去菜鸟驿站，工作人员都给我抱过来一撂。有一天终于忍不住问我："你看得过来吗？"他逐渐认清了我的矫情，看我的眼神也慢慢从欣赏变成了麻木。确实，书对于我是一种摆设，是我这样的伪文人，装点门面的道具。我还要感谢一个朋友对我这种人的开脱："书买来读不读不重要，重要的是你想读的时候，书就在这里。"当然，我偶尔也读，本质上也是对书的利用，而并非尊重。直到现在，我才慢慢有了一些感悟和正解。

  毛姆说："阅读是一座随身携带的避难所。"是的，人生时时需要躲避突如其来的苦难，但摆脱生命玩人间消失又不可取。所以，我暗自将人生撕成两半，一半藏进避难所，一半留在现实里。

  书中的一半长得茁壮，用幻想自由奔跑，追逐着思想光影；现实的一半不动声色，左顾右盼，步步为营。

  人生一场，无非是读书、读景、读人，无非是学会阅读道理和道路。我在书本上寄放梦想，在风景里存放身体，在人群中识别灵魂。

  不带任何功利的阅读才是最愉快的。我读书的时候，内心就会变得安静。好像翻开的是另一个世界，到那里，听一些或真或假的故事，并沉迷于它描绘出的理想屋景，让自己的人生与之共情。

  于是我沉溺于书本的心，被梦想点亮；我逡巡于美景之身，被浪漫麻醉；我在人群中的灵魂，还在左顾右盼不断搜寻。

  人生之书有光有泪，天地之书无垠壮美，翻阅天地之书，才发现对比起来，人生有太多促狭之处。天地之书只有日月之思自然之影，而我们所有的人生，都不曾被它记录。

读书不一定全是为了超越，而是为了沉醉。有些经典之作，就连作者本人也无法再超越。我们拥有另外的人生，并不可能模仿和重复别人的故事，我们的人生，有自己的超越和沉醉。

我开始喜欢在书架前找书的感觉，那些层层叠叠的书本围望着我，让我有了一种踏实的皈依感——我的灵魂并非孤独无依，而是可以被注入更多人的精神能量，好多人生，正和我站在一起，好多灵魂，想对我窃窃私语。让我的心灵不管遇到怎样的黑暗，只要站在这里，就可以随时被复活和照亮。

我似乎又找回了过去那种感觉，只不过已有所不同。书曾经给了我美丽世界的想象，又在我经历现实磨砺之后，给我解读，教我思辨，等我回归，让我更加懂得了知识和智慧的能量。比起以往，我与书本之间，现在似乎更多了一层默契、理解和尊重，无须点破，却惺惺相惜。我也越来越喜欢拿着书本的感觉，书就像是一个引子，能让我摆脱当下欲望的纠缠，带我回到那美好之境，生活不再鸡毛蒜皮，格局变得更加开阔，举重若轻，气定神闲，仿佛幸福，一下变得唾手可得。

是的，这是一个全新世界，在那里，我看见很多相似的灵魂，在翩翩起舞……

文字是我的逃生舱

我最喜欢的文化形式,还是文字。在文学圈,虽然我有时扮扮酷,其实我是一个什么都没有的"犀利哥"。

文字是我的逃生舱。它给我安全感,让我不管处在怎样的危急之中,仍可以保持一份镇定和底气。我知道我不是一个人活在这个世界里,那些文字,却一直忠诚于我的心灵。

文字是我的橡皮泥,包容和接纳我所有的任性,让我的不羁,也有了一层俏色的美感。比起文字的组合,我更喜欢它的节奏和律动。

文字是很多生命遗失的线索,人生总是需要用某种载体去呈现和发现,那些凌乱的文字,始终暗藏着生命的深意,我一直想用它拼出更多心灵的密码,打开自己的门,也走进更多的心。

或者说,文字应该是从内心自然流溢出来的东西,它不应是外力的驱使,而应是内力的自成。它只是你的心灵自愿选择的一种出场方式,不应该被利诱和利用。它与外界的契合,也只是源于真诚和相信。

人生应该是什么体裁？活成小说太累，活成诗歌太废，活成戏剧太装，活成杂文太锐，还是活成散文比较好，形散而神不散，聚有形，散有心，挥洒从容，进退有度。如果我的人生是篇散文，那我想赋予它更多自由的神韵。

但是人生的故事绝不是某一种体裁可以囊括，我仍然需要在小说中去体会跌宕，在诗歌中去保持憧憬，在戏剧中去寻找联系，在杂文中去播撒思想。文字有着不同的性格，也有着极致的表现力，它可以排演出人生中很多遇见和预见，让思想和情感成为生活的主角。

写字不是文学创作，只是在生命中播下文字，我喜欢看着它生长。那些野生的文字，充满了不屈的生命张力。

文字成长为文学，那正是心灵秋收的欢愉时刻。文学作品的好坏，软件上和思想、精神敏感度有关，硬件上则是对文字的驾驭能力。英伽登所说文学的"形而上质"，如悲剧性、崇高、神圣、怪诞、妩媚、恶魔般等性质。它们不是客体的属性，也不是主体的心态，而是从复杂的完全不同的情境或事件中显露出来的某种精神性的气氛，其光芒穿透和照亮每个对象。

文字是有尊严的，我不可以是主人，只可以是朋友。我不喜欢写团结紧张的东西，而喜欢严肃活泼的文字，虽然我的文风很流浪，但是心灵却一直有着一个宁静美丽的家园。

而今，纸离我们越来越远了，纸其实是一面镜子。我喜欢在纸上打量自我，也用它来观照世界。

日子千篇一律，枯燥乏味，却因有了文字记录而不同。没有记录的日子如泥牛入海，有了记录，那些瞬间就定格成了永恒。

有了记录，思想就有了生长的泥土，活过的证据，一目了然。自由和梦想，是力透纸背晃动的影子，仿佛一纸之隔，有什么事物在蠢蠢欲动，有什么秘密将昭然若揭。

我写作只是想和世界说话，我期待生命中精神脱胎换骨的嬗变，也希望过滤掉生活中暗黑无用的杂质，它是一次蝉蜕，也是一次排毒。

心若寒冷，便写不出温暖的文字，美到心灵的文字，有时也会凄凉到骨髓，而无病呻吟的文字就犹如空洞无物的大眼睛，流不出多少真实的爱意。文字是有心的，你有爱，才会找到它的爱。

朋友说，语文有三怕，一怕周树人，二怕文言文，三怕写作文。我补充，四怕没灵魂。是的，没有情感和哲思就是没有灵魂，不是所有的文字都能穿越山重水复，看到柳暗花明的景象。没有灵魂的地方，就是埋葬文字的山穷水尽之处。

有时候，文字也是思想或情感的排泄物。你可以把它当废物，也可以把它当养料。它是思想和情感的自然流淌，总是若有所思，水到渠成。

我喜欢感性克制的文风，感性是保持对人生的传感，克制是在感性里藏有一种厚积薄发的理性张力。

我写了很多东西，因为人生需要有发呆或"发疯"的地方，对于我，这个地方就是文学。

为什么写作，或许是因为"生命的本质需求，是渴望被看见"。自己可以看见自己，也最终被相似的灵魂看见，生命中一直期待着这样一句话，就像《阿凡达》里茨蕾亚对洛阿克说的："I see you。"

才情是自我的药浴

我来自偶然，也来自自然。

有人说，浪费天赋是暴殄天物。我不知道自己有没有天赋可以浪费，我只知道浪费了不少时间。

其实人的天赋禀性是重要的，可以在修炼中趋于完美，而后期努力只是一种修理。我相信基因对于人的决定性作用，但也相信人生异变的可能。

才华首先是敏锐感知的能力，然后才是一种准确的表达能力。而才情之情，加上了情怀的意义，让理性的才华多了一层饱满的情绪色彩，因而变得性感。这样的性感，就是才华的魅力。

有才之人并非神兽，因为他具有人性美感，又不能摆脱人间痛感。

古代的才情，应有很多，比如古代科技也体现了古人的智慧，但是由于生产力不够发达，古代的才情主要体现在文才之上，所谓文能治国，武能安邦，这一点在汉唐宋明清等都有体现。

古代那些有才情的文人，有着浪漫的性情，喜欢率性的颂吟，他们好些被贴上了爱酒的标签，比如李白、唐寅等古代诗人和画家就喜欢喝酒，才情醉在天上、醉在水中、醉在窗前、醉在月亮里。"酒醒只在花前坐，酒后还来花下眠"，原来才情是个醉鬼，还想冒充"色鬼"。

我觉得，才情不应是喝酒的赌具，而应是自我的药浴。斗酒斗诗是古人才情的宣泄，而现代人的才情，更应该是一种人间清醒，是不断追寻生命意义，并在自我思辨中成长的人生治愈。

有人说我是一个有才情的人，但可惜我不嗜酒。我具有的所谓"才情"，不过是人生、自然与我的三方协定，让我在生活遇到中一些事情的时候，能够具有较自由的判断，并能竭力维护住生活中不断流失的激情。

我的"才情"看起来是索然冷寂的，但我的内心却是温暖热烈的。才思本质上源于精神受了某撞击。比如我写了不少哲理类的话，但这些都是一家之言，而非名言，名言是名人们玩的奢侈品，充其量我这里只算一个伪格言的地下黑作坊。

寄情山水是生活的意义，不是生命的意义。山水饱蘸着热情，是众人才情泛滥疯长之处，而人生寂寥多变，所以我觉得才情更应该是理性的启迪。才情之情满足的是情感的共鸣，才情之才更应是生命之思。

我不知道为什么，现在一些人的"才情"，变得如此沉沦，陶醉于风花雪月的故事，却少了悲天悯人的责任。

我曾花三个小时看完《莫扎特传》，发现天才原来是上帝的提线木偶，他只是来人间完成某件单一的事情，带给人们以震撼和感动，然后生命又被轻易收回。真正的艺术总是和心灵血脉相通，这样的灵犀来自生命最隐秘的角落。天才，为你打开了那道被规矩和凡俗封锁的门，让你发现自己心灵的柔软、激情与富有，并为此热泪盈眶，感恩不已。

经典往往不是眼下热闹的存在，而是需要用时间去感知回味的东西，或许，纯粹的才情是任何时代最为稀有的品质。就像莫扎特，用生命的最后力量写就《安魂曲》，给那些被忽视和杀害的高贵心灵做一次死亡的弥撒。

"江山代有才人出，各领风骚数百年。"我们的才情寄生于时代，更发端于心灵。

人性是根本，时代是载体。人性被带进时代，被时代检验。对人性和时代性，应有正确的把握。如果片面地夸大时代的需要，而忽略了人性的所需，会让时代变得刚愎自用，人性沦丧，从而脱离人心；如果片面强调人性，而忽视了时代的需要，又会让人心变得自怨自艾，缺乏社会责任感和更大的格局。

人性是生命的基本品质，人性可以深藏，但不会屈服于任何外在的力量。最好的方式，是让人性与社会方向相融合，通过涵养良好人性来保持生命品质，推动社会进步，同时，也应善用社会力量维护好生命的尊严。

《浮士德》里说："我不在僵化中寻找康宁，惊颤是人性最美的部分。"才情应该是人性和时代性的代言，这才是我们的才情应该兼具的高贵意义。

有些超越，需要在别人的睡梦中完成

生命始终与世界并行，生命安静顺从，世界变幻莫测，故生命对于世界的观摩和学习无处不在。我愿意永远做一个学习者、聆听者、思想者和践行者。

身体的性感大多千篇一律，思想的性感总是五彩斑斓。其实一个人的大脑，才是最性感的器官，因思考和学习而成就了其高级的性感。

我喜欢有未来感和可塑性的东西，而学习是一个很好的角度，它让你感到成长总有空间，可以有机会接近理想。这种心情如同面对电脑屏幕时的期待，光标像命运的眼睛一样游离闪烁，仿佛在思考下一步的安排。所以我知道，那闪烁的光标后面，一定会再发生些什么。

对于物质要知足常乐，对于知识，知不足才常乐。学习要有饥饿感，所以我喜欢咀嚼那些思想饱满的谷粒。腹有珍馐和腹有诗书是不同的层次，不管是糠菜还是珍馐，都将在短暂的生理意义后，化为一样的肥料，而只有思想和知识，才可以化为让灵魂永不饥馑的营养。

古人有很多时间研究知识,今人有很多知识需要时间去研究,时间和知识似有关联。

僵化,是成长最容易忽视的问题,知识不会在时间里僵化,相反,它是生命在时间里的软化剂,能让梦想的机器有效运行,使人生保持活力。思想的僵化却容易在不经意中发生,而防止思想僵化最好的办法,就是不断地学习。保持活力,就保住了进步的机会。

学习和锻炼一样,每天做了踏实,不做心慌。笨鸟有智慧的行为,勤奋是祖传的良方。超越,是一种奇妙的愉悦,有些超越,需要在别人的睡梦中完成。

人生或许需要先修理,再修炼。修理的是习惯,修炼的是精神。

学会追问才能接近本质,学习就是不停地追问,并寻找答案的过程。

感悟的能力比知识本身更重要,学习中的茅塞顿开是一种畅快,所以修炼的过程不全是打怪的辛苦,也会有快乐。

美好的环境中更容易学习尊重,恶劣的环境中更容易滋生罪孽。江湖越深越远,修心也就更加重要,学习也是修炼骨子里的气质,可以省去好多人前的粉彩和华服。

薄,不是弱,而是一种犀利而智慧的厚度,它甚至可以让其他厚度无法抵挡,同时,只要它愿意它也可以叠加成任何想要的高度。

我觉得心理上始终处于积累阶段,才是真正的智者,也必定是未来的强者。我喜欢知识面前的平等,人格面前的平视,所以我不喜欢别人叫我老师,我想永远做一个学生。我还能隐隐感到自己孩子般的浅薄和单纯，这让我对未知始终保持着新鲜的热情和期待。

但我这种想一直汲取他人营养的人，是不是又有点自私？所以人还是要学会分享。

分享是一种美德，但现实中却有了无意的搅扰。比如朋友圈晒吃晒娃晒旅游的快乐，是自己生活琐事的存放，与他人无关，但朋友们却又不好意思不围观和点赞。

就社会价值而言，分享的东西最好是知识，而不是生活。分享要么能让人共情，要么能给人启迪，但也要注意分辨，因为又有了很多不知成分的毒鸡汤，伪装成了心灵的营养。我熬的鸡汤不知道有没有营养，但肯定没有毒，因为我一直是在用自己的人生亲自试尝。

谦卑是成就大师的基本素质，为什么还有那么多人常常满足于小小的获得，甚至好为人师？我是一个既不谦虚又不骄傲的人，我觉得谦虚划不来，骄傲太愚蠢。

欣赏那些能启发我创造力的人，一个人让学习成为创造，才是真正的进步，也有了更多的价值。

"文章是案头之山水，山水是地上之文章。"我在书房里读书，在现实中学习，我用这样的方式，获得生活的好感，接近人生的幸福……

会得越多，就会得越少

古希腊哲学家芝诺曾经说过："人的知识就好比一个圆圈，圆圈里面是已知的，圆圈外面是未知的。你知道得越多，圆圈也就越大，你不知道的也就越多。"

我不知道我的圆圈有多大，我只是在努力追寻一些问题的答案，又在追寻之中，不知不觉中有了更多的问题。

当一头扎入知识之海，才发现暗流涌动，身不由己，貌似已占据了某一个知识点，又会有潜在的知识把你推移到其他地方，并引起连锁的未知变化。

知识让你的精神得到暂时的满足，也让你备感贫乏的危机，因为你发现会得越多，就会得越少。

这是一场幸福的危机，因为知识的大海就在这里。

我们听说过知识大爆炸，也听说过信息大爆炸，所以我们需要搞清楚爆炸的是知识还是信息。知识的爆炸改良土壤，给人以营养，让精神丰富和成长，而信息的爆炸却满地碎片，让我们貌似啥都知道，却又不成系统。

知识有着宽容丰富的弹性，它在人群中布施，又从不露富。

积累知识就是积攒财富，它能慢慢让灵魂变得富有。

物质的富有不一定能够带来幸福，灵魂的富有一定会通往幸福。

我们有时用公共场所说话声音的大小，来判断一个人的修养。一些说话大声的人，仿佛从来就不知敬畏，这样的底气，有时候竟然是源于无知。

声音大的人要么很自负，要么很自卑，其实这种看起来像"底气"的东西，或许就像阿Q逗小尼姑讨好众人一样，本质上又源于一种对被尊重的渴求。

真正有修养的人，有着更宽广的视野，看得见博大，才知道渺小，自我已归化于天地，而非自闭于小我，能真心地敬畏自然和生命，并始终保持对外界轻言细语的呵护、避让和谦卑。

越是高手越害怕失误，是因为高手更知人外有天，天外飞仙。所谓打江山易守江山难，想达成一个目标，心无旁骛，勇往直前；想维持一份既有，却如履薄冰、战战兢兢。

知识的肤浅可以学习，但心灵却易因肤浅而难以为继。

村上春树说："世上的人大半不会用自己的脑袋思考，而且越是不思考的人，越不愿意倾听他人说话。"肤浅是人最大的硬伤。由于内涵的不足，在思考问题时无法运用更多的知识元素进行综合判断，易造成对事物认知结果的片面偏激，看问题不全面系统，无法了解事物形成的因果，做事凭感性和情绪，主观随性的思维较多。而正是由于肤浅，反而又更加自负，容易固执己见，听不进别人的意见，也就更难走出肤浅。

白天面对世界，夜晚面对自己。生命的轮回像太阳一样东升西落，昼夜更迭，行走不息。不懂得发现自己的价值，那就失去了价值。不懂得反思自己的问题，也就成了问题。

真正的舞者，只要站在舞台上，心中就拥有了世界。

自信的人，散发着生命原态的光彩，不冰冷，也不炽烈。自信不等于不低调，自信在于内心，低调在于态度。

呐喊，并不是一种力量；沉默，也并不是一种懦弱。把自己变得强大，才能给他人力量。这样的力量，不需要呐喊，也不害怕沉默。

有平等才有自由，不畏上，不轻下，自信低调，严谨从容，这才是人生应有的态度。

不能绝尘而去，也不愿堕入尘堆，那么，就在离地半尺的地方活着吧。在这里，不离对生命的谦卑，保有对世界的深情……

有的事业，要像主义一样去做

人与自然的关系从规律上影响着人类社会发展，而经济又在社会中扮演着重要的角色。那它是社会的补药还是救药？经济关系某种程度上决定了很多，比如政治、思想、道德、社会、历史等诸多方面。

经济是一种土壤，滋生着物质的希望，也隐隐关联着精神的小康。

商业是经济活动之一，有时候商业化只是一层镀金，我们要善于认清事物的材质，不是所有的事物都可以用金钱衡量。

市场是一只洗不白的手，有着翻云覆雨的手势。市场之术，应胸藏太极，捷如咏春。有时候一些人太会变通，所以原则和诚信的土壤变得很瘠薄，但任何时候，都不要拿未来替现在和过去埋单。

平衡是系统最根本的特性，系统性问题必须由高层解决，而平衡则需要各方架构。

标准是一种文明，但标准不等于真理；评价体系引导着组织目标发展方向，所以评价体系更应顺应规律。

评价一个好的组织，要看是否适应当下并着眼未来；检验成效的唯一标准是看是否推动了进步。

规则有时会抹杀创造力，但规则又是达成组织目标的保障。形式有时会转化成态势，只有把思想变成具体的制度、举措和行动，它才有可能落地生根。

"屁股决定脑袋"，是说角色变化影响思维角度；"脑袋决定屁股"，是说思维格局决定了你能成为怎样的角色。

公心，就是职业者的良心，失去公心就会失去人心。重要的是要用法律和道德遏制住私心，因为私，是公的对头，也是所有问题的源头祸水。

腐败是一种霉菌，不治会烂一片，防腐需要干净的环境和自身的免疫力。

裸奔吧，公文和会议，支持实事求是地说白话，反对形式主义地白说话。

忠于事业和真理，不要盲从于潮流或个人。下属不要追领导，要追事业；领导不要听下属说什么，要看他做了什么。如何创造事业平台，让能力最大化、最优化，是组织最重要的责任。

有目标，才有坚持，直道强化目标，弯道强化过程。

有时候，目标隐身在方向中，所以并非事事都有清晰的目标，但无论如何，都必须有朝着某个正确方向一步步前行的坚持。

"顺势而为"不完全都是机会主义，"逆势而上"不见得都是英雄主义；做事应以道为守，以术为攻。

我们常说，早冲刺，把年中当成年底过，早准备，把年底当成明年过。我们常常会被目标所驱使,又把某种团队文化鸡血一样注入实现目标的过程。但目标感是双刃剑,我们可以用它披荆斩棘,却也不能片面强调目标,而无视发展的内在规律。

看不到问题是眼界问题,解决不了问题是能力问题。

有时候跳出问题,才能看清问题,看清问题,才能解决问题,解决问题主要靠的不是一时的热情,而是决心和毅力。

你想做的事情往往和你去处理的事情不同,你处理的事情往往都是主要矛盾的衍生,这是工作的常态。我们会常常陷入一个魔咒,就是永远在处理紧急事务。

解决问题的过程有时候就像屎壳郎滚粪球,成绩越多,粪就越多。工作的过程,无非就是以屎壳郎的精神,坚定地与困难和问题并肩滚动,比的是谁的动作更快,力气更大。

男女在事业和生活中的角色是一致的,但就生理和心理侧重而言,日常生活是男人的寄情,女人的常情;事业是男人的雪山,女人的修行。不要把工作和生活混为一谈,不然你可能什么都做不好。

按时代节奏工作,按自己节奏呼吸;自然而然地付出,不知不觉地收获。干事业要充满设计感,具有创造性。有的事业,要像主义一样去做!

感到阻力，是因为正在前进

男人应有责任感，责任是男人宿命，也是男人的魅力。男人没有事业就像公鸡没有尾毛，抬不起头，你见过不上班不打鸣儿的公鸡吗？

我们不是带着某个任务降生的，但现在却有了打鸣儿的任务。当我们没有办法逃避这些责任的时候，不如把自己变得主动，不然你会发现处处都是学鸡叫的工作，以及各种责任挥过来的鞭子。

要对职业负责，成功只是衍生品；责任第一，名利只是衍生品。成就感被埋在工作深处，我们的工作就是要努力把它挖出来。

每个人都有自己的喜好，把爱好与工作合二为一，是最幸福的事，但这样的概率不是很大，因为工作和爱好常常遥遥相望，各怀心事。生存为大，故工作为先，它才是生存的原配，而爱好只是梦中的情人。

改变和进步是从点滴积累开始，每一次付出都是一种积累，相信积累的力量，要学会在每天的工作中汲取营养，坚定地走自己的路。

知无限，行有限，要追求目标，但不要被目的绑架；要时刻具有求知欲，保持能力的危机感。

做事要快，做人要慢，要说真话，办真事，真办事；做事需要脚踏实地，做人不可亦步亦趋。

苦干体现精神，巧干体现智慧，能干体现实力；有压力才有弹跳力，对工作要精细，挑剔使人进步。

一点儿也会决定很多。眼永远比手高，要把握大势，善做小事。

要找准工作方向，付出和回报不一定成正比，甚至付出不一定有收获，因为你并不能保证种下的都是成活的种子，同时也不可能左右天气。

敬业是职业者的基本道德，要把工作当成自己的作品。任务像疯长的野草，工作就是把它们剪成好看的草坪。

管理者要多站在地上，别总站在台上。管理要有忧郁感，这样就会有风险意识，并更关注细节；懂得念经的不一定会取经，所以，既要有思路，又要找道路。

该推的不能拉一把，该拉的不能推一把，要学会识人用人，一将无能，气死元帅，累死三军；一帅无能，急死众将，枉死三军。

进步就是不断创造更高标准的过程。要真心地热爱一个团队，并和它一起成长。

基调往往不是自己定的，是环境定的，环境成就视野。

工作如瓷盘，不要忽视每一个细小的裂纹，它或许会导致全盘崩溃；平淡缘于无创造力的重复，重复是滋生无聊的温床。

了解才会真正理解，人不能总停留于被指导阶段，要主动进入探讨阶段，创新性工作的价值远远超越事务性的工作，所以，要做一个有思想和创新能力的职业者。要学会简化事务空间，固化创新空间，创新适合于任何领域，创新就是要和习惯作战。

　　勤并不能完全补拙，懒注定一事无成，笨鸟不但要先飞，还要勤飞，因为主动的人机会更多。不能换工作，不能换活法，就换个角度，换种思维。

　　自觉是一种自绝，也是一种自救。枯燥是因为浮躁，而病态一样坚持的，不见得都是病。临时不见得都能抱到佛脚，有时候，需要以一种"回光返照"的精神做好突击性的重要工作。

　　忙，就是把自己钉在日历的每一个日子上，无法动弹；忙碌不一定是一种意义，但停止忙碌，你就会觉得突然失去了意义。忙是忽略人们心灵的借口，它或许是一种精神，但绝不是一种智慧。

　　成事的前提是不败事，要防止让失败成为习惯。不要害怕竞争，要把对手的成长当作战斗的趣味和胜利的机会。

　　坚持到最后，除了伤痕和胜利，你还会得到更多。工作就像是游泳，你靠努力划动得来的浮力托起你的身体，而感到阻力，是因为你正在前进……

多给我点阳光吧,我要去打败僵尸

生存是一场近百年的战斗,我们觉得要么赢得利落,要么死得惨烈。搏杀的结果,往往是经历了过程,却说不清胜负。

于是我们发现,生存的战斗,其实是没完没了的战役,很多人生前赴后继,只是为了实现战斗的意义,并不是在强求什么结果。

在战斗中,我们常常会遭遇一些节点的胜败,但不是所有的挫折都是坏事,也不是所有的胜利都有意义。所以,不要把节点当成终点,不要把胜败看成存亡,有时候,那些不为人知的求存,更是充满了勇气。

挫折有时候让人感到像世界末日,其实它什么也不是。真正的危机,常常会以成功的面目出现,它喜欢在人们心智麻痹的时候闪击。

挫折有时让人沮丧,但也让人清醒。在生活的挫折面前,有人选择哭喊,有人选择逃避,有人选择战斗,但不管怎样,红尘依旧。

挫折会让人无奈,无奈可以催生颓废,但也可以演变成强大。

小时候听老师说：失败是成功之母。后来才知道，失败并不是成功的亲妈，而是奶妈。那些失败，并不是生育成功的母体，而是在艰难中养育成功的苦菜。而成功，靠的是自己坚韧的毅力。

成功需要具备耗子和猫的综合素质，该躲就躲，该追就追。该躲的是风险，该追的是机会。

很多事情，不在于底子，更不在于面子，而在于里子。响鼓不用重槌，破鼓不用再揺，聪明人善于从批评中寻找机遇，而没有兴趣可以成为任何人失败的借口。

痛苦说了百遍还是痛苦，不如花一遍去解决麻烦。

把不幸的事情再复述一遍是愚蠢的，太沉浸于自己的不幸，便会真的不幸。别憎恨那些苦难，它是试金石，也是让你感知幸福的味蕾。熬过的人生才有浓度，要感谢那些非凡的苦难，并景仰那些平凡的不屈。

成功和失败有时像钢琴上的黑白键，少了一个都弹奏不出精彩的乐章。

福楼拜说："人的一生中，最光辉的一天并非功成名就的那天，而是从悲叹与绝望中产生对人生的挑战，以勇敢迈向意志的那一天。"

以失败者的深邃俯视成功，以成功者的尊重仰望失败。把人生的每一次打击看作成为利剑需要经历的每一次锻打。

心如海，懂得包容接纳；意如川，学会百折前行。

好多年后，我们仍需要去那里，在废墟中继续搜救那些倒塌的精神和情感碎片，却发现那些成就我的挫折，已经不在原地。

我羡慕哈利·波特，夹个笤帚就能飞。其实能飞的不是笤帚，而是被咒语助推的梦想。不过能飞到天上的不见得都是正义，骑在笤帚上的，也会有女巫。女巫也有笤帚，就像邪恶也有梦想。或许吸血鬼的世界，也有它们自己认定的真诚。

成功者总是保持自己的心性，他们有属于自己的天空，懂得进退的节奏，如月光下的狼人才是真男人，它懂得在关键时刻变身为战斗者的意义。

而面对挫折，任何时候都不能够忘了自己的身份，说出不合时宜的话。比如，面对困难，有个不中用的神仙喊道："天哪！"于是他被贬到了人间，做了一个更不中用的人。

人在大自然中，其实只是"微生物"。他们的成功与挫败，都显得无足轻重。但是，每个人生都是一场小小的战斗，需要人们勇敢出击。世界遍布着这样的战斗，也疯长着各种人生的感受。

处在过程中，有时比早早地知道结果要好。不要奢望一步走出两个脚印，那是僵尸。

向日葵给了我阳光的力量，而那头戴铁桶的僵尸化装成了生活。

我以蔬菜的单纯应对命运的玩味，哪怕一大波厄运来袭。

多给我点阳光吧，我要去打败僵尸！

人生之辨

—— 相信,仍然是一种通往幸福的捷径

人生的背面有什么

我看过很多电影，讲述一些人生故事的那种。

我在想，如果人生不悬疑、不惊悚、不战争、不恐怖、不动作，甚至不言情，那会是怎样寡淡无奇？

有人说，人生如戏，全靠演技。我倒是觉得，人生没有剧本，假戏须得真做。如果非要说人生是戏，那最适合悬疑剧，并且最好出自某位悬疑大师：希区柯克，或者阿加莎·克里斯蒂。

比起电影电视剧，其实人生拥有构成情节的所有元素，而你却无法任性，由于不能在人生中自己乱编情节，所以很难判断人生下一幕会发生什么。其实，生活才是最厉害的编剧，它最善于改编自己。

电影可以导演，人生不可剪辑，电影可以传奇，人生亦步亦趋。电影中你可以看到穿帮，而人生中的每一个角色，情感没有文替，行为没有武替，心灵没有裸替，全都是本色出演；电影可以倒带，人生不可重播，人生只是单场演出，或长或短，一辈子只一部，就算有来生，也不是你的续集，演员观众，是哭是笑，都只有自己。

我常常谈起人生,这不是明智之举。人生是最不可言说的话题之一,喊痛喊爽是自己的权利,但评判人生却愚蠢至极。

人生是一个复杂的系统,与世界、自然和社会相互联系,牵一发而动全身,好似蝴蝶效应。

我们只是人生的参与者,并没有资格当裁判,因为我们都没有办法看清人生的全貌。偶尔说到的人生觉悟,也大都只是某个人生片段带给自己的即时感受和心情。

你在别人眼里也一样,人家不会关心你的人生全貌,或了解你的思想,你这辈子能被人记住的也只是一个模模糊糊的形象轮廓,或者某个时刻的一个动作、一句话、一个眼神、一个符号、一样的人名。我们活在某种人设里,自己却不知情。你也不知道在那么多的人设中,哪一个才是别人眼中真正的你。

有人喜欢用别人的标准来衡量自己的人生,人家有什么,自己也就要什么。他们辛苦地活在别人的梦想里,相互攀比着所得,却不知道得到之时,却是人生最大的失去。

当他们得到了一些生活的满足,就更不会动脑筋去思考这些所得对灵魂有没有价值。他们一边喊迷茫,一边说快乐,相互恭维,互相妒忌,醉在其中,声色沉迷,欲望热闹非凡,生活百般矫情,手里握着几只摇摇摆摆的小确幸,以为这就是幸福的秘籍。

于是,虚荣在大声娇喘,灵魂已停止呼吸。

即使物质可以累积,情感可以剪裁,这或许可以提升生活的快感,但无法体现人生的价值。

自由,是灵魂最高贵的所需。正是由于每个人生都不会有完整的自由，所以自由才显得珍贵无比。热爱自由的人，不应把自由放在嘴上，而应藏在心里，因为暴露在人前的自由，有时会招致猜忌和嫉妒；自由也应该是有法律和道德约束的，因为它并非自我意识的疯长。所以，我们要呵护好自由，不要让某些狭隘的自由害死了自由。

人生的长度是用脚步去丈量，宽度是用眼睛去衡量，高度是用思想去计量的。所以，人生是求体积，而不是求面积。体积关联人生的重量质量，面积只代表占有了多少物质领地。

人生的目光需要放近和放远。放近，是为了脚踏实地；放远，是为了追寻意义。

我想有这样一个地方，即使简陋得只有一块岩石，只要安静得能存放下自然和心灵就好。我想站在那块岩石上，回望人生来路，眺望远方风景。

每个人的人生都是线段，起点固定，终点不一，或长或短，或东或西，貌似平行，却有交集。那一个小小的交叉点，代表相遇，又代表别离，那是人生机缘旧的安排，也是人生寂寞新的起点。那些和你人生线段同向而行，甚至重合的部分，才是你最值得珍惜的东西。

我想问：一起走过多远，生命才会永不分离？

在大自然里，我看见了很多生命的消亡，又看到更多生命的苏醒。就这样，生命一次次重回起点，这般辛苦地兜兜转转并不可怕，可怕的是一辈子从来没有走出过起点。人生没有完美的模板可以利用，所以我们对于行走不必犹疑。人生哪有标准答案，那就各自蒙一次吧！你选A，我选B。

人生需要留白，不能被事物填满，甚至不要被梦想完全占据，要始终留下一块让心灵自由徜徉的空间，这样的空间无所谓大小，只要安静和干净，那些思想的高度，也不一定顶天立地。

翻旧了人生的正面意义，人生的背面有些什么？

我原以为人生的背面有着一样的疼痛和欢喜，现在才发现人生的背面，只有那些说不出来又只能独自承受的东西——自己才懂的痛苦，与他人无关的快乐。它们都背对人生的指引，显得不可告人。但无论如何，人生的故事，却因为经历而丰富，因为得失而立体。所以生命，总会如此动人。

人是自己的囚徒

生命是极限的囚徒。生命是看见,更是看不见,不是所有的事物,都能历历在目。生命认知的极限之外,还有很多事物,更加可怖,也更加精彩。

有人喜欢算命,把未来寄托于某种预言,从此让人生堕入藩篱。我从不算命,是不想让自己的人生过早失去悬念。

《边城》里有这样一句话:"人事就是这样子,自己造囚笼,关着自己。自己也做上帝,自己来崇拜。生存真是一种可怜的事情。"

人是自己的囚徒,人的囚笼是自己造的。人为什么要自囚,或许是因为自私狭隘,担心失去,也或许是因为胆怯,从而需要某种能裹紧的安全感。

人们控制不住外面的风险,就只好把自己关起来。这就像是孙悟空给唐僧画圆圈儿,似乎圆圈儿外面到处是妖怪。

自由和安全有时是对立的,人生有时也像行进在野生动物园里带栏杆的车,车里的安全戒备重重,外面的自由风光无限。

科学家做了个实验,他们将跳蚤放入玻璃杯中,跳蚤很轻松地跳了出来。之后给杯子加了一个盖子,跳蚤每次跳都会碰到盖子,久而久之,跳蚤开始调整自己跳跃的高度。过了一段时间,当把杯盖拿下来时,跳蚤再也跳不出来了。

这就是跳蚤效应,结论是——毁掉一个人最简单的方式,就是给他设限。

而成功的人从来不给自己设限,他们从来不愿自囚在玻璃杯和圆圈儿之中,他们都是自信的跳蚤和唐僧。

孔子文雅,说:"君子不器。"意思是君子不应拘泥于手段,而不思考其背后的目的。

去西藏,才知道什么是高原反应。我为了拍路边牦牛下车跑了几步,顿感胸闷欲裂,缺氧严重;和藏族司机聊天,他说他来过重庆,一下飞机就醉氧,晕晕沉沉,马上就被弄医院输液。

看来,我们都是活在自己极限里的囚徒,跑出各自的圈儿,都要命。

虽然我就像一只普通的跳蚤,但我也悟到:做人别做珠穆朗玛,曲高之地,不见得只是和寡,也有其他更具体的难处。

高处空气稀薄,生命艰难,灵魂又如何长久?我觉得最好的生存之地,是有一定高度可以望远,看到人生的壮阔和卑微,又可以在生活层享受到自在的呼吸。所以,我们的理想也别太遥不可及,脱离实际。

我躲在角落里冥思苦想,想用一生去建造思想的迪拜塔,但我总是建几层就塌几层,徒劳无功,永无尽头,难道是受到了西西弗斯式的诅咒?

如此看来，我最多只是一个适合在精神世界里搭木棚的小木匠，建造精神之塔超越了我能力的极限。

现在有越来越多自恋的人，把情感锁在自己的囚笼里，似乎不需要太多成本，也不会有什么风险。而那些还在外面疯狂的情感，早已伤痕累累，却仍穿着光鲜的衣服，维持着人前的虚荣。

社会上，那些情感就像红红绿绿变化无常的数据，在复杂动荡之中，你越来越无法预测它的K线。

于是，有的人越来越缺乏爱的主动，幸存的爱在稀薄的空气中游离喘息，疲惫不堪。

所有教诲你的长辈、领导、老师常常会用这样一句话结束谈话，并对你给予厚望："你要战胜你自己！"

好像他们闭着眼睛都能猜出我此刻正在画地为牢，作茧自缚，为自己的人生设限。他们没好意思说出口的还有一句经典的话是："你自己才是自己最大的敌人！"

他们在暗示我自己不要跟自己客气，要敢于自己跟自己动手，扯烂自己的衣服，抓破自己的脸皮，学会彻底解放自我！

我感谢他们的教诲，但是我不知道他们有没有也想过干掉自己。如果他们战胜了自己，为什么刚刚眼底也闪过了一丝困惑？那么清晰，又那么迷离。

下班开车，发现前面有一群狗在奔跑，带头大哥是一只中华田园犬，脏兮兮的像是流浪狗，它后面紧跟着好几只辨不清品种的小狗，有的还拖着狗绳，似乎是别人家养的宠物狗。这群狗像藏羚羊一样跳跃飞奔，与车赛跑，充满了自由的欢乐。这样的场景在城里不多见，大多数狗都被人牵着或者牵着人在踱步，绕膝吐舌，摇尾乞怜，哪像这一群张扬本性充满斗志的狗。那带头的流浪狗即使一头虱子一身乱毛，也是这些厌倦了狗链的宠物眼中的真心英雄！值得为之疯狂并付追随！狂奔吧，自由勇敢的狗，你们就是城市森林里的"人猿泰山"！

走不出自己，也就走不进世界。我常常在自我与社会之间欲言又止，进退维谷。

如果我不能去做一条自由的流浪狗，那么我到底要做什么？

或许我想要做的，只是像无头骑士杜拉罕一样，骑在一匹高大的黑马上，带着烈焰，在黑暗荒凉的城市和森林间狂奔。

我高举着自己的头颅，只为获得更好的人生视野……

"度"是最有价值的生活艺术

我喜欢我笨,笨起来的样子很可爱!

笨的时候,中门大开,毫无防备,对外没有任何攻击性,我会傻笑,全身松弛,态度跟脸皮一样变得弹性自如,人见人捏,花见花痴。

笨简单轻松,率性自如,代表生命最初始的状态。人出生的时候都笨笨的,只会哭,但据说人又是从不敢哭开始变得聪明的。后来有一些人又出于自我保护,拼命掩盖自己的笨,并在社会中争着表演聪明。

我笨,是因为我对世界仍选择相信,而相信,仍然是一种通往幸福的捷径。

我觉得,阿甘、郭靖笨,但一样可以抵达人生的高度,大家可以说傻人有傻福,但是为什么福气总爱照顾傻傻的人?而那些所谓人精,却遭遇了无尽的挫败和苦痛。这是不是一种暗示:简单是福,复杂是苦,人生有时需要有一种可以保持傻笑的心情?

所以笨也是一种生活中有用的度,你也可以用君子之心或者小人之腹,把简单的笨看作神秘的暗示,甚至看成某种若愚的智慧。当然这对于我也是难得的机会，因为你不知道，我想在复杂的生活中维持稳定的智商是多么不易！

生活中总有那么多用力过猛的事，人们拼命地去判断，但是，结果……谁知道呢?

既然我们左右不了结果，又要那么多徒劳的精测做什么呢?

有的东西与生俱来，并不是努力得到，后天努力能够改变一些东西，但不是什么都能改变。比如雄鸡报晓的天赋，就不能以牝鸡司晨代替。也就是说，生命各有各的频道刻度，我们似乎只能活在自己习惯、他人也知道的频率中。

不要以为自己就是生活的中心，生活中赶上的好事和坏事其实都差不多，那些好事坏事同样微不足道，甚至都没有用情绪去传播的意义。人生经历很多，结果会发现什么都不是自己的，对于过程来说，自己当时拥有的，只有即时的心情。

既然进不能进，那么退也就成了进，如果自己没有足够的勇气去改变，不如顺其自然，这样或许更快乐一些，这不也是一种有智慧的生活的度吗?

有人用忙表达自己的存在，有人用静感受自己的存在。人生太过匆忙，也要懂得不时回头，去放慢人生的速度。因为慢的力量才是最坚定强大的，慢或许可以笑到最后，碾压任何快的结果。所以，节奏决定很多，除了长驱直进，变得步步为营，也是一种度的拿捏。

穿合脚的鞋，走合理的路，路总比鞋长;且梦且行，且停且思，思总比路远。正是由于人生路途漫漫，才更应学会知进懂退，张弛有度。

从物质层面，长度、宽度、高度、密度、亮度和纯度等，说的是物理特征，属于科学的部分；而我觉得更重要的是要学会把握精神层面的度，这才是人生智慧。

高度放大视野，深度逼近真相。思想天空，高远深邃，灵魂不能呼吸人间浊气，也不能置身缺氧的神仙的高度，这是思想的高度；

为人宽容，气度雄远，不计一时一事之得失，能将人间块垒置之度外，这是做人的气度；

旁见侧出，视角多元，能准确切入问题，有综合见解和视野，这是看事的角度；

相互信任，彼此关爱，既能感到温暖，又能合理留白，这是情感的温度；

行苦志坚，锲而不舍，不急功近利，千磨万击还坚劲，这是意志的硬度。

…………

所以，我们虽然不能拿捏自己的命运，但可以尽力拿捏好生活中各个维度的程度，该傻笑傻笑，该让步让步，因为"度"才是最有价值的生活艺术。

人生需要PS吗

在《火柴天堂》散文集里，我曾写过一句话："即使被浪蝶追逐的春天，不过也是世界群发的一张美颜照，它似乎永远绿意盎然，让你年年沉醉于青春的假象，却忽略了对它身世年龄的怀疑。春红柳绿，乱花迷眼，你从未注意过花瓣掩盖下枝条上的累累瘢痕。"

既然春天都可以PS，那么人生也可以，这也是好多人一直在做的事。

有些人对现状越来越不安，在意的东西越来越多：路上堵不堵，房价涨没涨，吃了胖不胖，衣服买不买，孩子学没学，油价跌没跌，车位有没有……又在这一地鸡毛的忙乱中患得患失，更加警惕和害怕失去。

证明没有失去的最好办法，就是找到幸福的确幸，展示幸福并求得共鸣的办法之一，就是在朋友圈发照片，发朋友圈的照片，又大都经过了美颜。

感谢热情、强大、友善和虚伪的APP，总是展示生活最梦幻的一面。朋友圈内容的色香形味，都证明了各自生活的美好精致；

特别是对自己的照片，更是万分用心，眼睛提亮明眸善睐，磨皮增白温润如玉……P完后，对屏相见不相识，美女帅哥何处来？最后自己麻醉了自己，自己感动了自己，又在这种恍恍惚惚的欣喜和感动中怅然若失。

　　人生如瓷，深历埋藏体现价值，生活中多把玩，又会有更醇润的包浆。
　　人生需要PS，只是用的不是APP。岁月和生活本身就是磨皮棒，它们从来不管人们脸上有几根抬头纹、鱼尾纹、法令纹这种小事，只是不断用经风历浪的阅历去细细打磨我们那颗在欲望面前变得有点儿毛糙的心。
　　做事不作假，修心不虚饰。做事与修心，是人生两大主题。展现美丽的最好办法，其实是从内到外真诚的光华。

　　不过，王尔德说："不够真诚是危险的，太真诚则绝对是致命的。"选择危险还是致命？P还是不P？道理不言而喻。
　　爱美是女人的天性，其实这并不妨碍她们内在的修行。一些女人觉得，不想方设法去美，仿佛对自己是"致命"的。过去没有APP，主要靠化妆，据说有的男人一辈子没见过自己女人的素颜，而今有了科技的加持，估计有的男人下辈子也都别想了！我在想，以前《聊斋志异》里都是手工画皮，迷书生全靠画技，估计现在它们都改用美图秀秀了吧。
　　女人天生对美敏锐，也对岁月对生命的侵蚀更为敏感，即使她们拥有着丰富的精神世界，却也喜欢用更为直接的方式去呈现美丽。俗话说"没有丑女人，只有懒女人"，勤奋地P图，开心地生活，至少也是一种积极的生活态度。

有的女人比男人还爱看美女，试想如果自己就是那个美女，岂不更身心愉悦，方便浏览？所以，大家不必介意，该拍就拍，该P就P，相信自己，你就是她，她就是你！

也有一些素面朝天的女人，或专注于平凡的生活，或游走在理想和现实之间，即使不愿意化妆，仍因勤奋和善良，以及女性特有的细腻和智慧，浑身散发着令人发疯的神秘和美德。她们的真诚足以"致命"，也同样动人。

对于大多数女人，还是宁愿相信赞美和信任的力量，哪怕是自己对自己的善意，这就是"皮格马利翁效应"，希望有什么，就会是什么。不过，自己对自己的肯定和期待，或许也是维持人生积极向上的动力。

是的，生活并不妨碍梦想，梦想也应照亮生活，现在，有的男人也开始磨皮，于是朋友圈里，生活更加绚丽无比！人生就像那些春天，年年春红柳绿……

人为什么会害怕真实

《心灵奇旅》里说:"每个人拥有的时间都是短暂而有效的,展现最为闪耀、热情、最真实的你吧!"

"在生之来处,所有新的心灵都会在这里,塑造独特的个性和兴趣,随后再前往地球。"

由此看来,或许我们的真实,遗落在了去往地球的前夜;或许我们独特的个性和兴趣,在地球上并没有找到合适的土壤;也或许我们的真实并不真实地存在。

在短暂的人生中,我们渴望闪耀,展示热情,却唯独有人害怕真实,这是一件令人悲悯的事。

不是每一个人,都能认清真实的自己。我们总以为自己最了解自己,其实并不尽然,某种程度上讲,自己才是自己最不了解的那个人。

自己不了解自己,是我们一直不愿意承认的真相。或许是内心都害怕认清自己的全貌。自己就是自己,还需要什么了解?心理学有个"确认偏误"的概念,是说人们总倾向于寻找证据来支持自己已经相信的事，并拒绝接受异议。或许正是由于有这样的偏误，我们才从一开始就屏蔽了对自己的怀疑，以至于后面的一切都不再客观真实。

不了解自己，又自以为了解，所以不愿去分析自己；即使想自悟，又觉得解剖自己很痛，所以避重就轻。

我们由于害怕真实，于是给自己套上了一圈"上帝光环"，上帝总是正确的，所以自己也从不会错！我们所有的决定和行为，在自己和别人面前都显得那么理所当然。我们看自己的目光跟看别人的目光截然不同，我们常常以真诚正义的名义，施行着人生虚伪的"双标"。

害怕真实，是因为真实往往有着残酷的一面。

其实真实这东西情商极低，喜欢哪壶不开提哪壶，它扼杀你最后的希望，又常常用最平静轻松的口气告诉你最不想听的结果。

害怕真实，所以作假，真实逼得你装扮着人前的美艳，却不敢偷看镜子里自己的素颜。

我们有时就像街头火锅店那些服务员一样，列队在生活的门口，右手握拳，往下一下一下肘击着无形的生活，不断用最虚张的声音麻醉自己："我最棒啊我最棒！"同时，又觉得空洞的心底升不上一丝真实的力气。

害怕真实，又是因为真实的代价。

一些人不敢撩开生活的画皮，去面对命运。即使命运也常有阳光可爱的一面，但是他们已经没有了去鉴别的勇气。这就是为什么那些挫折、失败和痛苦，总是在人生中显得那么真实而清晰，反而那些幸福，却似乎有着朦胧的假面。

有时候，世界比人更害怕真实。它用人们的妥协和共性维持着平衡，又从未放弃过对真实的围捕，真实躲在暗处喘息，或四处逃亡。

一些人虚张着人前的共性，伪装着自己的灵魂，仿佛出现在社会面前的就是真实的自己，久而久之，忘记了自己真实的模样；而当大家都开始不相信真实存在的时候，我们也就失去了单纯。

趋利避害，趋福避祸，是人之本能，这求生求欲的本能超越了真实的价值。有人曾问我："为什么有的社会能力很强的人，却内心能量不足？"我说："社会能力可以推动社会进步，但有些跑偏了的社会能力也可能是伪人性或者反人性的，反而会约束心灵的成长。"为了生存、进阶或所欲，一些人放弃了诚恳，又得到一些所谓处世的厚黑之术，正是这些人生的伪哲学，企图一步步把真实的人性和道德赶尽杀绝。他们或许一时会得到一些现实的认可和烘托，内心却远离了真实的自由。

有一段时间，社会曾热议过老人跌倒扶不扶的问题。当善良都显得不够真实，你是不是还会选择相信善良，相信真实？其实我们知道，善良和真实一直真实地存在于善良的我们身边，从来没有离开，只是人与人之间的信任出了问题，而本质上是我们有时候显得还不够自信。其实，我们的社会一直在不断进步，道德力量日益彰显，扬善抑恶的治理能力也在不断提高，我们需要的，只是互相再信任一点、靠近一点，让大家感到彼此人心的温暖和力量。

真实因为"珍稀"，所以才更加高贵。问问自己吧，你能否成为那个你想成为的人，你想不想做那个真实的自己。后面一个问题，似乎更加重要。

我庆幸，在我的灵魂深处，还具有相信的能力，这是我与外界关联的默契，也是生命存在的意义所在。我一直敬畏着真实的力量！那种可以撕咬、揭露、担当、不惧毁灭、挺身而出的真实，赤裸地站在命运的面前，就像伤痕累累又从未屈服的自由一样！

每个人生都有"扩展槽"

思想者是幸福的，也是辛苦的，每个人都在赋予自己人生某些意义，只是由于认知的不同，所谓意义也就不同。我不质疑大家生活的快感，也不接受世俗无端的打量，我只是想一个人走下去，让人生留下一点思想的印迹。

如果你知道我是谁，请别告诉我，让我自己去找我，这样我的人生才有意思。其实，你也不知道我是谁，你甚至不知道你自己是谁。

有时候人觉得"我"很唯一，是因为不想了解也无法了解别人。就像人类只是认为自己是宇宙中唯一的智慧生命体一样，是因为没见过外星人。其实"我"并不是唯一，有很多如"我"的人，在同样的暗夜里呼吸；也有很多超越"我"的灵魂，在同一个星空下思索。"我"，是自己眼中的上帝，却只是其他人眼里的芸芸众生。

我想，如果生活只是一个平面，我也要努力做一个立体的人。但生活好像有很多面，总是跌宕起伏，让人站立不稳。那么，活成平面会不会更平坦和安全？就像《三体》里可以脱水后卷起来保存的人皮。

是的，有时候觉得人生很单薄，每个人生都像一张小纸片，不管画的是什么，都在风中不由自主地凌乱，看不清自己的，也看不清别人的，只有落了地，才能看清上面都画了些什么。我的纸片，没有画好看绚丽的图案，只有几行写给这个世界的自我介绍，它被抛往空中，在陪着风一起飞舞。

除了幻想中的纸片人，现实生活中有很多种状态，让人难以抉择。不过我觉得，在时代中，我即使做不了潮人和超人，也应该做一个不滞后于时代的人。我对时代采用尾随战略，我没有能力先发制人。

其实每个人生都有"扩展槽"，只是很多人不会用，或者没有可以用来接驳的梦想。有梦想的人，才会不断在自己的身上寻找"接口"。

我不知道我来到这个世界时有没有提前拿号，那些排队路过的人生，是不是有着一样的规则。我总希望命运能够改变旧习，给生命一次自主的机会。

一切皆有可能，也就是说一切皆有不可能，同样的意思角度不同，答案也就不同。在这里，我愿意选择更积极的方式。我不了解自己的潜能，就像天狗从没想过自己能吞掉月亮。但人生总有着想不到的潜力和机遇，就像月食迟早会发生。

我时时感到自己的人生"版本太低"，不能运行太大的理想；运行着的理想也极为缓慢，有可能是自己内涵的"内存"不够。

我希望不被别人定义，让人生失去遐想的机会。这就让我有了一些怪异的想法，比如有人问起我的星座，我说是人造卫星；如果说起我的能力，我又希望是"双卡双待"。

我们常常偷看别人的人生，而忘了书写自己的故事。别人的人生只是一部电影，而自己才是自己人生舞台剧中的领衔主演。电影只是虚拟的光影，人生才是即兴的舞台，在这里，上帝不是我们的上帝，上帝也只扮演他自己。

就人生态度而言，人要做参与者，不要做评判者。我不喜欢那些评判者，他们并不掌握道义或标准，却常常因自负而狭隘，因虚弱而虚伪。评判者常常被评判反噬，又不敢接受别人的评判，他们觉得自己掌握了人生的真谛，实际上却似乎从来没有经历过真实。

只有参与者，才可以是自己的主宰。不会指手画脚，只有脚踏实地。只有深度参与，才能发现美好，识别丑陋，有笑有泪，有风有雨，酣畅淋漓，真实不虚。

这个世界，浮动的渣滓下面，静默着纯洁；刺耳的喧嚣下面，安睡着宁静；广袤的平凡下面，滋长着善良；无常的苦难下面，孕育着希望……我们没有理由怀疑人生，怨怼是因为我们还不够博大，我们没有理由不去珍惜人生，因为只有这样，我们才会有接近幸福的机会。

每天清晨，我像太阳一样从床上冉冉升起，希望理想和意志能够照亮上班有点拥堵的路。一天天就这样忙碌着，有时对自己的生活竟隐隐有一丝陌生感，就像偶见镜中的自己时油然而生的陌生感一样，毫无道理，却又发自内心。对于社会，没有人具有从包厢俯瞰人生的资格，我们都是深陷剧中而又忘乎所以的群演。不过，又有什么关系呢？

我们追求完美，也接受不完美，这就是生活花样百出的部分。如果只追求完美，会在求而不得中痛苦；如果只在不完美中躺平，又会逐渐丧失对美感知的功能,当你的眼中有太多残缺,也就无法再聚焦幸福。

人生是什么滋味?其实每个人都可以是自己生活的厨师,希望做出美食,饕餮人生。在历经饱胀肠胃不好之后,才发现苏轼早就说过:"人间有味是清欢。"

清欢是什么?清欢大都是孤欢,那是一种微痛的爽,淡雅的甜。

人生最重要的战役,是超越自我的战役。我不知道为什么有那么多喜欢挡道的横七竖八的自我,让人生看起来像一场打怪通关的游戏。

人常常会有挫败感,不能愈挫愈勇,就会一败涂地。战胜生活挫折的唯一办法就是比它还狠,你得死死盯着命运的眼睛!谁先眨眼谁输!

被外物绑架,被时光撕票,这是人生平庸的原因。人生需要处理好高低进退,掌握好体态和生态的平衡,做人不求耀眼一瞬,但求温润一生。

我们能看到昼夜的黑白,季节的冷暖,却看不到自己生命之外的东西。每个人的人生能自己安排的只有中间这一段过程。生死的两端,都一片漆黑。

生命是有限的,而牺牲会让生命变得无限。有什么值得牺牲?是那些能够为生命带来扩展的自由,能够为人类社会带来更广阔更崇高价值的意义。

面对生命的可能,宁静是一种力量,洞见光明并非必须穿过火焰。静下心,或许也会有更美好的追寻……

人生需要有发呆和发疯的地方

我是一个类似于新中式装修风格的人,也喜欢混搭。我想以传统文化作为灵魂,再赋予自己多元生动的个性。

我对人生抱有成见,抱有感恩,更抱有希望。我对人生的观察,总是带着七分深邃和三分邪性。

我习惯以自己独立的眼光扫描人生,整理出一片洁净,也揭露它的隐私。

我尊重垃圾,因为垃圾是最具牺牲和承担的东西,它带走了生活最肮脏累赘的部分,又以自己的名声替我们背负了所有的骂名。

人们都想把自己内心的垃圾倒出去,也不管是否会污染环境。我是一个心灵环保主义者,所以我一直不想倾诉,不想用自己杂乱的烦恼去影响别人难得的洁净。我喜欢自己打理内心,努力把负面的东西转化为可再生的积极的营养。我想首先做一个有能力解决自身问题、不麻烦别人的人,然后再去帮助别人。

就人生方向而言,不怕慢,不怕站,就怕乱。

开车踩油门就像按着了人生的快进键，扑面而来的是前程，飞速退避的是岁月。

人生的一大悲哀是开车走错路，而最大的悲哀是走在错路上又遇到堵车。但是有时候会发现，歧路上竟也风光无限，所以，我们也要学会欣赏歧路的风景，包容歧路之失，享受歧路之美。

我想在成长的阶梯上坐着歇一会儿，但又知道不能歇得太久。社会的裁判只是守在终点要结果的人，他们从来不会管我在人生奔跑过程中的心率，或者遇到过什么样的事情。人生中会有一些应该与你命运有一定关联的裁判，但他们却大都不会真的注意你，而是在路边心不在焉地闲扯。

才是心灵的，财是生活的。如果只关心生活物化的价值，不懂得发现自己才华的价值，那人生就失去了价值，价值的成色有时是需要用磨难来检验的，磨砺后的人生更有光泽，也更加可贵。

能力又是什么？就是上可九天揽月，下可五洋"当鳖"。揽月是能力的上限，"当鳖"是能力的下限。这只是打个比方，是想说明人生应有高处的理想，也要有能上能下、能屈能伸的韧性和弹性。

人不俗艳才好，但我们却有了越来越多俗艳的机会；狭隘和偏执有时会让自己感觉很酷很个性，但实际上很愚蠢。保有个性，又尽力让个性充满包容，因为我不会去做一个愚蠢的人。

我的人生不是来打酱油的，我是想偷偷用打酱油的钱，买点别的。

从容是至高的境界，我喜欢自然而平等，不强势，也不怯懦；看轻自己，才能飞翔，看重自己，才能不慌；人生是需要接地的，遇事别当真，做事要认真，为人不较真；不当看客，不做说客；迷信不如自信，不要做任何事物的影子，要做自己。

曾经想过练瑜伽，因为我想学会呼吸，呼吸是生命最重要的仪式和最基本的节奏。没有什么状态是绝对的，要动中求静，自然自立是最好的人生态度。

快乐和悲伤喜欢藏在酒里，还是心里？藏在酒里的，常常分不清是快乐还是悲伤；藏在心里的，希望只有快乐。

很多不重要的事，构成了生活的主要部分。快乐就在身边，只是常常被落叶的悲情覆盖。无厘头的东西，是生活中的胡椒粉，有时候嗅一嗅，打个喷嚏也挺爽的。

做品牌的人，做品牌的事，这是做人的品质感；保持内省，坚守快乐，这是做人的态度。人生中很多东西可能会过期，不能作废，不要害怕岁月，它活它的，我活我的。

不要总站在生活的圆心，可以跟着切线去某一个远方；人生的平行线过了很久，或许前面就会有交点，人生跌宕，那些方向，不会总是平行。

什么都想顾及的人还留在原地徘徊，而事物已经走远。所以，学会在路途中选择路口，学会裁剪、忽略和放弃，是人生不得不具备的生存能力。

我不想过神过的日子，但耐得住寂寞，才能成就某种高度。

我热爱美好的事物，是希望人生更有品质感。现实那么粗糙，如果对美好再不苛求一点，又该怎么活？

我喜欢收藏，因为我想延长生命的根须，收藏是一个人生对另一个人生的凝望和致敬。

天地是大家的，心灵是自己的。要经得起震撼，耐得住平凡，福气也可以人造,如果你的心灵在微笑,那么你就会看到美好。包容万物,可以让快乐安全地生长。

人生都需要温暖的能量,但我不会用自己的标准去判断别人的幸福,所有的幸福、温暖都是一样的。

有时候找到朋友和找到对手都不容易,所以要珍惜每一个与你有交集的人。而有交集的人,很多慢慢又变得没有交集,有时候走得最近的人,最后反而离得最远,是走近耗尽了所有的力气和遐想。

当我们越来越听不见别人的声音,那就开始落伍了,嘲笑他人,反而说明了自己的肤浅;学会理解比经常费解好,更容易让自己冷静。

对话,不一定非要在有人的时候。任何时候,都不能荒废了心灵的聆听,聆听比倾诉更智慧。世界上绝大多数对话,都是心里的自言自语,它们在空气中悄悄地流动,自己听见了自己,自己感动着自己,却丝毫不会影响到别人。如果有一种喇叭,能够即时播放出每个人的心声,那么,这个世界会不会就有了更多的真诚?

人需要平等的交流或凝望,平等自由和相互启发的交流才是有质量的,没有认识上的曲解和较大落差,调谐到一个频道的交流,才是舒适和快乐的。

煽情煽过了头,就是矫情,做作就是一种因虚荣和虚弱而产生的虚张。当然,我有时候也学着说几句"鬼话",目的是想让"鬼"无话可说。

方言,是一种特殊的符号,比如温州人说"吃晚饭"是"吃黄昏",这让人间烟火有了些许诗意。方言又自带加密功能,是同地域的人交流的文化密码,而普通话,不过是一个没有设置密码的公共 Wi-Fi。

真正的熟悉和陌生不在于是否天天相见,而是源于心灵的距离。有时候,熟悉的圈子竟是认知的囚笼,陌生的领域才是超越的机会,而和谐是不同的人之间一种类似榫卯结构的契合。

生命都是从胜利开始的

生命都是从胜利开始的，因为你其实是3亿枚精子中跑得最快的那一个。

又有人说，你是通过摇号来到的人间，又把这场胜利归于了唯心主义哲学。

无论如何，你一开场就干掉了不少的对手，但这样的胜利并不为人知。所以生命从一出生开始，仿佛又重新回到了起跑线。

跑起来是人生，人生都是自己写的，不需要剧本和导演，大多数人生都不会有传奇。

跑出去是江湖，江湖都是自己闯的，有些事情很无奈，也很无赖。我们都想着笑傲江湖，结果往往是被江湖笑傲了。

人要那么现实干什么，能不能活得科幻点？我们需要经常跳出自我来看自己，就像跳出地球看地球。但很少有人能跳出地球，因为地球的重力，也很少有人能跳出自我，因为自己的执念。

不要以为自己能代表人类，人类是很多个体生命的组合；每个人只能代表自己，所以每一个个体的人生都显得不太重要，人生只是对于自己重要。我们不是其他人生的看客，只是彼此人生的背景。我们拥有的只有自己的人生，所以人生的基本实现形式一是做自己，二是做好自己。

人最不了解的就是自己，人的眼睛看得见别人，却看不见自己，所以才需要照镜子。镜子里的是自己的形，人心观照的才是彼此的心。

做一个善于吸收营养也能够带来营养的人，也要做一个懂得在精神上自我反刍的人。人的才华和美德，是人类价值的体现。人要有独立的思想和人格，不管美不美，但至少要真实。

不要做一个低俗的人，一个物质的人，一个缺德的人，一个脱离了高级趣味的人，一个无益于社会的人。

人有坚强的义务，也有脆弱的权利。

坚强是心灵的刚需，脆弱是情感的释放；身体入世，心灵出世；平和隐忍，精神无畏。

有了精神，就有了心灵家园。平实的生活充满张力，平静的思想是力量的蓄积。

人可以无肉，但不可以无骨。不要怕过气，怕只怕背气，过气的是经历，背气的是灵魂。虚荣不是荣耀，而是懦弱和耻辱，名声的本质不是别人在意自己，而是自己尊重自己。

不要说自己不容易，如果容易，你会是啥？有人说除了容易发胖，成人的世界已再无"容易"二字的立锥之地。

世上没有容易的东西，以前以为得到不容易，后来才发现放弃更不容易。但不幸的是，生活让你千辛万苦得到的同时，总是不断地让你放弃。

气质是装不出来的，所以才有了粉墨登场的表演。伟大或许也有无趣，快乐很多源于渺小；可以失去时间，但不要失去天真，那是生命伟大的渺小。

人类在繁衍生息，为什么又慌慌张张？女娲捏累了小人儿，最后用树枝蘸着泥水胡乱甩出来的那些小人儿，或许才是人类的主体。

我知道生命到来的意义，也知道生命离开的意义。生命忙完了总得留下点什么吧，除了还没来得及降解的垃圾。

我们的人生是又一次奔跑，为了新的胜利！

从幼稚开始,向那些成长致意

生命的诞生惊天动地,生命的成长却悄无声息。

生命开始了,那就率性地哭一次吧,哭得没有任何因由。我对这个世界还没有情感,哭只是我唯一的发音方式,就像是说话,我只是在大声宣示自己的到来!

我后悔了!如果我知道今后的哭被赋予了那么复杂的含义,又被加入了诸多的限制,当初我真该哭个痛快!

生命缘起,万物初遇,欣赏成长,是一件有趣的事。让我从幼稚开始吧,向那些成长致意。

孩童懵懂初开,对父母无条件依赖,身体的生长显而易见,而智力却是渐变。慢才是幸运的,这是对孩子单纯的呵护,避免了过早成熟的污染。

大人们从孩子身上寻找童年,孩子们从大人脸上寻找天真;大人们从孩子身上找到的童年已经不是过去的那个童年,孩子们从大人脸上看到的天真只是挤眉弄眼的故作天真。

从上学念书开始,从家庭步入学校,孩子的心智成长追赶着身体生长的脚步,步入了快轨。孩子慢慢开始有了怀疑,特别是对父母的话,更是经常拿老师的话比对。老师的话其实也类似父母的话,只是换了一个频道,就有了截然不同的效用。成长又让孩子从怀疑到逆反,开始直接挑战父母权威。

孩子一直都在盼望着长大,觉得长大了就能够获得自由。直到某一天,长大了的孩子发现成人的世界更不自由,又在闯荡多年以后,开始怀念童年。怪不得路易莎·梅·阿尔科特的《小妇人》中说:"少女就是少女,但凡可能,别忙着长大成人。"

孩子与成人最大的不同,是孩子总是在问问题,而成人从来不问问题。问不出问题,不敢问问题,是成人的可怕之处,也是可怜之处。

成人不问问题,并不是他们没有问题,而是无法解决的问题太多,同时已无从依赖,所以只有自己独自沉默以对,并接受命运安排的任何结果。

成人世界不能问问题,每个人都必须掩藏起自己的脆弱和无助,装出一副无所不能成熟的样子。

成熟是成长绾的一个死结,已无法用纯真和简单来打开,于是就有了一些虚伪和无奈,比如小时候上课时尚且可以揣着糊涂装明白,长大了好多事却只能揣着明白装糊涂;小时候什么都有兴趣,想问个明白,长大了却学会了"人艰不拆,累觉不爱"。

成人比起孩子,乐趣越来越少,小时候的游戏已不好意思拿出来玩,经历了很多,也就现实了很多,除了麻木不仁的争夺,已少有单纯率真的想要。

"当一个人意识到一颗钻石比一颗玻璃球贵重的时候,这个人就已经可悲地长大了。"

成人的世界如此凉薄,他们已很难找到物外之趣。

长大成人，生命的成长就进入另一个层次，然后又经历了一次次新的蝉蜕。

面对广袤的人生，他们更加懂得，生命的成长需要梦想的牵引，美好总希望和梦想同行。而梦想的滋生，正是因为某种美好的吸引或缺失。

成长之中，随着学识环境的变化，梦想可以进行一些柔情的修补，而现实却是一条冰冷的单行道，不能有丝毫更改。

有追求的人认为，如果关闭了梦想的光亮，人还剩下什么？梦想败落，人生就会落败。他们觉得人生就应该有志气有价值，一念天堂，一念地狱，如果失败了，在人生剥下的垃圾时间里，即使做"垃圾"，也要誓做可回收那种。

而对于没有多少追求的人来说，成长只是顺其自然地遇见，并不需要那么多无谓的挣扎。人生就该随遇而安，如果真成了"垃圾"，那么倒哪个桶里都可以。

人生保持了成长的动力和活力，也就保留了进步的机会。

所以人生需要开垦一片心灵的土地，种下自己，然后平和沉静，默默耕耘，等待着点滴成长，这才是一种积极有益的人生态度。

有一天，你会发现一些以前笃信的东西摇摇欲坠，发现很多肤浅的东西已驾驭不了思想的奔腾，发现你越来越独立直至孤独。你逐渐看清了自己的狭隘，你心中有了更多的自信、坚定、怀疑和摒弃；你的灵魂愈加饥馑，嗷嗷待哺，感到迫切需要俯下你的骄傲和虚荣，去仔细啃食精神的绿草……相信我，这一刻，你正在成长。

人生是一场浩大的成长行动，准备是瞄向目标的准星，行动是射向目标的子弹；成长也是人生宽度的拓展，行走才有可能改变局限，每天往正确的方向迈出一小步，都会让人生最终有所获得。

学习力决定成长力，保持学习，博观多思，是不断成长的秘籍。

面对成长，把自己当成盛放花朵的人，很快就会凋谢，人应该时刻保持蓓蕾的初心——

将开未开，生当逢时。

归宿是一个没有风的地方

我不知道生命起源以来，有过多少人类在这个星球上诞生和死亡，如果每个人生是一截截线段，那么世界上已铺满被岁月之刃铡断的草屑。能量的存在与转化，生命的出生和死亡，是星球上平常的事情之一，对个体生命来讲生死是无限放大的感受，而对世界来说，太司空见惯、稀松平常。

一个人的生命经历了诞生、懵懂、成长、骚动、困顿、成熟、衰老、死亡等阶段，才会具有相对完整的人生体验，这是人生分配和存放意义的各个位置，但不能保证每一个地方都具有意义。

生命从出生到死亡，主要是对于自己的意义；对于亲人，这只是一段陪伴和守望的过程；而对于世界，除了极少数对社会产生了一定影响的人生，绝大多数生命的明灭并不能被察觉。

一百年前，徐志摩写了《婴儿》："我们要盼望一个伟大的事实出现，我们要守候一个馨香的婴儿出世。"他以一个在产床上挣扎的母亲的感受，暗示着痛苦中孕育着新希望。

生命的初生就是发源于痛苦的希望，又将新希望扔进人生未知的痛苦之中，然后又在新的痛苦中找到精神的初生和成长。

世上最柔弱的是婴儿，但他们总有这样一种神奇的力量，看到他们能让你那颗长满老茧的心，顷刻柔软，忽觉找到了生命的意义和人间的至美。就生命而言，婴儿的初生落满了父母的欣喜，经常会寄托着他们没有完成的梦想，父母就像拿到了一张空白全新的生命试卷，希望孩子能答出比自己更完美的答案。或许每个人的人生都会有太多旧的错失，才会如此看重这些新生命带来的新机会。所以诞生是生命的延续，更是梦想的传承。

我早忘记了自己作为婴儿的所知所感，我不知道自己作为婴儿时那遥远哭声的内涵，是告白还是逃避，是喜悦还是畏惧。而当现在我懂得了哭声的意义，却已不敢再哭出声来。

繁衍是人类的本能，很多科幻片里有这样的桥段，在末日来临之时，少数被拯救的男女会成为幸存的人类种子，被送到另一个星球上重新繁衍。

其实每个人都是种子，被乱撒在各自人生的荒芜之处，有的顺利生长，有的未曾发芽。末日让人开始思考生死的问题，并直视死亡的眼睛。这样的危机感，会让人更加珍惜既有。

生是偶然，死是必然。偶然的生成了必然的流程，必然的死成了偶然的终点。

周国平曾说中国人最忌讳的两个话题是："死和性"。是的，《西藏生死书》中就说："我们是一个没有死亡准备的民族。"所以我们碰到死亡的时候，有时会慌乱无措。

许多人从小被教育尽量不要说关于"死"的词。过年的时候，尤其不能碰这个字，如果不小心说了，还会马上被人逼着"呸呸呸"，要你收回。生活中，如果你说的话让别人觉得不吉利，就是做了一件不光彩的事。老人们最忌讳说死，不是因为他们惧怕死亡，而是他们希望家人永远平安顺遂。

有的作家的文字触碰到了死亡。比如毕淑敏的《预约死亡》，还有张贤亮的《习惯死亡》，他们说的死亡或许不单纯指肉体的灭失，还有其他暗喻和影射，但我仍记得里面有一句话："死亡是一次壮举。"这令人不忍直视的壮举，在现实中频频发生，这是生命最后的行动，仿佛一刀割断了与人间所有的瓜葛。而人们忌言死亡，又让本该庄重的死亡显得有些畏缩和草率，显得不像是什么壮举。

孩子们缺少生命教育和死亡教育，其实大人们不要害怕孩子接触和谈论死亡，有时候，对生命的正解和勇气，是从孩子目睹亲人的死亡之后才产生的。

有一个学生考试填空，写下了"人生自古谁无死，早死晚死都得死"。虽然填错了答案，但说的却是真理，从另一个角度，他即使是笨，也不小心撞上了大智。

不要以为一个思考和谈论死亡话题的人就是对生命的不热爱。恰恰相反，这只是他对生命更加珍惜的一种方式。

死亡是生命的终结，而不是意义的终结。"火萎了，我也准备走了。"这是杨绛先生翻译的英国诗人兰德的诗句。后来，先生也走了，走得从容不迫，淡定无争，轻轻熄灭了生命的火焰，她让冰冷的死亡，也变得温柔和优雅，让人在悲痛中，洞见了死亡的美感。

蒙田说："探究哲理，就是学习死亡。"是的，死亡与我们比邻而居，会思考死亡的人，才更了解生和死的软肋，从而更好地活这一生。那么，死亡的软肋是什么？是生的从容。

村上春树曾在《挪威的森林》中写道："死并非生的对立面，

而作为生的一部分永存。"是的,死是生的结尾部分,又可以以精神的方式,在更多的生命中延续。

谈论生需要智慧,谈论死却需要勇气,如果不能认识死亡,也就无法体会生的意义。

死亡是一个归宿,归宿是一个没有风的地方,也是一个没有地名的地方。死亡是必然,我们早晚会抵达,既然无从知晓生命列车的最后一站,也就不必害怕或者担忧那一天会到来。

有的人害怕死亡,也害怕活着,但归根结底更害怕死亡,所以都还拼命活着。

对于死亡,我们都经历了一个"无知—畏惧—无奈—坦然"的过程。年少无知时,死亡隔得很远,生死距离是人生的整个长度,彼此都看不到对方的脸;而当开始目睹身边的死亡,又觉得迷惘、失落和恐惧;随着岁月流逝,当看过了太多的死亡,又感到无可奈何。特别是亲人的离去,会让你瞬间失去生命的棚顶,所有的苍凉倾泻而下,让你顷刻变为失去亲情陪伴的孤独的人。一个人,赤条条地面对着死,如同赤条条地面对着生。

其实,死亡反复展示别人的死亡给你看,并不是在故意吓唬你,这只是它的日常操作。它有着自己的剧情,疾病、灾祸、战争……在我们忙于生活的时候,那拿着死亡之镰,披着黑色斗篷的死神,不知正在哪一条小路上,踽踽而行。

雷蒙德·穆迪被称作"濒死体验之父",他写过一本书,叫《死后的世界:生命不息》。他采访了150名被临床判为"死亡"却又活过来的人,详细记述和分析了他们所经历的"死后世界",并首次提出"濒死体验"的概念。我犹豫了一阵,最终没有买这本书,或许是因为我害怕知道死亡的感觉,更是因为我不希望生命被某些定义预设。

看透了死亡,也就不再畏惧。有位朋友前几年曾得了绝症,又用坚强的毅力战胜了它,我发现朋友的人生观似乎发生了很大的改变,以前谨小慎微的他开始拼命扑向大自然,尝试各种极限运动。或许经历过"死亡"的人,才知道生的强大和无畏,涅槃重生的他,在死神面前竟生出一种坦然和戏谑。

我理解他的"疯狂",因为《阿凡达》里说:"所有能量都是借来的,早晚有一天要还回去。"既然大自然推迟了朋友的还款期,那么他就留着使劲用。

当生命不再战战兢兢,死亡也就变得彬彬有礼。

有时候,我们都像是等着风吹的草。大自然里,花草以枯荣的方式,来形象地表达生与死的过程,而人类更应以情感和思想的留存来致敬生死。

叔本华认为每天都是一段小生命,每日醒来起身是一次小出生,每个新鲜的早晨是一次小青春,每晚休息睡去是一次小死亡。

或许睡觉真的是人们对死亡的一次次预习,只不过最后一次死亡会将计就计,让人不再醒来。

生和死并不遥远,且并无大的区别,我们追求生之光明,但也应知死亡并非只是暗黑的归宿。"生和死,只隔了一层薄薄的纸,迎面的风,不仅吹亮你似锦的前程,也吹动你身后沉默的黄土。"是的,或许只有风,才知道你生命的落点。

史铁生说:"死是一件无须乎着急去做的事,是一件无论怎样耽搁也不会错过了的事,一个必然会降临的节日。"嗯,它先忙着,我们不急!既然是节日,就不应该只有悲情;那个去处,也并非只有黑暗和冷寂。

清明扫墓,碰见一些熟人来祭奠亲人。住在这个墓园里的逝者，从前有的也是熟人。两个世界，就这样平行地存在，现实和过往，似有联系，又再无联系。在这里，亲人不会变胖，不会变瘦，也不会再老，还是那样微笑着，静静地看着我……幸好还有泪水，可以代表情感，感谢泪水，那是我对生命的致敬。

不要因为害怕结束，而不敢开始。当我尝遍了人生百味，才发现或许死如新生，死亡也可以"把最锐利最沉酣的痛感，逼成了最锐利最沉酣的快感……"

在盛开死亡的地方，却也是生的温床，那里也可以照进阳光，长出新鲜稚嫩的野草。

我又觉得，每个人的生命，并非单纯生死的对立，在人生过程当中，就已经开始了局部的"死亡"，人的一生中，活着和死去的部分时刻并存。活着的部分，也会陆陆续续死在途中，横陈在心中的某个地方，等着攒齐了所有的死亡才会埋葬。而死去的部分，又会成为不断新生的腐殖，让生命开出更艳丽的花朵。

当我习惯了太多死亡，我就知道了我的盛开，已无可阻挡！

生命，是世界的修辞

我们该用怎样的语言来描写人生？我用了大多数修辞手法，却发现难以完述。或许我不该只是一个旁观者和记录者，我个体的生命，其实就是给予这个世界的修辞：

我以名词的身份，活在动词里。

我以形容词的眼光打量世界，却发现世界难以形容。

我代词般虚拟存在，递给生活一张个人名片，却被随手丢弃。

我给每个日子加上不同的副词，却不能准确表达情绪。

我站在陡峭的介词上，用连词寻找失散的血亲。

数词们虚荣放荡，辜负了量词的痴情。

善良谦卑的助词，早早失去了依靠。

我将感叹词重重扔进深潭，却迟迟没有回声。

我手握问号出生，跟随冒号成长。

我有说不完的闲话，把逗号丢得满街都是。

我摘下口罩，用顿号喘息，用分号保持与人群的隔离。

我想用句号终结痛苦，却发现它只是一个段落的暂停。

真诚被强加引号，遭遇了所谓的怀疑。

爱情想用假设打开括号，和诱惑私奔。

我在书名号里筑巢，给精神自建围栏。

我用破折号延续沉默或呐喊。

死亡播下六粒种子，祈祷如省略号破土苏生。

那个跟着感叹词一起失踪的叹号，至今杳无音信。

我和默契的人对偶，调谐灵魂相同的频率。

我和正直的人排比，站进精神等高的队列。

我用天气暗喻人间无聊，又借遐想翻新灰旧天空。

我袒露伤口象征鲜艳欲滴的胜利，铺展四季衬托讳莫如深的未来。

我想倒装遇见，让命运重新排序。让幸福顶真，快乐反复，真情回环。

我用悬念摹绘，用结局铺垫，用单纯对比，用伏笔借代，用联想粘连。

我渲染某个理想，指使情节承转照应。

我在酒后展开对人生的倒叙，有人插叙八卦，补叙外题。

记叙真相的陈述句无人引用，祈使句只是虚张声势。

于是感叹和疑问越来越少，习惯了自问自答的设问。

我听见命运夸张的呻吟，在黑夜里层递。

我将所有的动物拟人，赋予它们思考和站立的权利。

我和大自然通感，听懂了上帝一语双关的含义。

就这样，我在实词里艰难生长，却获得了虚词的善意。

命运之瞳

——对生活的信心,要从尊重自己开始

命是弱者的借口，运乃强者的谦辞

鲁迅说："命运并不是中国人的事前知道，乃是事后的一种不费心思的解释。"我是唯物主义者，我也觉得所谓命运其实是事后诸葛，那是人生有了一些结果之后，大家无可奈何的寄托和自我安慰而已。

我们常常把生活中的各种遭遇归咎于命运，命运是我们寄望最多又怨怼最多的东西，它成了我们因失去或不满足，发泄牢骚的沙袋，甚至方便栽赃的借口。加缪说："人心有一种恼人的倾向，即只把压倒它的东西称作命运。"生活中，我们时时会感到各种压力，其实，那并非命运作祟，而只是人生应该去承受的东西。

人生过程中，我们归功于命运的太少，归咎于命运的太多，所以命运觉得这是它自己遭遇到的命运不公，我们常常觉得人生中幸福还不够明显，所以的确对命运缺乏一些感恩之心。或许命运真的尽力了，没有尽力的只是我们自己。

命是弱者的借口，运乃强者的谦辞，如此而已。

命运似乎影响着我们的人生，它热情、冷漠、狡黠、糊涂……它有着多重的人格，善变的脾气。

我们敬畏命运，因为我们认为它有着生杀予夺的权力；我们质疑命运，因为我们厌倦了它变化莫测的心机。

我们都希望能驾驭自己的人生，能早日识破命运的牌局，获得更多胜利的机会，但是命运一直沉默不语，你从它脸上看不出任何有用的表情。

所以，对于命运，我们要战略上蔑视，战术上重视。蔑视是因为看透了命运的伎俩，重视是因为保有着对生活的热情。

我们可以尊重命运，但不可迷信命运，尊重是因为我们无法驾驭某些结果，不迷信是因为我们才真正拥有自己的生活。

生活总是隆隆推进，不可阻挡，碾压过一切迷惘慌张，朝着某一方向坚定前进。我有时又觉得，命运是个破筐，啥都可以装，又啥都可以漏。命运的伎俩就是事后诸葛，喜欢冒充一切无解之解。其实，不管是生存还是毁灭，幸福还是疼痛，人生的过程总是值得珍惜！

命运真有原罪吗？

王侯将相，宁有种乎？陈胜振臂一呼，命运吓得瑟瑟发抖。

项羽乌江自刎，归罪天意命运！命运冤得投河自尽。

我想，如果真有命运，那么命运也有着自己的命运，跟我们一样，三分天注定，七分靠打拼。所以，我们不能把过往和未来寄托在无谓感伤和无为躺平上，我们可以与它好说好散，一别两宽，各自安好，再无联系！

今后，自己打拼，我靠自己！

成熟之后就会腐烂吗

去摘苹果，发现树杈高处的苹果最红，有的被鸟儿啄出了圆坑，也有的因硕重而掉落，又在地上腐烂。而大多数苹果自得其乐地挂在枝头，似乎并不在乎命运的安排，果树下的泥土散发着芬芳和腐香。

不是所有的果实都有人采摘，很多生命经历了过程，一直就没离开过原地。它们在寂寞中成熟，在无视中腐烂，又在岁月中离解，生命重归起点，变成了另一次寂寞或期待。那些还挂在树上的青涩，都是成熟留下的标记和希冀，仿佛那会是另一种快乐的存在。

被人摘走的苹果，有了另外的意义，这就是成熟带来的社会价值。

事物的存在肯定具有合理性，但你分不清这是必然还是偶然。那一个砸中牛顿的苹果，是世界上最著名的苹果，而那些没有砸中牛顿的苹果，其实也有着一样的成熟和智慧，只是没有一样的幸运。如果当年砸中牛顿的不是苹果而是板砖，牛顿是不是就变得"迟钝"？或者，要是砸中牛顿的不是苹果，而是苹果14，他是不是就忙着玩手机，不会注意到万有引力？

　　当我们来到一个个节点的时候，放下了很多，又开启了更多。放下是一种成熟，开启的是另一次生长。

　　有人说，成熟是精神的早衰和个性的夭亡。这只说明了成熟可能产生的一些副作用，并不能说明成熟多么不堪，甚至无用。真正的成熟，反而是生命的一种收获，是精神的充盈，灵魂的性感，是生命饱满沉酣的迷人魅力。

　　一个人要学会驾驭成熟，在人生关键处适时发挥成熟的作用，也就是说要主动控制和运用好成熟度，而不能任由成熟副作用的质变。

　　鲁迅说过："人，一旦悟透了就会变沉默，不是没有了与人相处的能力，而是没有了逢场作戏的兴趣。"这里说的成熟，就是人生成长过程的主动选择，而不是生命退化的表征。

　　成熟是什么？我觉得成熟是逐渐建立不被环境影响的心态、自信和能力。罗曼·罗兰也曾说："世上只有一种英雄主义，就是在认清生活真相之后依然热爱生活。"原来，我对于生活的热爱，不是缘于沉醉，而是因为清醒。

　　"好吧，好吧。"越来越多这样的答应，是妥协，还是成熟？看穿了这个世界的心思，即使心里不以为然，却已觉无须多言。平静的感悟和承担多了，性情的哭喊和逃避少了，或许你就成熟了。

　　对于人和事成熟的态度是：尊重独立性，你就是你，别人就是别人；尊重差异性，允许别人喜欢你不喜欢的，也要允许别人不喜欢你喜欢的。

　　成熟也是不断地学习宽容，宽容是因为成熟而具备的接受世界不完美事实的能力，这不是懦弱或逃避，而是面对人性弱点时的坦然，并对那些无法改变的丑陋不动声色地保持着平静的不屑。

推动事物前进的本质不是理想或欲望，而是自然的进化和事物的规律。进化是规律的安排，理想或欲望只是催化和表象。

人生散发的光彩不在于财富权力的滥用，而在于成长过程的欢欣和坦然。而只有灵魂自由，才能具备更强大美好的成长自信。

僵化，是成长最容易忽视也最容易发生的问题。它是心灵土壤的板结，结出的必定是干瘪无味的枯果，即使看起来鲜艳好看，也不会有什么营养。

生长是为了成熟吗？生长的脚步不够快，不一定是因为成熟的目标离得太远。其实生长就是生长，有它自己单独的意义和节奏。

生长不必直奔成熟，慢一点，我们才能更多地看到生长过程中点点滴滴的美丽变化，并为之欣喜。一朵花的蓓蕾绽裂，一棵树的新芽初萌，一个小生命的孕育变化，都是生长之美，即使抵达了成熟，也依然会带着它活力的记忆。因为慢，所以生长在你生命中，最显真实！

我觉得自己的心好像从来没有年轻过，又不会老。这种感觉让我细思恐极，难道我是卡在了成长过程中的某个位置？这又让我想起了妖，那么，几百年的妖才算是成熟了呢？小妖王胡巴可引起江湖腥风血雨；那千年的白蛇，为什么还会有奋不顾身的爱情？妖不一定都孽，或许它只是个有点灵性和想法的顽皮生物。

三毛说："成熟不是为了走向复杂，而是为了抵达天真。"

我想抵达成熟的终点，那里有这样的景象：花在凋落处优雅，树在灰烬里重生，梦不再凌乱，心平和通透。穿透人生风雨的目光，洞见的不是天堂，而是初生。

在那个世界，滴滴只是一种声音，呵呵只代表快乐，躺平只是睡觉，内卷只是翻身，没有那么多复杂的玩味。即使是果实掉落在地上，也不妨碍它的沉静单纯，化作春泥，就是回归初心。

为此，我想在每一个春天里种植思想和文字，我想收获一个全新的自己。我想躺在草地上，感觉我的生长。

我希望我的成熟，既有内涵丰富的养分，也有香脆如初的回甜。

我困了，老天爷又想瞒着我做点什么

我早就发现，有很多事情都在背着我的人生发生。

当睡意海啸一样袭来，我知道，这一天即将失守。我已经做好了准备，放弃现实的所有，去接纳另一种未知的安排。

我为什么要睡觉，为什么每天都要有那么一段无法看守和把控的时间？我为什么还要做梦，是谁安排的梦？它究竟想用梦来替换掉我真实人生的哪一部分？

我的人生究竟是不是我的，是由谁在设计剧情？为什么我只知道现在和以前发生的事情，并不能预测一秒钟后将要发生什么？我甚至算不上自己人生的一个演员，不然，为什么不给我剧本？

我在白天看到的世界，和夜里睡梦之外的世界是不是相同？

我梦里的世界，为什么总是歪歪扭扭极不真实，为什么梦里有些情节，又在和现实拉拉扯扯暧昧不清。

我每天都穿梭于梦和现实之间，为什么没觉得累？难道我早就习惯了这种半真半假、半梦半醒的人生？

这些都是神秘的事情，只是由于天天发生，所以显得不再神秘，甚至因平常而显得有点无聊，丝毫不能引起人们的注意。人们都不愿意去想无聊的事情，大家觉得想这些事还不如去睡觉。

我的人生被白昼照得通明，又给了我身后一片清晰的阴影。我所有的遇见，只是白昼产生的一粒微尘，我不但被黑夜蒙蔽，还要被白昼漠视，我是多么孤独和可怜！

所以我更要珍惜自己的每一寸遇见，认清那些与我人生中最有机缘的部分。我知道还有更多没有遇见的缘分，正在生活背后若无其事地穿行，我和它，对于未来的邂逅，一样毫不知情。

我从不算命，不相信什么预言，我觉得那可能是人生的另一场情景设计，想让我陷入另一场深思和迷情。我的人生不需要向导，老跟着向导走路，看到的都是别人用旧了的风景。

如果可以，我的梦需要麻烦别人化装成我帮忙去做，而我，想偷偷潜伏在我梦的外面，看看会发生些什么。

我迟迟不愿睡去，是因为我知道一旦入梦，就进入了另一场拼杀，从梦里杀出来也很不容易，就像现实里无法改变人生的胜负。

夜阑人静。我困了，老天爷又想瞒着我做点什么？

我知道等我醒来，它早就做完了，周遭又装出一切如常的样子，其实早已物是人非，截然不同……

只有在梦里，人生才可以随意更改

  逆光中的人生，看起来更强大。但正是因为光芒，我们看不清黑暗温暖的模样。

  我在想，是不是光亮的路会囚禁我的方向，而广袤的黑夜才会带来无限自由的可能？是不是阳光之中更不易放下，是不是在黑暗深处更容易转身？我可不可以去某个黑夜假寐，细细辨听时间的错乱。

  黑夜里的音乐，飘荡在睡梦边缘，温暖而柔软，融化在黑夜里的黑，顷刻竟变得亮丽起来。很多看不见的能量漂浮在周围，那是一些脱掉了物质外壳的物质。

  夜使世界朦胧，使人类清晰。世界的朦胧是视野的朦胧，人类的清晰是人性的清晰，因为我们常常只有在被黑暗关闭了眼睛的时候，才能够注意到内心。

  神秘不是自然现象，而是心理现象，梦，就是心理的涂鸦。我又觉得大自然也会做梦，因为它也有白天黑夜，更应未知而神秘。

睡梦中的人生，是不是更加无畏？我是不是该投奔梦境，带着我所有现实的问题？

瞌睡害人，浪费了好多梦；如果不瞌睡，梦是不是仍然就完好无损？梦总是在瞌睡中拥挤，就像一些争着逃生的灵魂，层层叠叠漂浮在黑色的海洋。瞌睡是一只白色的孤舟，同样被大海围困，它忙碌了一整夜，捞起一两个梦呓，却救不了所有的梦，只好眼睁睁看着好多梦淹死在了梦里。

梦无处不在，寄生于很多宿主。我相信蚕茧里有梦，梦就应该蜷缩在那样一个白色屋子里，像希望一样单纯地存在。梦不应该只是黑白，它可以有任何想要的颜色。

梦寄生于生命，又游离于虚无。它只是人生碎裂的光影，人生与梦互动，只有在梦里，人生才可以随意更改。

梦就像烟，烟是抓不住的，我喜欢如烟似梦千姿百态，虽然短暂易逝，但也自如轻盈。

梦是我还没有睡死的思想即时的表演或最后的挣扎，我自己也做不了它的导演，每一个情节都很偶然，它要做什么，连上帝也无法知情和剧透。

夜深了，有些东西从梦的深井里爬出来的，可能是贞子，也可能是自由。

费尔南多·佩索阿说："生活是一场伟大的失眠。"而我则希望全天下的瞌睡都能遇到枕头。

我的梦并不宁静，它整夜在枕头上辗转爬行，我的思想常常在半夜被生活叫醒，身体却还继续在黑海里漂浮。我在这样的半真半假中看清了很多真实的事物，又在白天的真实中感受着半真半假的生活。我究竟是该保留梦里的清醒，还是现实的糊涂？我庆幸我还能在现实里做梦，那是我企图摆脱生活控制的权力。

好多人都在梦里轮番出现，梦淡化了他们的影像，让情感的涌现变得更加突兀，在梦里，我想爱就爱，想哭就哭；好多人又在我失眠之后变得清晰，美丽回归美丽，丑陋回归丑陋，都带着我熟悉的面目。

好多奇怪的事都在梦里沉浸，毫无逻辑地组合着逻辑，一把黑色的剪子，随意裁剪着人生；好多事又在我醒来后浮出，夺走了梦的剪子，让人生瞬时复原，苦难和幸福，还是穿着以前的衣服。

梦不是答案，醒来，也不一定都是拯救。

鲁迅说："人生最苦痛的是梦醒了无路可走。做梦的人是幸福的；倘没有看出可走的路，最要紧的是不要去惊醒他。"我不知道生活半夜叫醒我干什么。也不知道你们被弄醒以后，是不是都知道起来后该干些什么。为什么每次醒来，我总觉得我失去的不只是一个简单的睡眠，还有其他更重要的东西。

有一种胜利叫撤退，有一种清醒叫打盹儿。我不知道能不能睁着眼睛做梦，这样会不会就能让梦里的一切变得触手可及。如果可以，那么天黑，我就不用再闭眼。

据说人躺着的时候比站着的时候智商高，我想有可能是躺着脑部血液充足的缘故。也就是说，梦里的我比现实的我可能更清醒和聪明，我的梦比我的现实更成功。

所以，如果有一个录梦机，我要悄悄把它放到梦的草丛里，录下梦所有的细节，它的脚步，它的呼吸，录下我梦里魔幻的人生遇见，我的自由，我的勇气，我的真诚，我的传奇。我想在白天重播它的精彩，让现实无地自容。

江湖里埋着很多英雄的化石

江山有壮丽之美，江湖有云烟之事。

每个男人都有一个江湖梦，这是因为男人们灵魂深处都有着闯荡世界的不羁。

公鸡有夜盲症，一到晚上就看不见东西，清晨有了光线的刺激，就开始打鸣。

或许男人的精神世界也有夜盲症，总是把白看得耀眼，把黑看得更黑，除了看几眼女人，又不愿意去多看其他柔和的事物。他们常常在黑夜里自甘盲目，又在黑暗中踽踽而行。一旦有了某种希望的光线，就会为之悸动。

梦想着像叶公好龙在，生活总在河东狮吼，所以，江湖中即使有这样的光亮，也大都存在于男人的寂寞的童话世界里。

武功和英雄，是江湖必装的程序，不然这个平淡无奇的世界，怎会有浪漫和传奇？

有人说现实也是江湖，那是对江湖的误读。

其实，江湖里的正义与邪恶，总是比现实更加清晰。要打就打，要杀就杀，邪不压正，剑气如虹，能施展开男人所有的率性和义气。

而在现实里,正义和邪恶暗中角力,平素看不见刀光剑影,听不见鼓角争鸣,似乎没有外伤,又常感内心滴血,活得稀里糊涂,死得不明不白,就连那血肉横飞的战争也是嘴炮加飞弹,基本看不到敌人的长相。

江湖里埋着很多英雄的化石,他们从来不会腐烂,他们的墓志都写在了书上。

现实里有很多白骨,分不清是英雄还是仇敌。生活中缺少英雄子立的身影,只有过客臃肿的挪移,就连仇恨,都显得不那么铭心刻骨。

我们在现实里活着,又在江湖里进退。我们在幻想中聊以自慰,我们在沉寂中寻找平衡。

英雄是时代之钙,更是梦想之剑。渴望英雄,是每一个时代的呼唤;成为英雄,又是每一个人生的疑题。

我小时候想当铁臂阿童木,十万马力,七大神力!后来又想当大力水手波派,为此还吃了很多菠菜。或许很多男孩子从小都有一个英雄梦,只是中庸的文化比较怕毛刺,个人当英雄的想法就像煎鸡蛋一样,还未成形,就被一些世俗的锅铲剁碎,炒成了大锅饭。所以,有时候感到创新能力不强,就是因为生活对个性的畏惧而进行着压制。

其实梦想就应该是简单的,把社会想得太复杂,把困难想得太多,影响的是自己的心情,阻碍的是前行的脚步。

我的梦想不该是拯救世界,而是应变于世界;不该是改变他人,而是有益于他人。即使当不了英雄,也不要成为社会沉渣。所以,我要始终在内心珍藏和坚持个性的方向,不为欲望所困,不为风雨所动，我迈着"六亲不认"的步伐，精神抖擞大摇大摆地走在逐梦的溜光小道上。

或许每个时代都需要有自己的英雄，他们在各自的领域中以平凡成就非凡，他们的行为大都被赋予了时代和社会理性的责任，也被输入了团队的感性，多以牺牲为标志，成就着他人的幸福。

从另一个角度讲，一个需要英雄拯救的时代，也暴露了心志的软弱和整体力量的贫瘠。所以需要更多的人，在社会中展现担当和奉献的特质。

为什么需要英雄？为什么不能自己追寻幸福？为什么那么多生命都理所当然地把灵魂的无力感当成了选择放弃的理由？如果人人都可以保护或者拯救自己，世界是不是就不需要那么多英雄的牺牲？

所以，我们还是首先选择自我拯救吧！然后，再给自己的人生，一抹英雄的血色！

当然，我们仍可以把江湖当作大型情景游戏，在那里，我们可以更轻易地得到人间想要的所有力量和正义！

平庸的被子

在日子里铺开一床潮霉的被子，希望在热烈的阳光中晾晒。

阳光隔着厚厚的云层，没看见被子和我，它正忙着晾晒潮霉的云朵。那些云朵吸食了昨晚的露水潮气，身体变得臃肿滞重，即使有风在推挤催促，也懒懒的不想挪动。

我心想，阳光把云朵晒干了，变轻了，风就带走了；等阳光有空了，就可以看见我的被子了。

不过云一团一团赶来，湿漉漉圆滚滚，不断填充着空白，就像在胡乱絮一床更大的棉被，企图铺盖所有的生活。

那床被子就是我潮霉的生活，离不开，也晒不干。

我在等待中变得习以为常，渐渐习惯了这种闷热的平庸。就这样，我坐在自己的平庸里，忘记了改变。

而平庸就像一场高温潮湿的梅雨，在大家的生活中弥散。

有的人吃饭、睡觉、困于生计，有气无力地拼取报酬，没有快感地繁殖。在衣食住行、柴米油盐之中，重复着基础本真的生活，慢慢地，所有的习惯，都变得像一座座坟墓。

有一段时间，养一只狗都成了人们不甘平庸的展示，有人开始比较狗的品种，就像在比对彼此人生的特别之处；后来，养狗的人越来越多，狗就越来越多，品种再特别的狗，也变得寻常，于是狗也开始变得平庸。

我并不担心生活的重复，而是担心它的懒惰。我害怕懒惰变成平庸，平庸成为个体和团队的慢性毒药。我告诉自己要耐心一点，希望事情以后会变得精彩一些。

而平庸似乎并不想改变。它就像一团一团潮霉的云，永远晾不干，生活也在慵懒和平庸中变得越来越无聊。

罗曼·罗兰说："懒惰是很奇怪的东西，它使你以为那是安逸，是休息，是福气，但实际上它所给你的是无聊，是倦怠，是消沉；它剥削你对前途的希望，隔断你和别人之间的友情，使你心胸日渐狭窄，对人生也越来越怀疑。"

我的人生是多么幸运，能用思想保持勤奋，并时刻对平庸保持着怀疑和警惕。

朋友说："生活的平静安宁不等于平庸，轰轰烈烈毕竟只有极个别人可能拥有。拉长时间，一切皆为平常，皆为大海里的一滴水或一条小鱼。"

他说得对。我承认我说的平庸实际上是自己的平庸，我其实看见的只是别人的平静和安宁，在我怀疑的眼里，别人的舒适也成了一种平庸。

其实我只是在思想，思想与生活并不矛盾，谁也改变不了谁。但我越来越预感到我要输了，因为人可以离开思想，却不能离开生活。

米兰·昆德拉说："我们常常痛感生活的艰辛与沉重，无数次目睹了生命在各种重压下的扭曲与变形。'平凡'一时间成了人们最真切的渴望。但是,我们却在不经意间遗漏了另外一种恐惧——没有期待、无须付出的平静,其实是在消耗生命的活力与精神。"

我很平凡,但是心里又不愿意承认平凡。我原来一直以为自己很特别,觉得自己感知的世界,是唯一的世界。我希望在平凡的日子里,能始终保持生命的活力与精神。后来发现很多人都在这样想,却又都在同一个世界里随波逐流,于是那些在角落里推挤的"不甘平凡",也成了一种平庸。

科幻电影里,只要在太阳穴上贴上一个贴片,就能看见别人看见过的东西。我真想贴一个,看一看别人看到的世界与我看到的有什么不同。或许在那里我会发现,我的平静或平庸,别人也历历在目。

其实,即使我认为别人的故事都很精彩,他们当中也会有人认为自己很平庸。或许我们对生活的信心,都要从尊重一事无成的自己开始。

平淡而不平庸,自由而不散漫,有属于自己的时间审视自己内心的世界,能和自己的灵魂对话,这就是我想要的生活。"结庐在人境,而无车马喧",或许才是心灵宁静的至高境界。

尼采说:"某一天,你会遇到高贵的自己。那是不同于平常的你,最清澄、最高贵的你,那是宛如受到恩宠的一瞬间。请务必珍惜那一瞬间。"

我揭开被子,仿佛来到了那一天。

个性是一块"臭豆腐"

夏日傍晚,在武汉步行街散步,空气中飘散着一股梦幻般的气味,那是臭豆腐的味道。人人出乎其外,又身在其中,腾云驾雾,心醉神迷。这是一个很有气息的城市!

有这种个性化气息的,还有长沙、南京等城市,它们离得不近,却"臭味相投"。

人的个性也类似于臭豆腐,如果人人都在闻香识人,那么香也就变得普通了。如果每个人都需要标签和人设,那么远香近臭,臭似乎比香更令人印象深刻。少数善用负面来炒作自己的人,就是深谙这个道理。

其实世界上有和我一样的人,也有更多超越我的人,或许个体存在的意义,只有个体能够感知,能让世界有感的是团体或"超体"。

我今天说这么多无边无际的话,甚至说起臭豆腐,正是因为个性的缺失,所以我要假装特别。

由于社会的强势,以至于个性躲在了角落。也有不愿躲在角落的个性跳出来想发声，又很快被社会性推搡到了地上。

在社会性中，个性也害怕迷失。因为我们常常用相似的角度思考问题，说着大家都普遍接受的话，做着一些被统一安排的事，我们看到的世界似乎一样的阳光明媚，我们内心的感受却又一样的烟雨迷离。也不知从什么时候起，我们的个性被丢在了很多人生主流的别处。

那么，社会性和个性到底谁更可爱？

我是一个论力气不如猿人，论涵养不如古人，论听话不如机器人，论时尚不如外星人的人。我身上社会性和个性的边界是模糊的，我有一些胡乱的特征，但似乎怎么也证明不了自己的身份。

我知道，即使我戴黑框眼镜，也不等于说我就是余则成，我只是一个暴露在生活中的地上工作者。

有着社会性的我，正站在彼此圆圈交集的地方点头哈腰，左右逢源，保持着友善的微笑。

藏着个性的我，正躲在圈外某个角落里包扎伤口，竭力维持着自我精神的体征。

个性喜欢在美丑之间游走，并展现特点。举个极端的例子，书上和影视作品里的海盗大致有以下个性元素：肮脏、破烂、独眼罩、木腿、野猪鬃似的胡茬，往往跟宝藏、骷髅头旗、布帆、缆绳、火药枪、木桶等元素相辅。印象深的是加勒比鬼盗船的Jack Sparrow船长，聪明狡诈，邪得可恨也可爱，让人觉得盗亦有道。其实，这都是文艺作品给某种个性的标签设定，为了让人印象深刻，这就是艺术的方便之处。

越来越没地方可以随便走走，公路上担心车多，公园里担心狗多，步行街担心人多，担心得越多，生活的范围就越小，于是，社会性在街上狗一样大摇大摆，个性在屋里狼一样转圈徘徊。

但是我一直弄不清的是，黄昏时挤满街头巷尾的那一簇一簇的坝坝舞老阿姨，究竟是在展现社会性，还是在展现个性？究竟是需要健康，还是更需要自由？

个性是观念的囚徒，自由是个性的救兵。

人们希望自己具有个性，能够在世上有着独立的存在和鲜明的人设，被社会看见，被他人肯定。却又被一些看不见的规则或观念所禁锢，让这样的想法变得谨小慎微，似乎只有躲进社会的怀里，才能得到永久的安全感。

人不敢承认自己是动物，人类这个词其实只是人们自己标榜的个性；人其实就像"食尸动物"，但表现出来的无辜，相比起野兽对弱肉强食"丛林法则"的坦然，要虚伪得多。

幸好，还有那些个性的救兵，像野兽一样忙碌。

有人说，社会上做人需要保持中性。中性是什么？是不卑不亢的平衡，还是不偏不倚的中庸？

中性不是个性，而是一种更加可怕的社会性。它让很多人学会了投机，在命运当中集体作弊。

有时候一个人走独木桥比很多人挤阳关道要快得多，还可以看到更奇妙的风景，这就是个性独辟蹊径的魅力。阳关道上，人们看到的都是别人共性的后颈。

因为累了，所以人们总是躺在床上，那是人们的共性。

因为累了，所以影子喜欢趴在墙上，那是影子的个性。

人性与个性离得更近。人性喜欢个性自由的性格，它与个性心心相印，所以，尊重个性，就是尊重人性。

个性和人性都是有瑕疵的。如果有人看似无所不能无懈可击，或许他就远离了真实的人性。

我们不能过于强调社会性，而忽略了对个性的理解和尊重。

可以文，不能酸，可以正，不能端；小资得翘兰花指可以，但也要学会盘腿上炕，这些在生活中都自有用处……个性不是脱离生活，而是更加懂得如何与生活和谐相处。

社会性觉得，疯是一种狂妄，痴是一种呆傻，野是在耍流氓。

从个体角度讲，个性能更多展示生命的特质，但从社会性角度来讲，共同的价值却往往大于个性的价值。社会性有着个性无法比拟的力量，比如团队的作用，被社会性集结的团队可以用来披荆斩棘，实现社会共同的价值和目标，又在其中帮助个体实现人生更开阔的意义。

无论有怎样的残缺，要相信自己是世界上一种合理的存在，一个人不能只有社会性，或只有个性。

人应该像牛排，七分熟就行，还要留三分血性。也就是说，七分社会性，三分个性比较合理。

社会性说：无有为有，大道无形。

个性说：亦庄亦谐，小道无畏。

风筝不能把线捏在自己手里

燕子从眼前掠过,飞速地蹿上高空,又抛下几粒新鸣;树叶凋落,飘飘悠悠,在空中翻滚迟疑;沙子被卷到半空,加入集体的欢舞;风筝在半路悬停,被一根线死死拽住……

燕子的飞翔是自我的飞翔,而树叶、沙子和风筝的飞翔只是风的飞翔。

我们没有鸟的翅膀,但不知道为什么很多人却有过飞翔的梦想。其实我们的人生大多只能像风筝,除了梦的彩绘,只拥有风和绳索。没有鸟的自由、叶的勇气、沙的快乐,风筝更能代表人生真实的处境,我们跟风筝一样,身处现实,心里却有无法企及的高度和远方。

我们看不见自己人生的绳索,而它又真实地存在。它给我们安全,也给我们桎梏。

人生之筝被小心翼翼地放向天空,我们感到一股托升的力量,也感到一种下沉的牵引。

学习是一根线,一头连接着现在,一头连接着未来。小学、初中、高中、大学……我们在成长的天空经历不同的高度，知识让这根线越放越长，也让风筝越飞越高；只是现在很多人除了学习，似乎已找不到其他去往高远的道路。

家庭是一根线，一头连接着生活，一头连接着幸福。爱情婚姻家庭，都是情感对人生的牵系，比如舐犊之情，恨嫁之心，就是生命围城的牵扯。这根线始终是柔软的，我们不管飞到多高，始终能循着血缘和亲情，找到回家的路。

社会是一根线，一头连接着现实，一头连接着梦想。它不会管我们在风中的挣扎，只是维护着某种秩序，社会波诡云谲，又如天空般深邃漠然，天气代表天空，给我们各种脸色。社会这根线强硬有力，容不得你摇摆挣脱。

其实想飞翔的只是思想，会爬行的才是生活。但我不知道被线拴着的思想，到底算是在飞翔，还是在爬行？

风筝优雅地飘在空中，似乎远离了大地的浊气，却依然不能自由地呼吸。

风筝不能把线捏在自己手里，于是我常常怀疑：风筝翩飞的方向，是不是它自己想去的方向？

我脑海中常浮出一个画面，就是在电影《无极》里，昆仑拽着绳子，把倾城王妃当风筝放，倾城在天空看到了自由的美景，又在飞越王城逃离途中，被无欢甩暗器割断了绳线……

后来又看过一个动画短片，说的是大强被父母用两根线拴着，风筝一样放飞天上，老师又朝天空甩了一本书，书又变成了老师手里的线，三个人一起使劲，大强越飞越高；后来大强看到一个老板，老板指间香烟袅袅上升，有一股好闻的金钱味道，于是烟雾变成了一股拴住大强的线；后来大强看到了一个美女，美女又变成了风筝线……就这样，拴住大强的线越来越多，捏着线头的人和事也越来越多。最后大强被各种力量扯成碎片，掉落在地上，这些人又若无其事地走开。

我理解第一个故事是说自由的美好，追寻的不易，第二个故事却有了更复杂的玩味：我们的人生，哪些是他人用希望或爱给我们拴上的绳索，又有哪些是出于欲望自己给自己套上的枷锁？我们能不能数得清，人生中到底有多少根风筝线，正拴在我们身上？

人生被死死控制着，它不完全属于自己，虽然我们嘴里说渴望灵魂自由，但是又常常习惯于作茧自缚。

或许，我们那假装浪漫实则现实的心知道，自由只是感性的向往，而并非理性的选择。试想，如果没有线拴着，风筝又将命归何处？

气球飞得越高，距离毁灭的那一刻就越近。命运深谙这个道理，所以它常常把线捏得很紧，它是一个喜欢操控你命运的命运。

庄子《逍遥游》中，鲲鹏扶摇九万里，也仰仗"六月之息"，所以，任何一个梦想的实现，都有其依靠的条件。所以风筝线对于风筝来说，也并不只是束缚。

没拴线肯定是一种自由的死亡，拴了线也并非安稳的保障，因为我知道，命运手里紧攥着无欢的暗器。

无论如何，解开绳索的机会肯定不在线头的那一端，而只在自己这一头。我们在人生中要做的，就是努力学会自解心灵的绳索。所以，即使我们无法松开爱的牵系，也可以自断欲的纠缠，在遵从社会规则、保证安全的前提下，让自己尽量地活得轻灵一些，摆脱不必要的重负，学会御风而行，让思想和灵魂尽力飞抵更高远的境界。不管能到达怎样的高度，人生的遇见都是从梦想开始的，所以，只要有风，我们就不能停止向往，也不能忘记飞翔。生命亦如长绳系日，需倍加珍惜。

或许只有在生命终结的时候，所有外在的绳索才会全部松开。死亡，才是生命最自由的一瞬，风筝，可以带着幸福和满足的微笑，朝着自己梦想的方向坠落……

奔跑者难以被捕捉，静默者难以被撼动

  我常常在精神的教堂停留，不是因为我是来加班的上帝，我只是一个有想法的人。

  我们都渴望着被理解和信任，但是盼望别人能够读懂你的人是愚蠢的，因为我们的人生大都晦涩。

  我们晦涩的人生就像深邃烧脑的哲学，没人愿意多花时间来关注，因为他们自己也有着一样令人费解的人生。

  如果需要靠阅读别人的人生来证明或理解自己，那么自己的人生之书又拿给谁读？所以，我们还是得试着自己认识自己，自己理解自己。

  人有时会慌张和害怕，正是因为还没有面对自己的勇气。

  我很平凡，又觉得自己与众不同，我幻想我可能是一个在人间享受平凡的折翅的天使。

  折翅的天使不能够飞翔，又不愿意躺平，所以我的人生成了一个人的徒步。

  很多年过去了，一个人徒步很辛苦，因为人生所有的东西都

得你自己背；一个人徒步很轻松，因为你不用背别人的东西。

人无法选择你将会承受什么，所以才开始学会沉默。

有境界的人一定是个安静的人，因为安静才是最强大的力量。这样的力量首先变现为一种承受力，同时也是一种蓄力，悄悄隐藏着进步和变化的可能。

不用抱怨人生中的不公平，也不要试图跟老天讲公平，命运的公平由老天掌控，而心灵的公平则由自己决定。所以，我们即使决定不了外部世界的公平，也要把握好自己内心的平衡。

只有真正坚强的精神，没有真正坚强的生命。生命只是精神的宿主，它最终在岁月中泯灭，但精神仍会在大地上种子一样留存，它并不害怕泥土的埋没，相反，它却会因肉体的灭失而不再腐朽。

我有时在想，孩子出生时一睁眼看到的世界，肯定和他后来看到的不同。

我面前的这个成人世界，很少觅见童真，所以我想孩子们还能安全地留在他们自己的世界里，这让我感到一丝安慰。

其实，男人的内心要保持一部分童真，我好想再回到孩子的世界，重新梦想，重新启程。可以失去时间，但不要失去纯真，那是人性温暖的光芒。

人的一生会面对很多门，一扇扇打开它，你就看到了更大的天地。

阿基米德说："给我一个支点，我就能撬起地球！"我在想，谁给我一把螺丝刀，我就能撬开更多的门！但现实里我却往往一无所有，所以我能进去的门也不多。后来我才发现，放下螺丝刀，先打开自己的心扉，才能推开那些心门。

人要立体，不能平面得像照片；人要真实，不能虚假得像画皮。

每个人呈现给世界的人生都不一样，找到自己合适的方式很难，但是最重要的，是要保持一个较为开阔的视野和格局，能够有能力从战略上去审视人生，从而坚定某一个方向，并面朝梦想执着前行。

我想努力做一个有维度的人，保持对历史的听觉，对现实的视觉，对人生的味觉，对灵魂的嗅觉和对生命的触觉。学会欣赏，学会宽容，学会感恩，学会敬畏。

进看得更远，退视野更宽。原来，人生如此辽阔。

奔跑者难以被捕捉，静默者难以被撼动。在那苍凉的原野上，动物用奔跑躲避着命运的围捕，树把根扎进厚土，一切生命都有着自己的坚强。人群也是，平凡的生存中也一直深藏着精神的能量。

我敬畏那些伫立的背影，我常常能从中感受到一种坚韧的品质。

我尊重那些远去的背影，我常常能从中汲取到一种决然的力量……

情感之锚

——爱,仿佛已经成为所有事物的起点和终点

爱是最好的美容剂

泰戈尔说："上帝在创造男人的时候，他是一个校长的身份，他的袋子里装满了戒律和原则；可是他创造女人的时候，他却辞去了校长的职务，变成了艺术家，手里只拿着一支画笔和一盒颜料。"在这里，校长不重要，泰戈尔想说的是男人和女人特质上的不同。一个严格，一个轻灵；一个板正，一个多彩。

在中国，人们有时会争论女娲捏出的第一个泥人是男人还是女人。其实这也不重要，因为我们都不是泥巴捏的。即使是，据说女娲是照着自己的样子捏了人类，所以很明显是先捏的女人。又听说女娲出生时是人首蛇身，所以得感恩于生物的进化，因为我们现在看到的美女们都没有蛇尾巴，而是有着两条独立的长腿。

神话只是人们的臆想，人类其实是大自然的产物。

大自然是智慧的。平衡，是大自然掌管地球的惯用伎俩。它把人分成男女，不过是在生态链条上添上两个紧扣的环节，主要是为了维持阴阳平衡。这客观上提供了生活繁衍的人类主体，也让大自然里的万千事物，多了有趣的重点和看点。

男人女人出现的意义并不是为了相互征服或者占有，男女也并非为了对方活着，而是各有各的意义，只是大自然安排男女相互吸引，又用生活把彼此紧紧联系在了一起。

男人女人都有自己的性格力量，只是力量特性不同，男人刚硬易折，女人隐忍柔韧。男人的思想，应该有锐度和强度；女人的情绪，有时有波峰浪谷。从性格特质上讲，总体上男人是偏理性的，女人是偏感性的，但是不妨碍彼此兼具雌雄同体的品质。不管是男人的铁骨柔情，还是女人的柔情秀骨，不管是坚强勇敢还是温柔包容，都是男人女人相互走近人格完美的必由之路。

烟花易冷，美好总是昙花一现，一些事物在最美的时候戛然而止，想永远让人记住。但不幸的是，生命并不能在最美的时刻暂停，人们会用一生全程目睹美丽的渐渐式微和衰败。

这样的过程，对于男人来说是一声叹息，而对于女人来说，却似乎显得更加残酷。

容貌其实是最急功近利的东西，爱是最好的美容剂。

女人似乎对这一点有更深切的感受，有爱的女人会有光彩，更能够保持生命的鲜活，这样的爱不只是爱情中的被爱，更应该是去爱，对生活中的爱情、亲情和友情保持情感的投入，并懂得从付出中找到幸福和快乐。

但也有一些稍显浅薄的人，似乎永远只能在别人的身上，去寻找到自己的存在感，看似光鲜热闹，实则灵魂孤冷。

真正美丽如同蜡梅，并非开出多么艳丽的花朵，而是敢于直面人生之冬，能够时刻保留着丰富低调的内在，在每一个冬日里暗香袭人。

其实，打动人的不只是漂亮的外表，有时候一个温柔的眼神，一句深情的话语，一个细微的动作更能直击内心。而气质，更是发源于灵魂，又能与他人的灵魂互动的优雅存在。

不管是男人还是女人，每个人都希望别人的理解，但是，每个人心灵世界的丰富和苍白，都难以被别人发现，大家表面上看到的，有时不过是被规则约束着的行为，和一副经过精心化妆的皮囊。

"皮囊是拿来用的，不是拿来伺候的。"蔡崇达认识的那个老阿太，似乎更懂得皮囊是负担，里面的灵魂更重要。

作为一个男人，我欣赏女人的静美，林下风致。这是独立灵魂带来的淡然沉着、娴静优雅的状态，不会在岁月中慌乱，始终保持着对生命的虔诚，挫折中有接纳，感怀中有坦然。是思考，给她们的灵魂增添了这样的知性和自信，灵魂又因充盈而美丽。这样的气质体现在脸上，有着容貌或脂粉难以比拟的光华。

人们总想和美的事物亲密接触，其实保持神秘感和距离感，才是保持美感的法则。有些事物，远看或许更美，所以要学会对美貌的欣赏保持一定的距离，不要只痴迷于美貌的选项，人生还有更多的选择，不要让外在的美干扰了你对丰富内心的探寻，或许越过美貌，你才会看到更多灵魂的勃勃生机。

人们要敢于打开自己的内心，不要只纠结外在，生命即使像包装精美的礼物，也不要为了保持外观的精致而不敢去开封，这样内在可能的精彩也就失去了展示的机会。

杨绛在《一百年感言》中写道："我们曾如此期盼外界的认可，到最后才知道，世界是自己的，与他人毫无关系。"

怎样的人有着更美的样子？没有大喜大悲的呼号，没有愤世嫉俗的刻薄，没有格格不入的恶习，没有随波逐流的庸俗，没有自命不凡的俗艳，没有惊弓之鸟的慌乱，没有是非不分的愚善。

有的只是清澈的眼神，明媚的笑容，灵动的身影，轻盈的步履，自信的态度，真诚的笑声，还有最重要的，是笑看岁月不惧老去的从容……

地铁开往春天吗

爱情、婚姻和家庭，是不是一张单程车票？好像是，又好像不是。人们坐上了开往春天的地铁，并没有安排回程。但在车上坐了一阵，又会为车能开到哪一站而担忧，沿途又看见窗外站台上还有那么多人在等待或者彷徨，有的人似有终点，有的人漫无目的。

说爱情的很多，我也就少说几句，爱情剧你们自己去演。因为爱情虽然美好，但本身不是属于理性的东西，所以要把非理性的东西说出道理，就失去了它本来的味道。

爱情是一个美丽的"陷阱"，我不知道以前那些不假思索或奋不顾身的人，是不是都还活着。而那些不敢飞身一跃的人，即使活着，也少了壮美。

爱情是很奇妙的东西，自由率性，随心而动，它又有点像病毒，在接近的人心中感染，来不来没有计划，走不走无声无息。

邂逅爱情是一种幸运，所以学会勇敢地表达很重要，不然可能错失良机。在人生过程中，人们的错误很少能得到宽恕，而只有在爱情上的错误，似乎更容易得到大家的理解和同情。

爱情是在用饱满的情感力量，汇聚的一次冲锋，它攻占了人生一个重要的城池，并希望生活从此安居乐业，繁花似锦。

爱情给人的眼睛加上了色彩斑斓的滤镜，看到的一切都经过了美颜。在爱情面前，一些女人喜欢幻想，而且一辈子都喜欢生活在自己的幻想中，不愿意走出来。"士之耽兮，犹可说也；女之耽兮，不可说也。"是说男子面对情爱，还可以自我解脱，然而女子一旦沉溺其间，就总是不能自拔！古人老早就明白这个道理了，可是还有些女子在重蹈覆辙。

对一个人外在感兴趣，才会更深层地去了解他的内心；对一个人的内心有所了解，才不会去在乎他的外表。爱一个人，就要想法子去弄懂他的内心世界，懂一个人，才能更好地爱一个人。

但爱情听从于内心，疯长于内心，却又最不容易洞见内心，激情会淹没理性，所以爱情看到的内心并不完整。在步入婚姻的时候，彼此都觉得自己弄懂了对方的全部，事实上，真的懂了？

当爱情绚烂至极，也就可能意味着平淡的开始，物极必反，万事万物都有着这样的规律。

人总是不得不向生活妥协，不然呢？没有人一辈子不被生活暗算几回，真相是，生活在给你一些希望的同时，也会时刻准备对你发起偷袭。

如果你觉得自己从没有被生活暗算和偷袭过，一切都很平顺，那就要当心了！你也可以想想，当一切都变得很容易的时候，难道幸福感就会提升？貌似容易的东西，是不是往往更不懂得珍惜？

生活把人们的手磋磨得粗糙，如果手粗糙了，那么摸什么就不再是光滑的了，不信，你现在就用爱情的左手摸摸爱情的右手。

有人说，结婚是第二次投胎，投胎前千万擦亮眼睛。把婚姻说得像赴一场生死之局，确实不妥。

通常讲，人参加自己的婚礼只有一次，而参加别人的婚礼却可能有多次。但其实婚礼不管多热闹，本质上都是当事人的私事，只不过由于种种原因，想通过一场真人秀给大家一个交代，求得大家的鼓励和祝福，并达成某种社会认知的平衡。

现代婚礼，像一个不中不西的秀场，这样的仪式，就像是人生的春晚，慢慢少了新奇的滋味。但人们还是需要这样一个仪式，来宣告爱情的升华，展示自己走向幸福的决心。

婚礼是感性的，亲朋好友的祝福也是感性的，而生活却是理性的，结婚不是郑人买履，鞋合不合脚不靠社会的尺子，舒不舒服只有自己的脚才知道。所以，本质上参加婚礼，就像是买张票进场看个旧剧，我们理解旧剧上演的意义，并由衷地祝他们成功。但生活最终不靠现场表演，祝福也解决不了各自命运中的问题。婚礼的门外才是现实生活的本真，有笑有泪，有风有雨，最重要的，是要踏踏实实做好自己生活中的领衔主演。

没有成家的男人，感觉永远在漂泊，而婚后如果男人每天在家待着，女人会觉得他没出息；男人有出息了在外面太忙，女人又会觉得他不顾家。其实，围裙男人也有迷人之处。男人的魅力不一定都在江湖上体现，珍惜吧，那或许是爱的围裙。

一颗星是另一颗星的守望，一颗心是另一颗心的家园。平淡是家庭生活的原味，这并不意味着无爱，因为家庭关注的重点慢慢放在了生存和繁衍上，爱不是没有了，而只是变成更低调内敛的留存。

抚育子女成了家庭生活的核心，这是所有动物的天性。天堂鸟求偶时,会跳夸张的舞蹈,抖擞漂亮的羽翼,成功后忙着觅食,就不用跳舞了。而大多数家庭也是这样的状态,不要感慨爱情没有了之前天堂的异彩,其实家庭有自身的特征和使命,除了爱情,还有父母子女、赡养老人、婆媳关系等更多的命题,外面还有社会和工作的责任。只是需要尽量在家庭生活中,去经营平衡好各种情感关系。

在这样的平衡中,考验着爱情的底层逻辑,拿捏不好,也会失衡。精力的分散,注意力的转移,是造成婚姻问题的主要因素之一。从有感到淡感再到无感,就像是一场瘟疫,在慢慢侵蚀心灵。

退一万步讲,人可以不爱,但不得不活。生存最终战胜激情,爱情顺其自燃,生活又顺其自凉。

婚后的女人如果越变越邋遢,估计是她的婚姻有了问题。情感就是这样,喜欢,可以找一千个理由接近;不喜欢,可以找一万个理由疏离,那些理由其实都不是理由,只是变化的人心需要自我说服而已。

其实在一些家庭中,也许爱已消逝,支撑点仅是责任。感情像破掉的拉链,分又分不了,合又合不上。

冷战比打和骂更可怕,不忍心伤害其实是最大的伤害。有人说:"当你试着不理一个人的时候,其实你的内心已经受伤很深了,沉默是一个人最大的哭声,微笑是一个人最大的伪装,不是只有眼泪才代表悲伤,不吵不闹才是最后的绝望,或许只有经历过的人才会懂!"

有时,需要倒空容器,才能装进其他的东西。问题是,有的人嫌弃既有,又不敢轻易舍弃既有,因为他们担心洗牌也并不能改变运气。

唐代女诗人李冶曾写过一首《八至》："至近至远东西，至深至浅清溪。至高至明日月，至亲至疏夫妻。"但婚姻即使显得平淡，也可以美好，只要都还抱有一颗成长的心。婚姻不仅是岁月中变化的年轮，也是共看彩霞风雨，共尝人间甘苦的陪伴。孩子的成长是岁月的重回，让每个家庭充满新的希冀。或许生命就该这样坚实和团结，用家庭联系在一起的生命更加充满力量。

纳博科夫在《洛丽塔》中有一段话："人有三样东西是无法隐瞒的，咳嗽、贫穷和爱，你想隐瞒却欲盖弥彰；人有三样东西是不该挥霍的——身体、金钱和爱，你想挥霍却得不偿失；人有三样东西是无法挽留的——时间、生命和爱，你想挽留却渐行渐远；人有三样东西是不该回忆的——灾难、死亡和爱，你想回忆却苦不堪言。"在他的话中，爱出现在人生的各个维度，唯有爱，无法隐瞒，不可挥霍，无法挽留，不能回忆。其实，爱早已超越了爱情的狭隘，仿佛已经成为所有事物的起点和终点。

地铁都开往春天吗？人生总会走过四季。即使生活有不同的际遇，但爱始终应该是贯穿人生的主题。爱就爱吧，希望所有的人，都能够抵达幸福的目的地！

因为你，最重要

电影《音乐之声》里，有这样一段对白：

孩子："为什么我总是排在最后？"

大人："因为你，最重要。"

我们有时需要回到童年去寻找生命的重要性，这是成人世界的一种悲哀。当我们被抛入生活的大海，我们就告别了童年的单纯和快乐，在大海里，所有的事物都一样在波涛里沉浮翻卷，没有什么显得重要。

好在我们还可以去呵护孩子的童年，告诉孩子他对于父母家庭、对于世界的重要性。我们都知道童年很短暂，所以它在人生中才显得十分珍贵。那么，为什么不让孩子现在就感到幸福和重要呢？即使幸福一定要以辛苦换取，又何必剥夺孩子童年那短暂的快乐呢？

据说，每一个孩子都是来帮助父母经历第二次成长的"小菩萨"。父母应有学习和感恩之心，来认识彼此人生的这一际遇。

童年的经历、家境、社会环境，都会影响一个人对幸福和快乐的理解，这可能会决定一个人的性格，从而影响一个人的命运，所以维护孩子童年期的心理健康，显得非常关键。

每一个孩子身上都有值得夸耀的地方，单纯天真是他们共同的品质，也是成人羡慕和缺失的部分，所以孩子的存在，也是在补全我们人生的某个缺口。

由于对未知的探求，每个人童年时都讲过很多幼稚的话，问过一些幼稚的问题，这些问题长大后就不再被提起，以至于我们后来越来越觉得那些话珍贵。不要忽视孩子口中的稚语，其实他们说这些话的时候，比我们大人说话更加认真。

扼杀儿童可贵的想象力和创造力，把天真烂漫、活泼可爱的孩子逼迫成了闷闷不乐缺乏个性的温顺羔羊，是成人最大的罪孽。

我心里有时会有一种悲哀，这似乎是对孩子的一种惋惜，更是对一些父母的怜悯。早年一些辅导机构宣扬的"不要让孩子输在起跑线上"的口号深深毒害了多少父母。孩子过早地被送到形形色色的兴趣班辅导站，学奥数、学英语、学钢琴……学啥也在内卷。起跑越来越早，学得越来越多，哪有你快乐的时间。

很多家庭培养孩子，就像在培养超人，有的家长巴不得孩子刚穿裤衩就能学会飞行，刚上幼儿园就通晓人生的十八般兵器。大家都在卷，你卷了，会心慌；要是不卷，更心慌。你就是想彻底躺平，社会的龙卷风也得把你扯起来共舞。

对教育的无知，用成人的标准或愿望来要求小孩子，其实便是以爱为名的虐杀。"我所做的这一切都是为了你好"，这样的话常常出现，但只是一种真诚的误导。

我常常感慨现在孩子拥有的才艺，超越了很多成人的能力，但是又隐隐担心他们会不会有其他的缺失。想博采众长，结果反而丢了自己的个性；想超越更多，却失去了应有的本真。孩子的欢笑，为什么越来越少？不由得想起了那句搞笑的话，竟也深藏哲思："要不是生活所迫，谁愿意多才多艺！"

越是多才多艺，越是缺少自由。孩子头上不要太早有太多的光环，否则会被耀眼的光环照得迷失了方向。让孩子多睡一会儿吧，他们被卷在中间，其实比我们还要疲倦。

去江边捡鹅卵石修花园，看见长江很长一段被栅栏围了起来，牌子上写着"一级水源"。《论语》说："道之以政，齐之以刑，民免而无耻；道之以德，齐之以礼，有耻且格。"所以，围栏的做法不是根本，应重在对民众的教化，促进环保意识的提升。

现代教育的悲哀在于培养很多人说同样的话，做同样的事，长出来的苗子一样长，一样粗细。有时候教育就像建一个围栏，如果把孩子隔离在同样一个环境氛围里生长，是不是就一定能保护好这"一级水源"？

印度有部电影《起跑线》，拉吉夫妇为了孩子能上名校争取指标，甚至扮穷打入贫民窟，让人觉得这似乎是一个世界级问题。而我又在欧洲某些博物馆外的草坪上，看到那些围坐着上课的孩子，他们是多么快乐。其实，人生是长跑，赢在起跑线未必就能赢得最后的胜利。现在的怪圈是：我们本应该为孩子的快乐而快乐，但孩子们快乐了家长反而会忧心，觉得孩子是不是贪玩；孩子们不快乐了，家长也忧心，总是患得患失。很多父母心里赞同要放养，可是因为竞争的压力，最后还是变成了圈养。

爱可以产生责任，责任却未必能产生爱。让孩子学会爱，是最基本的人生课程。不要只是在亲人将离去时才想起来行孝，那样太晚。要重视孩子家庭美德的培养，不要让学习代替了一切，道德沦丧往往首先从失去责任心开始。

人们说，孩子是花朵。但不能把孩子当花朵养，那样的宠溺反而会害了孩子。把孩子当成树苗吧，它不一定有花的娇艳，但拙朴真实，让孩子从小就学会挺直腰杆生长，在人生中栉风沐雨，在勇敢的磨砺中去预演未来的胜利。

现在有的孩子，生理早熟，心理又晚熟，这是危险的事情。大人要关心孩子的身体健康，更要维护好孩子的心理健康。

不被父母喜爱疼爱的孩子内心冷漠、不自信，而溺爱又会是另一种戕害。大人小时候的某些经历会直接对为人父母后的教育产生影响，父母对世界的认识直接影响孩子对世界的认知，父母的性格会在很大程度上影响孩子的性格，父母的行为直接影响孩子行为。

其实孩子时刻都在学习，比如父母当着孩子的面吵一次架，或许孩子会因思考而开始成熟；当着孩子的面吵无数次架，孩子就会丧失对成人世界的信任，而逐步与世界疏离甚至走向堕落。现代家庭教育中，大多时候母亲都扮演着主要的角色，而过于无私忘我的母爱却可能成了失败的根因。父亲影响的不足，也会造成孩子心理成长的残缺。

我幼儿园毕业已经多年，很少再去这些地方，"六一"节偶尔去看看，感觉"福娃"很多，"葫芦娃"很少，一个赛一个的可爱。遥想当年，许多孩子上树打鸟，下河洗澡，走的是群众路线，接的是泥巴地气，而不是塑胶软垫。我希望我们的萌娃们能多受点父爱的影响，多点刚性和狼性，让我们的国家，长出一串串勇于披荆斩棘的金刚葫芦娃，这样，我们民族的复兴就更有了保障。

幸福和优秀无关，和性格有关。并非书读得越多越幸福，要尊重孩子的天性。一方面，拿着放大镜找出孩子的优点，这是很多育人的方法之一；再者，不能护短，一旦护短，越护越短。

　　尊重孩子个体差异的教育，才是最好的教育。作为老师和家长，永远都得学会倾听，什么时候都别忘了给孩子一个说话的机会。否则，孩子用行动来表达的时候，有些错误将无法挽回！

　　每个人都有属于自己的角色，每个人都有自己存在的意义。是鱼儿你就享受畅游大海的欢愉，是苍鹰你就享受鸟瞰天下的快乐，是骏马你就享受驰骋大地的快感。父母和孩子真正相伴的日子，最多也就那么十多年时间，人生不管将来会遇到什么，即使现在孩子只是想着拼命挣脱家庭的束缚，也请珍惜这些相伴的岁月吧，亲情，是孩子今后会越来越懂得的终极意义。

　　父母是不会记恨孩子的，他们在老师面前再谦卑，但心里总认为自己的孩子是对的。所以，爱是非理性的，有时候，它因"自私"而感人。

　　因为你，最重要。

那个可以跳到月亮上去的人

曾经听一位语文老师讲过,在给学生上课的导入环节,老师问学生,你们观察过蚂蚁吗?没有!学生竟然异口同声;老师不甘心,那么你们捉过蜻蜓吗?没有!回答竟然还是出奇地整齐划一;老师不死心,继续问,那么你们捉过知了吗?没有!

我听了以后心里暗暗震惊,现在的孩子,已无童心、童趣。这些在我儿时司空见惯的游戏,现在的孩子几乎是零接触。

骗蚂蚁,捉蜻蜓,粘知了……这些小时候玩不够的乐事,在现在有些父母的眼里,全都没用。

于是,再也不会有"儿童急走追黄蝶"的天真烂漫,也不会有"忙趁东风放纸鸢"的无忧快乐。再也体会不到"明察秋毫,见藐小之物必细察其纹理"的物外之趣。

周国平说,保护孩子的天性比起上名校重要得多。遗憾的是能够有如此前瞻性的家长并不多。家长都希望自己的孩子能有一技之长甚至数技之长,想方设法让孩子挤进名校,过早地让孩子学这学那,压制了孩子爱玩的天性和他们对大自然的好奇心、探索欲。

罗素说过:"一个人一生中没有充分的闲暇,就接触不到许多美好的事物。"可是,很多孩子没有自由时间可以支配可以思考,又如何出得了智慧?又如何接触到美好的事物?

一些人一边在埋怨现在难以出大师,一边又在无情剥夺孩子的自由时间和空间。在某些人眼里,闲暇,对孩子考高分,就是没用甚至有害的想法。

我又想起从前看到过的一则故事:

一个下雨的傍晚,阿姆斯特朗穿着妈妈给他做的新衣,冲到自家院子里的一个土堆上又蹦又跳,一边跳还一边冲屋里正在做晚饭的妈妈大声喊:"妈妈,我要跳到月亮上去!"妈妈说:"真的吗?好哇,只是别忘了从月亮上跳回来,回家吃晚饭。"

我常常假想,阿姆斯特朗儿时这个充满童趣的行为,要是发生在现有的家庭里,又会是什么结果。"瞧你,新衣服刚穿上,就被泥水溅脏了,有那闲工夫,还不赶紧回房间学习去!"于是,一个将来能成功登月、迈出"全人类一大步"的人,可能还没迈出房间就被扼杀了。

有人曾说,急功近利是教育的天敌。它违背人的成长规律,阻碍人的健康成长,其恶果是将真正的人才扼杀于萌芽状态。"教育是一种慢的艺术",可是有些人却在揠苗助长。儿童不似儿童,没有天真烂漫,成人之后,世故圆滑,如同鲁迅说的"小的时候,不把他当人,长大了以后,他也做不了人"。

鲁迅在《风筝》中反省自己对弟弟童心的虐杀行为,在他看来风筝是无用之物,是没出息的孩子所做的玩意儿,便无情毁坏了弟弟的风筝。直到有一天鲁迅认识到游戏是儿童的天性,是正当的行为,他才意识到当年自己犯下了一个严重的错误。

遗憾的是，近百年前大师对灵魂的自我拷问，依然没有唤醒一些人急功近利的心。

陈道明曾感慨，人们得了"有用强迫症"，有用学之，无用弃之。殊不知，世上许多美好都是无用之物带来的，如庄子所言的"无用之用，方为大用"。

唯有用论，暴露的只是我们的短视与无知。一直在有用论灌输中长大的孩子，容易缺乏幸福感，会感到浮躁、焦虑、疲惫。不懂也不会欣赏人生路上的美景，身心容易被他物奴役，精神世界里除了功利，缺少足够的光亮。

而深得无用之用精髓之人，可得到诸多的身心自由，顺境时恰如驾一叶扁舟，从流漂荡，任意东西，一路欣赏美景和享受喜悦。逆境时亦能如苏轼那样，眼前的苟且，也能过成诗和远方，始终心怀"一蓑烟雨任平生"的泰然。

人生是孩子自己的，每个孩子都会有自己的一片天空。多带孩子去大自然吧，一个能够面对大自然的孩子，会获得天地的灵气和眷顾。别忘了，这个衣服上滚了一身泥巴的孩子，是一个可以跳到月亮上去的人。

最美的文章都是孩子写的

做好家庭教育，跟社会认知、就业环境、父母格局等都相关联。首先父母要先学习，只有父母格局变大了，内心有了力量，有了坚定的信念和笃定的后路，才能放手教育。所以，教育首先不是孩子的问题，而是父母的问题。

如何做父母，是很深奥的一门学问，也没有现成的模式可以复制照搬。从家庭来讲，孩子的成长过程，实际上也是父母的成长过程。学会相互尊重，取长补短，能够共同成长的家庭才是有智慧的家庭。父母也应该换位思考，以孩子为师，反思生活中的焦虑浮躁，学会保持童心。

只可惜，还有相当一部分父母，把家庭教育错误理解成父母居高临下的颐指气使。他们以为孩子是自己生的，便享有对孩子天然的批评权和掌控权，自己是为孩子好，所以孩子的一切都得听自己的，否则便是不孝。受这种错误观念支配，父母与孩子的关系必定不会很好，于是，孩子特别是青春期的孩子与父母的对立就更加尖锐。

纪伯伦说："孩子虽是借你而来，却不属于你；你可以给他爱,却不可给他想法,因为他有自己的想法。"

把孩子当成朋友吧,不要以爱的名义,给他不平等的感觉,而应该蹲下身来,放低自己,把他当成朋友一样推心置腹地交流。蹲下来,你会发现孩子看到的世界,也有着生命的哲思和智慧,那些稚嫩的生长,终将熠熠生辉。

不是说青春期的孩子非得和父母唱反调才叫正常,不是说青春期不逆反不顶撞就是没有个性。青春期孩子对父母的敌视,除了孩子生理过程的因素,更要查找父母的原因。

父母的有效教育也是有窗口期的。可惜的是,很多父母以错误的方法,浪费了这样的机会。

孩子不是父母梦想的承担者,他们有自己独立的人生,也会有自己的梦想,并不该再扛起我们人生未尽的重量。孩子不是大人们用来攀比或炫耀的工具,不管孩子优秀抑或平庸,他始终都应该是父母的骄傲。要让孩子在大人真诚和充满爱意的目光中感到自身存在的价值,并由此滋生更大的自信。

人的一辈子不会总有人给你打分数,今后更长的路,并没有标准和成绩的评判。重视存在的个体差异,不拿别人家的孩子对比自家的孩子,让他为自己的与众不同而自豪,树立孩子对生活的热爱与自信,养成良好的习惯,培养健全的人格,让孩子脸上有发自肺腑的笑容。这些,远比某一阶段的分数重要得多。

最美的文章都是孩子写的,相信他们,能够独立书写出更美的人生篇章。

老人知道你过去和未来的秘密

我有时想,那些不愿动的老人,是不是想冬眠啦?

老人慵懒地蜷在围椅深处,仿佛想以最小的体积将逐渐萎缩的生命安寄于一隅,他们自觉已无关窗外的朝阳或风雨,就连那几度殷红的夕阳,也不再像生命的应景。

如果人生是一场四季,人类可以冬眠,那么只有老人,才能够在人生之冬,放得下一切悲喜。

路过一个敬老院,淡淡的热闹中弥散着隐隐的孤独。院子里的乒乓台旁,挤停着一辆破旧的小汽车,似乎印证着与社会和旧日的联系。从窗户里看进去,简陋的房间晃动着两三个老人的身影,里面传出刘三姐的山歌……

在澳大利亚公路边的服务区,一停车,一位坐着电动轮椅的老人就凑了过来,找我们说话。据司机说,老人八十九岁了,一个人生活,只要不下雨,每天都会到服务区找路人聊天。在户外,也会有一些澳大利亚老人,主动加入中国人的野餐,想感受一下中国家庭的亲情。在地广人稀的澳大利亚,亲情尤显珍贵。

世界上的老年问题越来越值得关注,毕达哥拉斯说地球是圆的，我感觉人生也是圆的，不然为何生命转了一大圈，又回到初始的"幼儿园"。

孩子们的记忆力好，是因为他们不用到杂草堆里找东西。老人的记忆力越来越差，是因为太多的风浪冲刷磨平了大脑的褶皱，又或许是有太多人生杂物梳理不清。

没有了褶皱，也就没有了坎坷，梳理不清楚，就任它们遗失在角落。如果人老得只看得懂《天线宝宝》，那就基本上回归自然了。老人的回归，是经历复杂后重回到更极致的单纯。

"我感觉我的叶子都掉光了。"朋友的母亲患有阿尔茨海默病，他给我讲了自己每次面对老人的无奈和痛苦。这些老人的记忆萎缩了，他们的遗忘表面上似乎带着平静，实际上内心却有着深深的恐慌。他们能真切地感觉到自己与这个世界的远离，从而越来越不知所措。他们甚至无法听懂亲人朋友间的闲聊，只是不停地问："你们说什么？说什么？"他们会时常念叨我要回家，却又不知道家在哪里。他们常常忘记了很多，甚至有时会像孩子一样找爸爸、妈妈。社会中的记忆，已经完全熄灭，却可能在某一个微小的触点，猛然释放出所有温柔深厚的情感能量。或许只有亲情，才会偶尔闪烁出这一丝断断续续微弱的光亮。

无法阻挡亲人老去的绝望真让人无奈又痛苦，为什么他们要退出生活的中间，去旁观剩余的风景，接受命运的安排？他们为什么要在生命的结尾，还要选择提前失去？难道我们也只能用老去，才能追撵上那一份亲情，只能用怀念递上一份来不及的孝心？

如果只靠记忆取暖，就差不多该谢幕了。许多老人蹒跚走在社会和时代的角落，貌似与时代再无关联。其实，永远不要轻视他们，不要忽视那些逐渐暗淡的背影，虽然他们啥都没有说，但他们知道你过去和未来的秘密。

回忆又如同柴火，你可以偶尔点燃一根取暖，但是，别忘了生命需要的是太阳。

我还记得那年在印度公交车上，一个黑黑的七八十岁的老人，在车上兜卖水晶，见我是外国人，表现出很想做我的生意的样子，由于我身处一大群当地人中间，也比较紧张，又不了解他们国家对于矿石的法律，怕惹麻烦，也就没有搭理。见我无动于衷，老人也就死了心。到了一个站点，我要下车了，老人轻轻地扯扯我的衣袖，送了我一块大拇指一样粗的水晶矿石当作礼物，眼里满是和蔼的善意。见我收下了，老人显得很高兴，车开了老远，我仍能看见那个黑瘦枯干的身影，在肮脏的后车窗玻璃里面晃动。

这个和善的老人，至今让我难忘。这么多年过去了，有些人，一生不会再见，却能不知不觉渗入我的骨髓，让我们在回忆中存储温暖。从这位异国老人身上，我学会了如果生活给我们压力，也不必在意得失，现实可以剥夺很多，只有善意永远强大，不分国籍。

老人生命剩下的部分，全都涌向了老年，其他的部分，似乎遗失在了人生的四季，对人生有太多感受，也就有了宽容和理解，他的世界，早就没有了自怨自艾。

我又有点怀疑他并没有失去，人生中那些珍贵的东西，都被他悄悄带入了老年，在孤独的夜里，一个人偷偷翻看，一个人微动涟漪，一个人暗自神伤，一个人悠然自得。

或许这个时候，往事会如同惊蛰后的冬眠动物一般，纷纷苏醒，争先恐后钻出记忆的地面。而似乎前方又有什么，带着过往的情感，在等他相见，想再一次与他共情。

这又是一个生机萌动的时刻，老人始终没有说话，他像昔日那样"年轻"地微笑着，似乎从未老去。

　　或许，生命的老去，有着其他的深意，就像那些冬眠，只是为了埋藏起抵达另一个春天的希冀。

生活之思

——淡说悲喜,浅释花香,做一个自带美好属性的人

即使生活很蹉跎，也要把它过得很婆娑

你仔细端详过黑夜吗？没有，黑夜里看不见黑夜；你仔细观察过生活吗？没有，生活中到处是生活。

人生有时会像没有泡开的茶，期待着在生活的开水中泡熬入味，但生活的温度往往并非滚烫，也并不凉薄。

生活又像在算术书中寻找艺术，那些正确的答案，大都客观冷峻，纹丝不动，带着不可更改的逻辑。那么循规蹈矩的生活需要刺青吗？给生命一个生动的注解。

生活只是人生的工具，而且并没有使用说明，每个人都没有驾照，就糊里糊涂地驶上了人生之路；平凡才能经久，平凡比非凡更加接近平安。平安，才是人们心里最想要的稳稳的幸福。

生活中遇到的各种事情总会打乱你的节奏，让你无法充分准备也不会让你有机会去呈现想要的完美；人生就像浪里行舟，除了不进则退，还要把握平衡。

命运，是生活的万能解说词，可以顷刻让人无言以对，只好接受生活中所有平庸或苦难的安排，这也让胡作非为有了合理的外衣，它与命运狼狈为奸，变得更加肆无忌惮。

生活的艰辛不等于生活的失败，艰辛里蕴藏着生活对生命最昂贵、最深情的付出和期待。艰辛，是生活的试纸。

对生活的抵抗和想象并存，即使黑白是世界的底色，也并不妨碍心灵的多彩。生活的颜色由我们自己涂抹，而不是他人的喜好和眼色。或许一厢情愿，才是我们对付生活苦难的唯一力量。

不要对生活手足无措，而要死缠烂打，因为它比你更怕纠缠。如果生活给你压力，那么你就要使出全力，让它感觉到你比它的勇气还要大，在它面前，你是认真的！

压力的来源，是人生遭遇的蛮横。要么是不愿做的事要你做，要么是要求与实际脱节的无能为力。压力用一层壳，囚禁你的心灵，并无视它的挣扎。

心灵的破壳，需要像鸡雏一样，从里往外啄破。或者又像顶破泥土甩掉胚囊的绿芽，在清新的空气中展开蜷缩的叶面，最大程度地开放身体和心灵，接受真实的阳光。把心还给心，把梦还给梦，突破压力，得以自由。

活着不是单指生命，还指生趣。世外桃源不是梦幻，它可以存在于人的内心深处。

就生活而言，最好活在一个追求和享受品质的阶段。追求总有光亮，享受总是美好。在对美好生活的不懈追求中，品质总是若隐若现。

生活是日用品，也可以是艺术品；生活可以不华贵，但仍可以精致，关键在于你即使面对生活的千疮百孔，也要把生活当成一种希望，保持一颗真挚细腻的心。但是人又不能总是生活在精华里，那样会逐渐丧失对苦难的免疫力。

哲理往往藏在平凡的生活中，由平凡的人生演绎。生活需要我们记住很多通关密码,人生的过程就是破译生活密码的过程。

懂得生活,就是不要做被目的绑架的人。那就做一个自由且臭美的人吧,面朝生活,春暖花开。

人类最基本的愿望之一,是自然醒和自然死,这两样似乎都不容易。

隐居山林的不只是智者,还有农夫,虽然都在山林里,但智者隐于山林的自然,农夫隐于山林的生活。

人生中有一些事不能偷懒,比如工作。而休闲是什么,就是不用偷,自然懒。休闲自在心境,宽巷子里有着太多平凡生活的花样,窄巷子里也有着贴近生命本质的风情。

跳扇子舞是身体需要,跳锅边舞是生活需要;工作要快,生活要慢,生活不是阅兵,所以你不用一直穿正装踢正步,有时还是自然一点更亲切和真实。

吃是口舌之欲,也是人生快事,吃遍天下无敌嘴,走遍天下无敌腿,那样的人生总是淋漓尽致。现在知道自己想吃什么的人是幸福的,想吃又敢吃的人更是幸福。现在很多人不敢吃了,为了达到一种幸福而放弃了另一种幸福。

咖啡不加糖,苦涩才醇香,有的人喜欢尝味道,却不懂品味道。那些人吃了那么多,有没有品出生活究竟是什么味道?

是动物一样地生活着,还是植物一样地生活着?其实都没有,我们大都过着社会性的人造生活。

生活中免不了有一些"吐哇吐哇就习惯了"的事,但不要随地吐痰,那样地和痰都会不高兴。生活中也别让自己心情的按钮捏在别人手里,当然,也别去随意翻动别人的心情。

生活的特点之一就是熬，所以人生有时会被熬得浓度过高，需要合理调整生活的成分；而平淡庸常的日子久了，又要防止灵魂在生活里的霉变。

现实挤压得人变了形，同时也塑造了生命的弹性。但也有一些僵化的人生被生活钉在十字架上，慢慢流尽最后一滴血，他们甚至从未想过复活。

很多成人，似乎已经忘了该怎么哭泣，那么找个安静的地方纵情地哭一次吧，给自己的情感再充次电。如果真的累了，就安心休息吧，让世界自己忙活去。

已经经历的结果，并不是生活的全部，生活总是在不断地结束和开始。

有一次我到小区门口拿快递，从好大一堆里面翻，我说这么多啊，保安说，光棍节搞得他们很紧张，这算少的，中午已经拿走一大堆了。我安慰说，大家发泄一次也不容易，大哥您就忍忍吧。其实我倒是很理解大家的心理，其实买啥东西不重要，关键是要有一份新鲜的希望在来的路上，或者有一份上当的失望在退货的路上。生活中最重要的，是总要有什么东西在路上！所以，尽量不要给人生留遗憾，要自驾去那些值得"自嫁"的地方，只要在路上。

热爱生活，热爱那些热爱生活的人，我不想你们今后到生活的瓦砾堆里刨我。即使生活很蹉跎，我也要把它过得很婆娑……

那穿越生命的笛声

有时候，我们感慨生活的艰辛，仿佛自己就是这个世上最委屈的人，之所以有这样自怨自艾的造作，是因为我们常常无视别人的艰辛，也忽视了那些平凡孤隐的力量。

我曾去黄山看到过那些"担起太阳"的黄山挑夫，许多诗歌散文也多有溢美，而那一年看到的华山挑夫，似乎更多了一些默默无闻。

刀削斧砍的大山，壁立千仞，狭窄陡峭的石梯两侧是被手磨得发亮的铁链，一个皮肤黄黑发亮的白发挑夫，挑着百十斤的货物，蹒跚走在山路上，身旁时时是悬崖峭壁。海拔两千多米的高山，从山脚到山顶，一走就是七八个小时，而当时获得的报酬只有几十块钱。"你们哪是在挣钱，这是在挣命啊！"有游客感叹。挑夫的眼里却看不出丝毫变化，依然带着那种善良和坚毅，他淡淡地微笑着，竟将担子平搁在肩上，慢慢从怀里掏出一支笛子，悠扬的笛声顷刻穿越了崇山峻岭……

在四面山洪海上，一个年老的跛脚船夫划着游船，带着我们滑行碧波之上。闲聊中，得知他腿疾的缘由，据说当年他上山采药，只感觉小腿被什么东西轻轻咬了一下，也没太在意，便顺势坐下来歇息,起身时才发现一条叫"见风叮"的毒蛇已被他坐死在草地上,由于当时没钱医治,耽误了时间,落下了残疾。聊起这些的时候,似乎看不出老人的哀伤,他眼里只有那种对命运的理解和宽容。两只游船上的游人们打起了水仗,老人一边划桨,一边平静地微笑着,坦然接受着溅落到身上的水花,尽量在颠簸的波浪中维持着船的平衡,就像维持着他颠簸的命运……

去亲戚家小聚,吃完后我顺便在路口买了两个西瓜,瓜老板正趴在凳子上熟睡,我说:"不好意思,打扰了你的美梦。"他说:"我有啥美梦?不过,每天有你们照顾生意,我也挺知足。"

其实,做梦是大家的权利,不管是怎样的梦,有皮有瓤的,都是生活。

生存之下,焉有完卵。生存令人强大和坦然,欲望令人孱弱和不安。我们看到的艰辛,是生存的艰辛,而不是生存之外欲望的不达。生存是幸福的最低刻度,而欲望却没有上限,这就是为什么在历尽艰辛的他们眼里,我们看到的是人性的平和与善良,而一些更富足的人们眼里,反而藏有那么多混乱和迷惘。

物质的欲望,成了一些人掩饰内心孱弱的借口,他们拥有的只是镀金的虚荣,对于生命原始的意义,只是一种怯懦的遥望。即使偶尔有一些感慨,也是饱暖之下的无病呻吟。

而正是那些奔波于生存的人承载了太多艰辛,所以才能更准确地把握生命的重量。那样的质朴和平静,使他们更加贴近山野和大地,倾听到流水和风涛的指引,把自己的生命和大自然紧紧融合在一起。

那种平静坚毅、不屈不挠的精神就如同高耸的华山,永远矗立!

那样的笛声,穿越了我的生命……

文化是一幅走不出的底幕

除了血液,文化是流淌在体内的另一种元素,就像有比钢琴更重要的东西,那就是琴声。

对于现代社会,文化是一幅走不出的底幕,而我们的生命,又知不知道需要怎样的背景?

当文明远离了原始,人类悄无声息地失去了很多。文明的进步是需要成本的,它是对未来的创造,也是对过往的摧毁,比如很多高楼大厦都建立在历史的废墟之上,而今在我们的血液中,早已找不到真诚的兽性。

我们常常因为肤浅,而不懂得尊重文化的力量。文化是影响社会的"核辐射",它潜移默化影响的是社会基因,文化界如果有太多的投机者,将是一种巨大的社会风险,而小资则是人们对文明时尚的自斟自饮中的自醉。

文化不完全是事后的归纳,而应有引导社会发展的责任,它是权力以外的另一种"权力",是决定人们观念的根本力量,它一直就坐在生活的幕后,不动声色,垂帘听政。

经典总在过去。比如国学是中华文明的宝藏,国学就是人学,我们既要站立潮头，又要守住经典；而收藏则像是文化的一味中药，那么富有内涵和低调，在历史进程中致敬历史，调理着时代紊乱的"气血"。

文明随着科技的进步而进步，但幸福本质上不是依赖科技，而是依托文明，科技也常常会以一种新文明的面目出现。

文明，是遍体鳞伤的优雅和传承；品位，是让每一样东西都带着记忆和梦想的精美。

风俗是一种珍贵而封闭的地域文化。比如春节让喧嚣了一年的工作变得寂寞，而放爆竹是中国传统文化中发展出来的一种方式，是生活爆发的欢乐的呼喊。

除了历史上知名的名山圣地，其他很多都是被人绑架走穴的假菩萨。有的地方为了打造特色地域文化，或为了商业利益，瞎编了很多祖宗的绯闻。文化不该是臆造的东西，它应有历史的源头和静根。

在如此直白的现实里，你是否拥有一颗优雅含蓄的艺术之心？

艺术是超越现实的存在，它让你闻到音乐的香味，听见绘画的私语，看懂文字的舞蹈……

流行艺术用情绪去看，高雅艺术用心灵去看。艺术修养表现为能否从同样的艺术品中读懂更多的元素。有这样能力的人，会更加热爱生活和享受生活，也更能得到美好生活的垂青。

在艺术领域，偏执才能造就精品，个性成了艺术生存的必要元素，这也让艺术变得更加可爱和珍贵。

我曾买过一幅临摹的《收割中的田园风景》，和网上凡·高的真迹图片比对了一下，觉得这幅工斧之作少了凡·高肆意的笔法，即使是写实风格，大师的原作，也不是堆砌，而是绽放。艺术大家，必是极致之人，就像我们永远无法理解一个胖子的吃货之心一样，我们或许也永远无法达到一个真正艺术家的精神高度。

艺术的灵魂是思想和情感，艺术家最能看懂倾国倾城和歪瓜裂枣的两极之美。其实我们平时眼中看到或经历的都只是些生活的素材，艺术的能力在于眼睛和手法，它能在生活的粗粝中预见美好，又能够将斑驳的命运去粗取精，打磨成型。

还需要明白一个重要的道理，艺术的表现形式常常是孤独的，但是艺术之心却不是孤独的，它生长于生活的大地，生活的原态才是最珍贵的艺术。

有人说，艺术最重要的朋友是"静静"，意思是说通向艺术的心灵都需要安静和专注。"静静"是艺术最好的受众，她陪伴心灵，读得懂艺术之心。

我对设计比较感兴趣，我觉得设计中很重要的一点就是元素的呼应。万物看似独立存在，却有着冥冥的关联和牵引，互相尊重个性，又相互烘托，才能形成一个美丽稳定的系统。

在艺术上，我基本是个在边缘游走的独狼，并没有能力加入某个群体，只是靠自己的一点点悟性在那里游荡，这样的状态让我感到独立和自由，一个人的徒步，很累很酷，也很艺术。懂得艺术，就多了幸福，对于艺术，我只是个民间传说，我只想躲在艺术的怀抱里，永远做一个能够对美好保持敏锐触感的人。

去文艺吧！改变这个世界的单调。

很多普通人都有着春色中的浪漫主义情调，很多伟人都有着血色中的浪漫主义情怀，那些不同的文艺方式，都体现着人们在各种不同的人生境遇下追求浪漫的心情。保持情怀而不陷于欲望，也是对人生的尊重。

唱歌是情感的表达，唱戏是文化的传递，我们用音乐洗澡，用朗读说话，甚至有时可以把动画片当作挽救童心的补药。

氛围感染人，细节感动人，我们用文艺制造着人生的氛围和感动，又在这样的氛围中感知着生活的真意。

生活的原彩温润低调，总会留有后期的宽容度。有时候，生活的艺术是宽大舒适的家居装，而不是庄重典雅的燕尾服。比如我们在大自然里看到的农家，常有这样的景象：农家的腰上，总喜欢拴着一根小路；农家的脚上，总喜欢蹬着几截石梯。这就是生活的传统艺术，低调静美，又平凡得难以被发现。

其实，百姓生活里藏着很多有趣的元素，他们拥有的更为淡定的生活方式，却是一种更拙朴的文化智慧和生活艺术。

周日一早，去山居附近农家走走，和农民朋友交谈是个轻松的事，他们朴实真诚，没有套路。那里白墙青瓦，背靠青山。人们来往耕作，怡然自乐，我倒是希望他们是不知今夕何年的桃花源人，结果他们连某国如何不靠谱都知道。如是，哪来桃源？都是人间！哪来世界？就是个球！

"长木匠短铁匠"，这是我今天听到的民间俗语，意思是木匠锯木头要留长，铁匠打铁时要留短。百姓并未把这上升到什么智慧或者哲学，他们想说的只是生活经验中的大实话，就像《吼秦腔》里："他大舅他二舅都是他舅，高桌子低板凳都是木头，长袍子短袍子都是衣裳，走一步退一步等于没走……"世界本来简单，但我们往往多想，总怀疑大舅二舅还有其他身份，总以为走一步退一步是在减肥。

生活好了，闲事多了，网上才有那么多八卦烂事。吃好不等于健康，有钱不等于强大，知道不等于懂得，信息不等于文化。

不能强求所有人都认知相同，但社会确实需要不断提高整体文化素养。

　　从个体而言，文化源于内心的自信平和，对公道和谐的自觉支撑，对社会正面的小小推动。所以，我只想少些干扰，保持审美格调，淡说悲喜，浅释花香，做一个自带美好属性的人。

时尚不应是时代的过客

很久以前,朋友说他小时候骑过鸡,骑过羊,最想骑的是鹰,还盼望着和很多朋友一起骑马,说是特别喜欢万马奔腾的感觉,他的经历和想法让我很佩服。

前些年有段时间,满世界的人都在跟着韩国鸟叔学骑马,为此绷破了好多裤裆,这让我暗自感慨朋友的世界眼光,他的理想终于被世界人民所共识,并转化为当时的时尚。

近年来,各种时尚的事物争奇斗艳,特别随着网络的发展,世人都看到了一夜成名的机会。于是各平台上涌现了很多光怪陆离的东西,让这个世界看起来像有无数的洞:无底洞、盘丝洞、火云洞、琵琶洞……都在拉山头,都想捉唐僧,都想着一劳永逸,长生不老。

其实我这样比喻一点都不时尚,鸟叔过时了,《西游记》更过时了,就是在国外,人们也早就忘记了那个"穿普拉达的女魔头"。

时尚是什么?时尚就是被效仿的流行。或者拿现在的话说,时尚就是流量。

我看到的时尚是时代的表情，它从来不会正经，就像是在扮鬼脸，要么帅酷可爱，要么古怪吓人。

其实时尚一直都客观存在。比如我们不能全怪女人，因为唐朝就流行提包；我们不能都怪男人，因为南宋就流行球靴。

时尚是一种社交，你要是看不懂时尚，那无关智商，事关情商。

看得懂时尚算生活的投名状，能参与时尚才是生活的VIP。所以，你即使不是一个很时尚的人，至少也得戴一个我这样的名牌黑框眼镜吧？

时尚是一种语言，你要是听不懂，就丧失了在这个时代说话的话语权。地球已经不是原来那个地球，而是潘多拉星球，你要是坚持说你的人话，不会纳威语，那就out了。

而今，好像纳威语也不时尚了，很多表情包和雷言网语充斥生活，人与人的交流，越来越靠斗图和表情包。

时尚是一场盛大的超级真人秀，似乎没有对错美丑的原则，大家只是在一场人生派对上，传染着彼此欢乐奇幻的情绪。这种情绪，是虚荣心、群体安全感和个体价值观混合发酵产生的一种类似乙醇的兴奋剂，装喝醉了的人叫明星，真喝醉的人叫粉丝。

娱乐常常以时尚的面目出现，其实它并不是时尚。娱乐也不完全是快乐，过度的娱乐反而会让人越来越发虚心慌。

我曾发现街上有一种灭蟑胶饵，号称蟑螂一中毒，就会在群内乱咬传染，自相残杀。我知道这样的创意来源于《生化危机》《行尸走肉》以及大量僵尸、吸血鬼题材的美剧。我发现时尚就类似这种情况，是某种特殊或极端的东西在人群中互咬互传，让人产生精神或形象的异变。

现实是一个染缸，染出来的东西不一定时尚，但肯定花哨，这让人莫名躁动，常常把花哨的东西当成时尚，盲目地追捧。

其实，流行时尚是一响即散的炮仗。甚至来不及发现美好，就在人们胡乱的冲动中被捧杀，然后被那些蜂拥而至又蜂拥而去，盲目追赶新事物的人群一顿踩踏，体无完肤奄奄一息，直至被彻底遗忘。

我觉得越是视觉冲击力强的东西，越没有内涵，因为它强占了人们的感官，放大了情绪，又把思想的自我认知挤到角落。它一个劲地拿出一些他们认为刺激的东西给我们看，却剥夺了我们自己去发现和想象的乐趣。这就跟看多了好莱坞特效大片，却难忘小制作经典一样，或许时尚也应该关注一个最重要元素，那就是走心。

其实我是一个关注品质而不关注流量的人，我看见一些流量明星，忽而站在流量的潮头志得意满，忽而又作死或被淹死在流量当中。我觉得流量里有太多不纯粹的东西，比如现在网上有太多心不在焉的拇指和无关爱情的玫瑰，它们早就失去了真诚。

网络是时尚的载体，类似异形寄生的宿主，滋长着叵测的未来。

以前我写过一首歌词，叫《蜘蛛不织网》，记得其中几句是："那是一张无形的网／地球人像蜘蛛一样／忙忙碌碌追逐梦想／蜘蛛侠般在时空飞翔……"

网络给了我们足够大的空间，让人们有了自由PK的场所，所以才演绎出那么多姹紫嫣红的破事。

顺应潮流，不一定就是顺应了规律。时尚不见得就是潮流，有些潮流，只是大海角落的浪涛，并不代表着事物发展的方向。

其实，时尚不是另类和愤青的代言，也不是对人类基本审美观和价值观的背叛，时尚也有它自身的规律，不应只是众人的恶搞。所以对时尚这样的事情，也应该尊重，并尽力呵护它正确的内涵。

今天，我说的话比较野，传达的只是一种时尚的偏执情绪，并非理性的分析。因为我在想，如果我正襟危坐一本正经地说，是不是就显得不够时尚？

这样说来，时尚是不是都很自我短视，那么什么才是更有社会价值的时尚？我又觉得，时尚不应是时代的过客，那些在历史中留下来的宝贵的东西，或许才应该是能够永久穿行于时代之林的时尚。

"假使我们不去打仗，敌人用刺刀杀死了我们，还要用手指着我们骨头说：看，这是奴隶！"田间的诗唤起的是责任和血性。于是，当我们看到中国人民抗日战争和世界反法西斯战争胜利七十周年纪念日那天，耄耋老兵走上长安街，接受国家的致敬；当我们看到"共和国勋章"获得者走上人民大会堂的红毯，是不是感觉这样的画面截然不同于那些在娱乐红毯上扭捏的浮艳星光。或许只有推动时代和社会进步的力量，才是历史散发的厚重荣光，才是世代永不消亡的时尚！所以，时尚更是责任的价值和光彩。假如我们只沉溺于小资般的享乐情绪，而不去担当进步的责任，时代终将遗弃我们，还要用手指着我们的鼻梁说："看，这是过客！"

卓越不是很难

自然给人类心灵温暖的拥抱,科技给人类梦想插上了翅膀。

我坚信,宇宙中有着太多超越现实的存在,不为人类所知。而科学是人类向未知伸出的手,但我们的手还不够长。比如射电望远镜就是人类向深空伸出的最长的手,但是又担心宇宙中有"坏人"来握。

未知里藏着无尽的科学,不信你看宇宙盯着我们的那仿佛可以带来一切又吸走一切的黑洞的眼睛。

科学和哲学有着密切的联系,又有着不同的侧重。

罗素在《西方哲学史》中说:"哲学乃是某种介乎神学与科学之间的东西……一切确切的知识都属于科学;一切涉及超乎知识之外的教条都属于神学。但是介乎神学与科学之间还有一片受到双方攻击的无人之域;这片无人之域就是哲学。"

问题是科学的源泉,实验是科学的基础,科学让人发现本质和规律。科学与哲学一样爱智慧,只是把追求和证实确定性作为方式,科学要的是结果,哲学注重的是过程。

我以科学的态度面对生活,以哲学的方式思考人生。因为人生是一个系统的过程,而生活就是种种具体的问题。所以,我追求思想的透悟,也不离生活的苦乐。

中国古代重文不重理,科技不够发达,思想和艺术是人们延伸梦想的主要渠道,所以中华传统中有着丰富的精神文化智慧。

在科技进步背景下的文化,似乎已经渐渐弱化了思想的功能,而变得务实和近利。比如网络是科技的产物,也催生了很多现象:网上良莠不齐的短视频、直播等,加速了信息的传播,也暴露着浮躁和粗糙,人们互相围观着热闹的生活,却越来越不愿意关闭手机,一个人宁静地闭目思想。网上也有一些严肃的有价值的东西,被淹死在娱乐的海洋里。

科技给人类梦想插上翅膀,但我希望飞起来的真的还是原来那个梦想。

科技让人类变得强大,也变得脆弱。科技退化了人的自然属性,也放大了社会属性的Bug,比如现在就是停半小时电,也会让我们"武功"尽失,无所适从。

科技时代,人们越来越分不清人脑和电脑了,或许将来人类最大的幸福,就是在用电脑服务生活的时候,还能用人脑思想。

科学与艺术的结合,因科学打开了视野而让艺术变得更加开阔,也就萌生更多想象和乐趣。比如中美文化的差异,体现在我们有《阿凡提》,他们有《阿凡达》。《阿凡提》是中国古代少数民族民间故事,《阿凡达》是美国当代电影艺术。而今,我们也有了越来越多自己的科幻作品,比如《三体》和《流浪地球》。

科学是随着人类文明进步而产生和发展起来的,我说的这些问题并不是科学本身的问题,而是人类在认识世界和运用科学的时候，有没有从哲学的层面去思考人与科学的关系。

广义地讲，科学也可以是一种精神。这里说的精神是追求科学的态度；我们对待科学的态度应该是尊敬、谦恭和合作，不要愚蠢到想改变科技的规律。

伪科学的产生，是因为人们缺乏对科学本质的认识，也缺乏追求真理的耐性。

伪科学是环环相扣的把戏，类似六耳猕猴冒充孙悟空，还炮制出假的唐僧、猪八戒和沙僧，想取经欺骗西天佛祖；在现实生活中，20世纪八九十年代六千万人参与的特异功能热、气功潮等，也发人深思。那"隔空打人"的掌力，一个在河北发功，另一个在海南发抖，你说是"量子"纠缠还是胡搅蛮缠？体现出的是人们在伪科学面前的麻木，在真科学面前的无知，于是，科学又有了去伪存真的义务，科学真忙！

科学的发展，归根到底是人类文明的进步。当今世界，科技已经成为国家实力的核心体现之一，人类用科技构筑着最为强大的铠甲，又以科技力量推动着社会前行。我们还应该深思，如何改变社会中有些人的短视和所谓"全民娱乐"的心态，树立严谨的科学精神，让科学在普通人心中得到更多的重视和关注。

科学追求卓越，一代代人的接力，为了让国家更加强盛，让人类洞见更高远的文明。

我至今记得我的六爷爷徐叙瑢对我的教诲，作为我国发光学科奠基人，他一生致力于"照亮全中国"，他的人生经历就是中国科技发展的历史缩影之一，他具有令人敬仰的精神品质：对国家的忠诚、对科学的严谨、对工作的专注、对奋斗的执着、对困难的不屈。

2022年7月，这位百岁高龄的老人逝世，十多位党和国家领导人以不同方式表示悼念，这既是国家对科学的重视，也是对为国家做出过贡献的科学家的肯定。

在六爷爷徐叙瑢的身上，我看不到时代的浮躁和彷徨，只有坚定执着的求真与探索。一代代科学家，在这样坚持中，寻找着人类更加宽广的自信和意义。我翻开了他送我的一本书，在扉页上，他给我写下了这样一句话："卓越不是很难！"

权力是一层迷雾

普通人的生活充满简单质朴的故事。偶尔和一个老人聊天，说到喜欢什么歌曲的问题，老人说最喜欢的歌是《养儿防老》和《官多大》。我有点蒙，后来一查，《养儿防老》是曲国庆老师唱的一首歌；而《官多大》是阎维文唱的《母亲》。

养儿防老是很多人的基本愿望，而"官多大"上了心，说明人们对于权力印象深刻。

只要有社会性，人就会处在各种秩序和规则当中，就会受到权力的影响，权力在前面把着方向盘，而大多数个体的人生，像是坐在了大巴的尾部，对颠簸感受更加真切，而权力在前面把着方向盘。

权力并不能改变规律，但可以在一定程度上影响事物的进程。

权力其实是个中性的东西，并不是人们口中的褒义或贬义。权力关键看被哪些人所掌握，在有德才的人手里，权力就是前进的动力；权力被私欲所攫取，就是社会发展的阻力。

权力的特征是社会性的，财富的表象是个体性的。古往今来，财富和权力都是很多人追逐的焦点。

财富就像人生的一个安全屋，让人不会再为生存的物质需求所负累，却又有人一不小心被财富所绑架，让物质成了人生唯一的标签和人设；财富又像一艘豪华邮轮，似乎可以带你去很多人生想去的地方，看到更多想看的风景。但是财富似乎看不到所有的风景，比如它看不到权力可以看到的某些东西，也看不清其他人生具有的一些朴素珍贵的品质。

权力是一层迷雾，拨开它，你才能看清世界。

权力是掌握分配和调动资源的能力，实质上也是创造财富的能力和潜在的分配财富的能力。所以，权力有着响亮的名声和强大的力量。

权力不以财富的名义出现，却也以追逐价值为目标。

权力是把双刃剑，为一己之私者让财富和权力交媾，会产生更大的破坏力。

权力具有一定影响力。影响，不需要说话，而起决定作用的大都是些看不见的元素，比如规律，比如人心，所以权力也是有局限性的。

权力时刻被人审视和评判。为百姓掌权用权，为民谋利，不与民争利，才是正确行权之处，被百姓拥护的权力，才是权力真正的意义和力量所在。

权力可以控制行为，但不能征服思想。所以，对思想只能因势利导，而不能强行压制；权力之用，是要建立具有稳定、完善、有效且符合民众本质需求的精神文化和社会运转体系。

权力是一时的，为人是一世的。在独立的灵魂眼里，得到了权力，只是得到了一张可以看到更多走得更远的通行证。就个体而言，权力亦如太虚幻境，弄不好会让人性步入迷离。权力可以带来或真或假的讨好或尊重，让一些人在权欲的麻醉中自我膨胀，忘记了自己真实的底细。

伟大的信仰、无私的品德、人格的力量是可以战胜权力迷失的人间正义。

权力是社会性的具体形式之一，无法取代心灵的力量。权力不会陪伴终身，而心灵却能不断成长。人生不能被一张纸决定，心灵才是那张属于你自己的承载着梦想的白纸，等待你用一生描画。

沈从文说："我一生从不相信权力，只相信智慧。"又说："我始终认为，做一个作家，值得尊重的地方，不应当在他官职的大而多，实在应当看他的作品对于人类进步、世界和平有没有真正的贡献。"

是的，权力可以被拿走，但智慧拿不走；智慧比财富更有价值，比权力更有格局。

财富的聚散浪洗流沙，权力的更迭云烟过眼，人性的光彩历久弥新，亲情围成的棚顶似乎才是人生当中最有用的"权力屋"。于是，我突然理解了老人为什么会喜欢那首歌："不管你多富有，无论你官多大，到什么时候也不能忘咱的妈！"

人总是难以融入背景

　　社会性是人类的特质之一，也是人生主要的背景。人们花了很多精力去融入社会，却发现愿望总是难以完全达成，或许是由于人本质上是自然的产物，所以生命的背景仍不愿离开海洋森林日月星辰。

　　我白天属于社会，夜晚属于自我，属于社会的部分有着清晰的边界，属于自我的夜晚却无边无垠。我在两个界面来回穿越，自由或他律，希望或妥协，展示着生命良好的柔韧性。所以，社会性的安排，并非一定会使人丧失自我，它也能够保持思想的空间和独立的心性，这一点，主要看自己如何把握。

　　每个人有不同的"磁场"和"气场"，这会影响人与人之间的关系，决定了人们能否和谐共处，这类似动物靠撒尿划分地盘，嗅尿味儿区分敌我。人能适应各种地盘和场合，就是人社会性的体现。

　　地球需要更多能源，社会需要更多正能量。生活中有时充满了脏兮兮乱哄哄的繁华，那些繁华，只是人生俗艳的背景。

　　有的人个性独立喜欢自娱自乐，有的人喜欢巷议街谈拿人家的事娱乐。而今都有了网络，有的人也就不再单纯自娱自乐，也不再满足于偷窥议论别人的生活。现在有一些人不管合不合时宜，喜欢直接把自己的生活都拿到网上晒，甚至偷晒别人的生活，这让本应是私密的生活有了不良的社会娱乐性，又在纠缠混乱中找到了俗趣。

从某种程度上讲，除了混合的汗味，一些人多的地方往往什么都没有，反而是无人之处，更容易产生价值。我们不必去取悦社会的某些劣癖，或者认为那就是时尚，它即使在阶段性的生活中显得姹紫嫣红，但如果以一生为背景，它却立刻暴露出浅薄和无趣。

人本身不是社会，人们的生活运动组成了社会，人们对社会应该更具尊重，不要什么都怪社会。其实社会一直觉得自己很无辜，有时候出问题的不见得都是社会，也可能是我们自己的认知和心理。

社会性最重要的特征，就是协同性，主要表现在创造价值过程中团队的作用，将自己的理想与团队的理想相契合，就能够看到比个体生命更高远的景象。

幸福是需要回声的，情感的合鸣是人类生命动人的交响，所以，团队的幸福总是美好于个体的幸福。

别惹蚂蚁，因为那样的团队总让人敬畏。个体是美丽的，团队是壮丽的，团队的特质是目标感和团结，团结就是不要精神分裂。

一个自我不强大的人，才会依赖某个没有理想且自私自利的小圈子，在灯红酒绿、觥筹享乐中自欺。我庆幸自己能属于一个飞翔的雁群，这个团队让我感到前方的吸引，使我汲取到团队的传统和力量。

社会上有各种不同的人，在以不同的方式挤占着人生的背景，所以有时候学会虚化背景，看不见太多，也就能更加自信。雾，不见得是一种迷惘，也可能是一种善意。朋友有恐高症，却在迷雾中从容地走过了三清山，那些恐惧，都被挡在了迷雾背后。

对于自己不喜欢的人，有时反而会去赞同和取悦，正是因为不足与谋，才刻意敷衍，为的是避免继续多说，浪费时间。

有一些人，总爱标榜自己，为了所谓有本事，把本能都忘了，这或许是社会性的某种副作用。

极端个性的人看起来似妖孽，天才大都是远离现实和人群的"妖孽"，所以大多数人都不是天才。

明星都是炒出来的，要是不炒，还不都是和我们一样的肉；而粉丝都是酸辣的，有着复杂奇怪的口味。

大人物越来越显得没个性，小人物保留个性，大人物以前也是有个性的小人物。或者可以这样说，成功都是一样的成功，成功有时没个性；而个体人生的追寻都是不一样的追寻，所以追寻才更加生动。

做伟人真的不容易，那些雕像站在高处遭受日晒雨淋，不过它们已经习惯了以这样的方式接受人们的景仰或感叹。就让它们站在那里吧，不用管，你得走自己的路，它有它的孤寒，你有你的风雨。

从本质上看，伟人对时代的影响不是靠权力，而是靠思想，名垂青史的人大都不是自己写出的传记。而千秋功过更像是那块无字的石碑。写了，总觉难以尽述；不写，仿佛才是千言万语。伟人不是真理，但很可能掌握着一些真理，我们要捍卫的是真理。

纸有正反两面，人有八面玲珑。

那些喜欢钻牛角尖的人，结果越走越窄，他们就没有试试倒过来走。而浮躁的人，习惯什么都追求速成。

我怜悯那些天天没饭吃的人和天天在外面吃饭的人，他们都不容易。

我欣赏那些能够带给别人快乐、美好或启迪的人，不管是思想还是情绪，他们因为予人智慧而快乐幸福；是否该躲避那些常把不幸挂在嘴边的人，那是情绪的病毒，严重了会连累一群人。聆听是一种善意，而并不能分担痛苦。

一些人判断幸福的标准仅源于物质层面，而并不了解精神层面本质的需求，人都会变，一些人变得灵魂精致，一些人变得现实平俗。变，既像是一些得到，更像是一些失去。比如我被拉去参加同学会，发现他们各自都变了很多，有的春风得意，有的沉默寡言，有的躲躲闪闪，有的东拉西扯。但大家都似乎在拼命地在记忆中翻找东西，貌似热闹快乐，又似乎是强作欢颜，都说忙忙碌碌，又似乎在怅然若失。

社会中，某些人的"聪明病"已经很严重了，这让社会更加充满了复杂和绝望。而今沉默倒是成了一种智慧，尊重沉默的人吧，就像尊重泥菩萨一样，因为你不知道它有没有灵性。

学者们有很多愿望和智慧，但没有解决问题的条件和能力。所以，可以倾听学者的意见，但不要迷信他们。

这些世相，就是人的复杂性造就的，体现出社会的多元性，我也希望社会能简单一些，像白纸一样，只有正面和背面，你在上面画出的都是好看的东西。人的一生免不了与很多人同路，那些在我们彷徨、哀怨、停滞或退缩时一直在行走的人，那些不左顾右盼的人，浅浅微笑的人，脸上有光泽的人，意志坚定的人，才是我们人生旅途中值得并肩或追随的人。

每个人是自己人生的主角,也是别人人生的配角。我融入社会,最终也在被社会磨蚀。我不过是希望在社会中找到一个合适的背景,来反衬个体生命的那三分姿色。

近猪者吃，近墨者黑

俗话说："近朱者赤，近墨者黑。"《红与黑》是名著，不红不黑一定很普通。

我有时开玩笑，把"近朱者赤"说成"近猪者吃"，是因为我觉得这样形容比较生动，但可能会引起吃货朋友的联想。

有一次和同事吃饭，人们都笑她能吃。她说："你们说得好像我是猪的队友一样！"大家哄笑，我没敢笑，总觉得这话哪里不对劲，回头一捋，她说的不是"猪一样的队友"，而是说的"猪的队友"，而她，正是我们的队友。我看着大家还笑个不停的样子，觉得她说对了。但更可怕的是，好像她对于自己的智慧，还一无所知。

其实我对吃不感兴趣，早上吃得草，中午吃得快，晚上吃得少，一日三餐就这样，似曾拥有若有似无。在吃货朋友眼里，我就是一个低级得连低级趣味都没有的人。

我喜欢有墨香的朋友，所以我更喜欢近墨者黑。

我有几个书法家朋友，我混进了他们的群，耳濡目染着黑白世界的灵动。更重要的是，我感受着他们之间真挚的友情。灵魂的墨香，都有着文化的甜味。

每年电台十二个原主持人聚会，大家轮流私宴做东。十二个人，让我联想很多：《十二猴子》《十二公民》《十二怒汉》，"十二金钗"，连《东方快车谋杀案》里组团的凶手，都是十二个。不过我们的情节没那么复杂，十二个朋友只是聚在一起重温友谊，翻寻初心，并企图对抗岁月。

偶尔我也会参加青年朋友的聚会，感念青春情谊，追追猫尾巴，这种纯粹的友情，不是江湖浊浪中泥沙俱下的交际。其实生活就是大浪淘沙，留下来的，才是你值得拥有的部分。

在社会生活中，每个人都会有朋友。我宁缺毋滥，需要的是志同道合的心灵。但志同不等于道合，朋友不等于战友，朋友是生活的所需，战友是事业的搭档，有些人可以做朋友，却不能做战友，区别在于有没有共同的组织目标。

疫情期间，朋友居家，我去送物。朋友发微信感念于我对他的友谊，我回他："没什么，植物界中有一种最臭的花，都会有苍蝇去给它传粉。"我以这种"杀敌一千，自伤八百"的方式戏谑友情，符合我损友的特质。

只有关系很好的朋友，才能成为损友，大家以互相打击为乐，希望把欢乐建立在朋友的"痛苦"之上，却发现朋友根本就不痛苦。这是出于对朋友性情的了解，其实打击之处并非朋友的痛点，而是痒痒肉之处，不然，他们为什么会舒服得傻笑？如果朋友真会痛，咱也就不这样做了。

生活是获取能量又释放能量的过程，也处在一个动态平衡的磁场。有人说每个人的"磁场"不同，给人的影响也就不同，"磁场"相互作用，结果如何，在于你带有怎样的"电荷"。

人与人不同，我觉得好的，别人或许不懂，别人觉得好的，你或许也不懂。交往中最重要的基础是平等，心理平等和精神对等的朋友难得，这需得三观一致，有着共同的心灵方向，所谓物以类聚人以群分，需要的只是相似的灵魂的精神契合。

这样的朋友，存在于我们灵魂的舒适区和梦想区，给予我们思想和情感的共鸣，并能填补你的不足，给你视野的拓展和精神的激励，也让我们的灵魂不那么孤独。分享是一种快乐，精神的共鸣是最由衷的快乐，要做有能力分享的人。有时候总觉得自己孤独，但偶然遇到一个和自己相似的人，说着自己想说的话，并能秒懂我们话里的心思，这时你会惊喜万分。我过去沉溺于个体跋涉和自我生长，并不在意分享精神，而现在才懂得了相似灵魂的互动才更具价值和意义。因为这并非浪费精力的无效社交，它并不会阻碍自由，却可以让自己心灵自由徜徉的空间变得更加开阔。

孤独成就思想，沟通成就情感。这个世界，总有着自己的规则。

有人说，有一些朋友，不一定时时相见，但是心里却知道那个人在那里，想起或遇见时，会有一种浅浅的温暖。是的，惺惺相惜才能产生真诚的友谊。

遗憾的是，这个世界也有着由功利假扮的友谊，像伪劣商品一样污染着社会，浪费着生命的能源。有人说："朋友多了路好走。"把人家当成了自己的路，自己也成了人家的路，大家互为工具，彼此踩来踩去，都很疲乏，所谓友谊，似乎也多出了些奇怪的玩味。

越来越觉得这个世界的美丽，源于心灵生长的净土，而不是物欲横流的街井。

朋友不一定多，但必须精。他们会让你的生活不在交际中浪费太多时间，又能感受到社交的价值。

所以，走好自己的路，对不同的三观，我们不必有预设的想法，也没有仁至义尽的责任，学会宽容忽略，懒得说，不必说，各有天命，各自欢喜。不用浪费时间在不必要的社交上，学会拒绝，是为了低碳环保，减少彼此的生活成本。

世界很大，那些和你一样的心灵，只是在以不同的形态呈现，只是你看见的，往往是不一样的部分。所以，我们的人生，遇见了对的人，就需要拼手速，不停地快按保存键，因为错过了，实在太可惜。

优质的灵魂常常会掩藏珍贵，大多数灵魂却有着批量制作的卖相，它们堆放在生活中，烘托着市井的繁荣。

还有绿叶一样的朋友，无声无息地给我支持和帮助。感谢绿叶，帮花蕾找到自信和初心，其实叶陪着花的盛开，也是叶的盛开。

孔子曰："益者三友，损者三友。友直，友谅，友多闻，益矣。友便辟，友善柔，友便佞，损矣。"意思是说人应该与正直诚信和知识渊博的人交朋友，而不要与谄媚逢迎、巧言令色以及当面一套背后一套的人交朋友。

我觉得交友不应是为了交道，或因达成某种目的而逢迎和讨好，每个人应该有一颗独立的心。你要交到挚友，就需要你自己首先成为正直诚信有学识的人，这样，才能吸引到具有相同灵魂的人，要尽量与有深度、有厚度、有高度、有广度的人做朋友，因为他们灵魂的藏身之地，才是你的心灵应该去往的方向。

"与善人居，如入芝兰之室，久而不闻其香，即与之化矣；与不善人居，如入鲍鱼之肆，久而不闻其臭，亦与之化矣。"我身边有着芝兰一样的朋友，他们的品行和才华，值得我敬佩和学习；当然，生活中也会遇到一些巧言令色、道貌岸然的小人，也不必报以睚眦，宽容他们吧，因为他们并不懂得宽容之美。

明代文人苏浚《鸡鸣偶记》里说："道义相砥，过失相规，畏友也；缓急可共，死生可托，密友也；甘言如饴，游戏征逐，昵友也；利则相攘，患则相倾，贼友也。"

人生没有砥砺道义，匡正过失的畏友，会充满成长的风险；没有患难与共、托付死生的密友，是一种遗憾；如果只是那些甜言蜜语、嬉闹游荡的昵友，或者有利时相互争挤、患难时相互倾轧的贼友，浪费精力，徒增烦恼，于人生又有何益呢？

就社会关系而言，有的人活得像水面上的那一层漂浮的油，而有的人却像下面安静的水，即使他们被生活安排在一起，心灵却又有着明显的隔离带，永远不会相互欣赏和信任。因为重量的不同，油和水成不了朋友，充其量只是都拥有液体的属性，并展现某种毫无关联的"和谐"。当然，那些水乳交融的存在，才拥有"你中有我、我中有你"的真诚。

人们需要朋友，因为人生需要解药。我们常常在生活中无端受到内伤，更有着说不出来的隐痛。朋友的帮助是一味药，但往往只能减轻一点症状，并不能根治。其实人生问题的解药并不在别人的口袋里，它需要自己亲手用思想和经历，并加上孤独来熬炼。

此外，校友、战友、驴友、病友……是根据不同的环境和经历，对朋友加上了不同的定语。

酒，是友谊的媒介，不管喝酒有多少危害，有的男人还是不愿意戒酒，或许是怕误戒了友谊。有一种白酒，叫三五挚友，不管是酒肉朋友、狐朋狗友，还是良师益友，都值得为自己的人生所遇干上两杯吧！

天气凉快点，约一约。

江湖因何寂寞

电影《乱世佳人》里的开场字幕是："这是一片骑士和棉花之地，名叫古老的南方。在这个世外桃源，英勇的行为已荡然无存。骑士与淑女已不复得见，主人与奴仆也消逝无踪……唯有在书中可追溯的情景，却不能再重温此梦，一个随风而逝的历程。"

这段话，充满了对某种过往的怀旧。

江湖吵闹了很久，最厉害的人还是没有出现，藏经阁前，落叶枯黄，已经很久没有人扫地了。

曾经热闹的江湖，因何寂寞？

武侠是一种情怀，骑士是一种精神，都是属于某个年代浪漫的英雄主义，或者是宅男们叶公好龙般的幻想。而现代，却看得到警察，碰不到武侠。

金庸离世，男人世界便不再有童话。没有大侠的年代显得平淡无奇，自此，男人们的精神幻想堕入凡尘，仿佛一夜之间失去了飞檐走壁的自由。

英雄总是在书本或口传中活着，又在岁月和记忆里沉浮，他们的失败或胜利，都带有饱满的情绪。英雄的退场是一种伟大的无奈，因为这个世界似乎更需要大量的俗人。

我就是这个世界需要的俗人，但也想有一点点幻想出来的侠骨。人在江湖漂，哪能不挨刀，我知道江湖很大，不被淹死只有两个办法：学会游泳或站在高处。

我曾买了一把宝剑，未开锋刃，胡乱舞弄几下，一点都不潇洒，感觉还没有菜刀顺手。我以现代人的眼光看，觉得在冷兵器时代凡是用宝剑打架的，都是打架界的文青，至于那些还能飞来飞去的，至少可以算是民间艺术家了。

早上上班常遇到一个瘦弱的光头男人，裸露着上身，杀气腾腾地从小区外面冲进来。我知道他是锻炼回来，但我总怀疑他是练易筋经练岔了气，走不出走火入魔的状态。擦肩而过时，我清晰地嗅到了他身上某种戾气的存在，所以我竟有了一种冲动，就是想捡个烟头，在他的光头上烫上几个戒疤。

江湖因何寂寞，是不是很久没有人收拾这人间戾气？

如果说武侠是男人的童话，科幻就应该是男人的神话，因为平时我们大都做着井底之蛙，惦记的都是自己尿味以内发生的琐事，从来没有想过到宇宙中去追逐一下大格局。试想，动不动以光速飞行，玩的是光剑，外交关系从国际上升为球际，跟异形吃醋打架，跟ET喝酒划拳，是不是更酷呢？再说那种光剑，是等离子体受磁场束缚形成的剑状，打起来太炫了，而且，晚上在太空走夜路也不怕，还可以当手电筒用。

我总是幻想着自己既能踏雪无痕，又能雁过留声，可以随心所欲恰到好处地踩准每一根幸福的梅花桩，让我的人生之路既平顺又浪漫。

江湖收留我的幻想，又无视我的请求，所以只有我舍不得的流浪，没有舍不得我的江湖。

江湖不老，侠梦长存，要善待遵从内心道义，不能一味顺从命运。

每个人的人生目标不同，不管是仗剑天涯，征服命运；还是居家休息，人畜无害，都是一种安排。

人在江湖，似乎傻笑也需要目的，很多人总想混出名堂，却忘了该怎样混得快乐。

江湖的寂寞只不过是人的寂寞，人的寂寞大都不过是情感的寂寞，靖哥哥是中国的阿甘，他觉得江湖上最重要的不是武功，而是正义和黄蓉。

逍遥侯说江湖就是人心，重要的是参透人心。是呀，江湖是映照人心的深潭，生活有时就像囚禁了武林人士的玩偶山庄。

江湖上混，拳脚只是形式，最好有内力会轻功，少点争斗戾气，多些内涵沉淀，学会闪转腾挪，才是生存之道。

而今，江湖已不再是那个嗜血如歌的疆场，人们以各种现实的面目，演绎所谓江湖另类的模样。

不知从什么时候起，我变得少了自问，而多了接受。思想慢慢不再毛愣，而变得豁然。或许，是因为我看懂了这个江湖的招式，邪恶的或正义的，都是那么偏执。我看出了道理的软弱，梦想的无知，真相的灰度，现实的无趣。所以，我不再问，也不作答，只是想就这样安静地和江湖相处。

是无欲者坚韧，还是至贱者无敌？人们有那么多不屑，蒙蔽了发现真实的眼睛。

这世上搞不清楚自己是谁的人很多，所以才有了那些算命的人。而今算命的已不在街头打听，而在网上百度。

古代匠人很多，现在匠人少了。我欣赏匠人，他们知道艺术和生活的关系，那么默契，也那么质朴。没有匠人，江湖又多出一分寂寞。

现在市面上大师达人越来越多，凡人越来越少。那些所谓大师要么是真的什么都懂，要么就是装懂的时候让人根本看不出来。高调的往往不是高人，真正的大师应有不紧不慢的沉稳节奏，气质里只有真实本源的艺术感，没有被外物左右的艺伎感。

人生当中就像会接到骚扰和诈骗电话一样，有时也会遇到一些导游在冒充导师，我们平淡的生活容易被一些并非用心的策划所导引，让梦想改变路径，所以我们要保持定力，不应屈从那些精神的诱骗者和绑架者，或许我们的精神世界，更需要那源于本心蔓延全身的绵绵内力。

把道理说简单的是真才，故意说得玄乎的是伪才。别骗我说你的祖先是贵族，我知道他不是鱼就是猿猴。有的人喜欢把事情搞得很玄乎，是因为虚荣的他们需要一个掩藏虚弱的外壳。

江湖有一个坚硬寂寞的外壳，却又掩藏了怎样的肉身？可怜的武林现在只剩下点外传了。但不管岁月如何洗白，总会留下几段传奇，显得不甘寂寞。

…………

我幻想着南方的大橡树，仍站立在陶乐庄园的路口，驮着骑士和淑女的黑马，正向它走来……

养狗是不是因为缺失忠诚

坐在户外晒太阳吃饭，突然后脖子一阵刺痛，手忙脚乱地抖衣服，有人立刻给我脑补：以前有个七岁的小孩儿，就是因为被马蜂蜇了丢了命。然后说你这还好，是被糖蜂子蜇了，涂点肥皂水吧……我竟有一点小小的兴奋，因为我不止七岁，还想到的是，蜘蛛侠就是因为被蜘蛛咬了一口，后来就会吐丝了，印度有个人遇害后重生变成了苍蝇侠。我会不会变成屁股藏宝剑采花又采蜜的蜜蜂侠？

我想多了，除了脖子上多了一个红疙瘩，什么也没改变。人为什么会期待变化，是因为生活的无聊？

生活确有无聊，但也有着叵测的变数。

比如背叛，就类似生活中遭到了你投喂的流浪猫无端抓咬。人们常常没有防备，不知道自己的善和爱会被咬，而一旦被咬，又觉惊诧！它给你带来暂时的疼痛，也能引发某些观念的异变。它没有传染你什么，却让你具备了更多的免疫力。

忠诚和背叛，是不是属于人性的一部分？忠诚是心里有认定的价值，不为所动的坚持；背叛则是在外物作用下立场的变化，它是命运的投机，是一种怯懦的逃跑或意志的投降。

常听说这样一句话："对大多数人来说，男人无所谓忠诚，忠诚是因为所受的诱惑不够，女人无所谓正派，正派是因为背叛的筹码太低。"不管这句话对不对，但也说出了一些现象。证明忠诚的是时间，证明背叛的是瞬间。忠诚就像善良，它是口袋里祖传的金币，也是最容易被欺诈和偷窃的东西。

如果遭遇背叛，不要感怀它曾经的忠诚，因为背叛的人骨子里或许从来就没有过忠诚。即使背叛者自认为忠诚，那也只是某种价值的当期红利，而当榨干了价值，有了更多诱惑或选择的时候，背叛之心就会不由自主地暴露。背叛者或许自己也不了解自己的心性，即使知道，也总有很多理由说服自己，并把自己的行为解释于环境或别人的过错，又把自己的背叛包装为无辜、无奈甚至某种高尚。

谎言与背叛总是待在一起。当撒谎已经像呼吸一样自然的时候，这个人也就永远失去了忠诚的功能。

为什么背叛，主要跟信仰有关，也跟世界观、人生观和价值观有关。

正是由于人世间存在猜忌、谎言和背叛，才反衬出忠诚的价值，所以我们也就更需要忠诚和信任，忠诚不屑背叛，它才是一种高贵的品质，即使事物变化，也会选择坚守和帮助，而不是自私的逃离。忠诚遭遇背叛，会变得更加坚韧。

但不是所有的背叛都应该受到道德的谴责，就如同不是所有的坚守都值得提倡。忠诚的意义，是有区分的，是否选择正义和真理，这才是鉴别忠诚与背叛的关键。

孟子所说："生，亦我所欲也；义，亦我所欲也。二者不可得兼，舍生而取义者也。"忠诚于道义不惜背弃生命，是大义之人；而为了追求真理，托尔斯泰、鲁迅等，也曾背离了原来的阶级。

南辕北辙的成语，却告诉我们，如果方向不对，生活中有的坚守就毫无意义。还有一些坚守让人唏嘘，比如尾生抱柱，说的是痴情的尾生为坚守信约而甘心被上涨的水淹死，这样的坚守，古时候就引起了很多争议。

忠诚与背叛又是相对的，其实生活中现实与内心的脱节，时有发生。当现实与内心格格不入的时候，忠于内心，就会背叛现实；屈从现实，又会背叛内心。

一些忠于内心的人，活成了"疯子"或传奇；那些只屈从现实的人，又似乎丧失了生命该有的骨气。

我敬仰忠诚的正义和价值，它带给人间安全温暖的能量，它让更多的信任注满人间，呵护着生命恣意绽放。

走到边缘，看见人生更瑰丽奇幻的风景

生活咕噜咕噜冒着半肥半瘦的泡泡，天空嘻嘻哈哈下着半真半假的冷雨。我很真实地坐在那些灰烬之中，像一个清清楚楚的箴言……

如果没有生命的倾情出演，舞台上就什么也没有；生活有意思和没意思，其实都在于自己的心境；生命一直在演，生活爱看不看。但是如果生活没有一点沉浸感，大家都涅槃了，还有啥意思？

人生本该是自由的坝坝舞，人们却把它弄成了舞蹈大赛，大家都拼命拿出最好的一面，来争取生活的C位，展示个人的精彩。

别人的表演看起来很轻松，但自己做起来会很辛苦，其实大家都辛苦，只是我们不想知道别人的辛苦。

我们困在自己的故事里，却不知道下一步会发生什么。但有时候，对未来的不可知，反而是活着的趣味，如果人生提前剧透了盒饭的时间，那还有啥意思？

或许正是因为狗血是避邪的，所以生活才有那么多狗血的剧情。我有时在想，如果日子过得闷了，该请谁来导演人生？悬疑还是惊悚，言情还是奇幻？好像自己的命运什么都想尝试。不过，如果所有的人生剧本都能体验一遍，倒不失为一大幸事。

人们都想活得精彩，但很多人却活成了别人想要的样子，别人想要的样子往往不是自己想要的，甚至可能会是自己讨厌的样子。自己讨厌什么，往往很清晰，自己想要什么，却有点模糊。你的精彩不一定是别人认为的精彩，它即使被世俗上下打量，也不必花时间去深解它眼神里的意思。

一些人貌似活得光鲜，却又活得不够真实。人就算真的有下辈子，你也无法把它和这辈子放到一起去比对，所以应该踏踏实实过好这辈子。

敏感的人容易自伤，尖刻的人容易树敌；我行我素的人活得潇洒，却易遭诽谤；有人顾虑太多，反而失去自在；追求完美的人或许会活得很累，但有着别人不知道的快乐；而弱者的坚强、强者的虚弱都因勇敢和真实而显得有几分可爱。

人至少得爱好一件事物，让心灵有所寄托，因为在自己心灵的自留地种满了花，也就不再怕荒芜。

沉默不代表停滞，内心仍有波澜。现实生活中越是少言寡语的人，或许内心越是丰富，因为他们有很大一部分活在自己的心灵世界，与现实生活若即若离。他们的话，大都是心里话，这些话被分成了两半，一大半说给自己，一小半说给生活。

人可以孤独，不可以孤僻；可以宽容失态，不可宽容变态；不要妄自菲薄，不要狂妄自大；不能人云亦云，随波逐流。

很多时候，我渐渐分不清某些词的感情色彩，比如成熟，比如天真。而且现在，世故与成熟，愚蠢和天真，顽固和正直，鲁莽和直爽，狡猾与智慧……很多词语，界限似乎已经很模糊。

人性喜欢天真又害怕天真，说真话看起来很天真，但现实中天真却极易受伤，所以人们又在生活中删去了部分真话，就是为了害怕被别人看破天真。

对于生活中的人和事物，不仰视、不俯视、不斜视、不弱视，只平视，学会适度示强和示弱，是为了适应生活那喜怒无常的脾气。

亚里士多德说："闲暇出智慧。"闲是很多人的理想，也是很多人的恐惧，其实毫无闲暇的人生才是令人恐惧的，它剥夺了人思考和感受自我生命的机会。

人要有自知之明，放不下架子会让自己失去很多机会。不要总以为自己独一无二，其实生活中有很多比你更精彩的人。

机会曾经来过，只是它化了装，它混在人群里旁观你的生活，只是你没有认出来。或许这是因为我们在面对内心的时候，常常只关注自己的感受，却忽略了与周遭环境的联系。所以，识别和抓住机会，需要心在专注中善用余光。

人们总是被自己的假想敌打倒，因为那都是自己的假想，所以人常常被自己打倒。不要只认为自己觉得自己重要就行，让人感到你很重要更是一种生存之道。

痛苦是因为被可怕的或者不切实际的念头和欲望折磨，或者被迫做着自己不愿意做的事。不要轻易向他人诉苦，因为别人也有自己的苦。个体生命的坚强，最基本的一点，就是尽量不要让自己一个人的伤，引起其他人的痛。

每个人都有旁人难以理解的隐痛，如果别人不说，不要试图去安慰别人，不要贸然走进别人的精神领地，那里，盛放着别人不想示人的眼泪。

不是所有的正确都令人愉悦,有一些正确充满着冷漠;不是所有的错误都让人厌恶。弄拙成巧的美,也能给人带来灵感和惊喜。

生活中有突如其来的不幸,也就有突如其来的惊喜,有时候把自己放入最糟糕的假想,竟会奇怪地油然而生更多幸福。

人生要立体,就要学会在常态和非常态中穿越。生活熟悉区的边缘是寂寞的、危险的,甚至锋利的,有时候,要敢于走到边缘,这样才可以丈量整个世界,看到人生更瑰丽的风景。

故事的故事

有人说，童话一生要读两次：一次是甜蜜梦幻，一次是人间清醒。我小时候读过很多童话书，以至于对生活产生过好些不切实际的甜蜜幻想，又在幻想中不幸发现了一些让人陡然清醒的残酷。长大以后读罗尔德·达尔的童话，才知道成人世界也可以有童话，只不过是另类暗黑童话，在这些童话里不再有单调的甜蜜，而是有着成人世界里伪装成幻想的复杂。

而今，我带着刚刚挣脱迷惘的清醒，重新咂摸着昔日梦幻，竟也偶尔找到一丝回甜。我现在仍然喜欢看动画片，可能是因为我看腻了成人的表演，想再看看"童年玩伴"们现在的生活。或许就像相声里所说，发福后变成狮子头的樱桃小丸子、开澡堂的葫芦娃、搞货运的擎天柱、长成阿凡达的蓝精灵……比起童年，它们的人生因压力已变得面目全非。从成人视角再看童话，总能找到不同的感受，把世界看成卡通，是不是更容易找到快乐？或许有时候，绕开清醒和理智，才是重回快乐之境的羊肠小路。

以前看《喜羊羊和灰太狼》，感慨这世道越来越多像灰太狼一样认真而倒霉的男人，红太狼一样跋扈而幸运的女人；又为灰太狼的意志所感动,即使被红太狼抱怨不如其他狼混得好,即使被无数只平底锅砸得鼻青脸肿,即使命运常常把它一脚踢飞,半空中仍会飘回它坚定的呐喊:"我还会回来的!"

另外,小灰灰身为狼族宝贝,把羊的地位看得比亲爹还重,这吃里爬外的家伙,让灰太狼情何以堪。这就像《哪吒之魔童降世》里黑化的哪吒,比应有的可爱更多出了非凡的个性,而善良的本性倒是没有根本改变。

如果羊只是温顺,狼只是凶残,大人无所不能,娃儿只会呆萌,是不是显得很老套单调?人性是复杂的,兽性也是,只是我们喜欢给很多事物早早地贴上主观的标签,又习惯按照标签的索引,去翻阅和理解各种版本的人生。

我发现了数羊助眠的新作用,晚上睡不着数羊时,不再数一只羊两只羊三只羊,而是数"喜羊羊、美羊羊、沸羊羊、暖羊羊、花羊羊……"一般数到羊村村长慢羊羊的时候,我就睡着了,甚至都不用数到第一任软绵绵。

以前以为数字是个无底的黑洞,或只是催眠的道具,而今才发现数字是有生命的,原来它也不甘自己枯燥的身世,希望有一次浪漫的际遇。

至于《大头儿子和小头爸爸》,我觉得不太妥帖,应该叫大头爸爸和小头儿子,因为在现实生活中,经常感到头大的是爸爸。不过小头的儿子,迟早也会变成大头的爸爸。

宫崎骏系列动画片,画得实在是美,色彩不刺眼,自然舒服,不靠感官刺激人,但又能通过感官混入内心。它是文字以外另一种精美的叙事,狸猫、灵兽、龙猫等极具东方文化色彩的形象令人印象深刻,以至于去重庆洪崖洞旅游的游客,都有了一种要去汤婆婆油屋搓澡的神秘和兴奋。

《精灵旅社》里的吸血鬼德古拉,在善良中努力维护妖怪的世界,这又是一个以爱为主题的故事,妖怪与人类,本身就没有根本差别,爱,可以是多个相同或对应的世界融合在一起通用的语言。

我买了好些法漫、日漫和美漫,比如《睡魔》《法国往事》《梦之囚徒》《沼泽怪物》和《灯塔》等等,作为一个人高马大的男人,晚上偷偷躲在书房里看漫画,传出去多少有点被人瞧不起。怪不得翻了好多页,书上那些卡通人物都不屑和我对视。它们沉浸于自己的故事,仿佛与我的奇怪并无关联。

重点要说的是唐僧,这是人们喜欢聊的话题。

乱翻电视,一小妖正气喘吁吁地汇报:"报告大王!山前发现唐僧!"

妖王大喜:"孩儿们,随我下山捉拿唐僧!"

我也大喜:"唐僧肉!没吃过啊!"

小妖欢舞雀跃,它不知道捉唐僧干啥用,长生不老只是大王意图,而捉唐僧,才是它的快乐使命……

我亦欢欣鼓舞,只是想表达想尝新的心情。

电视里的唐僧,依然不紧不慢地骑着白马走路,他知道他的使命是取经,而不是卖肉,他坚定地认为取经光荣!吃肉可耻!卖肉犯法!

我觉得,即使他知道我和妖王此刻的想法,也丝毫不会理会我们眼神里的异变。

妖精和唐僧,相爱相杀,没有遇到妖精的唐僧是默默无闻的唐僧,没有捉到唐僧的妖精,是失败的妖精。它们既和谐又矛盾,就像美女与野兽，汤姆与杰瑞，喜羊羊与灰太狼。至于悟空和妖精是另一种"亲密"的关系，悟空挡在愚善和阳谋之间，重要的妖精打三遍。

我对唐僧的兴趣其实是对唐僧肉的兴趣，我对妖精的喜爱却是对妖精灵魂的喜爱。我觉得妖比人更灵动，更有创造力。有次和朋友谈论妖和鬼的区别，朋友说，妖更好看，没死过。所以我觉得唐僧是幸运的，他没有被难看的鬼撑，而是被灵动的妖追。

有很多妖我不认识，但我知道妖越老越有资历。妖精也是外貌协会的，唐僧要是长得不白，不嫩，油腻，衣品不好，走路驼背，不好看，它也不会想吃。

我觉得妖是优雅的，它们不会直接扑上去撕咬，吃相那么难看，而是决定把唐僧捉回来，自己耳朵里塞上耳机，放个舒缓的轻音乐，清水洗三遍，烧柏枝柴火，上笼屉清蒸，以保持原味和营养。是呀，那白白生生的唐僧在蒸笼里冒着袅袅白气的样子，着实是鲜美欲滴。

爱美食的妖，有办法把唐僧肉烹成一盘好菜，爱生活的我，有义务把唐僧肉变成一首诗歌。我想参照苏东坡写《猪肉颂》一样，创作一首《唐僧肉颂》，因为唐僧肉才是肉食者的终极理想，我和妖一样，对此充满了迷恋和向往。

一千零二夜，故事继续。

现在街上汽车人越来越多了，看来擎天柱迟早会赢了霸天虎。在北京环球影城，霸天虎已变身为"话痨"，正天天站在台上和人类互怼，并忙着跟它所"讨厌"的人类合影赚钱。

其实那些奇幻故事都只是人们编织的想象，美好和丑恶的战斗，只是现实在故事里夸大了的映射。而今有很多故事里的角色在现实里错乱,我不知道世界之大,哪里才放得下一个安静的故事,能让它有一个平静的结尾,让那些甜蜜的梦幻,能在人间清清楚楚地实现。

喜欢上下班时用车载音响听故事,感觉现在的故事没小时候奶奶讲得好听。那时候的故事比较简单纯朴,有着人们对人间善恶共同的态度和理解。或许是现在,那些写故事的、讲故事的和听故事的人,心境都有了更复杂的玩味。

魔术实现了人类无所不能的梦想,但人生不是魔术,故而人生故事大都真实平淡。不要害怕人生的平淡,平淡的真实也是一种所得,那些故事的故事,正发生在我们看似平凡的人生中间。

那些弄碎的生活倒影

　　如果生活是一面大湖，它不会有平静的时候。阳光喜欢来照镜子，风儿喜欢来打水漂，思想在湖上逡巡，湖水轻漾，一池碎金。

　　时光在湖面闪烁，给人以宁静温和的假象，宁静不一定致远，时间不等于自由，随心所欲的自由不能成就一个人，自由，更可能让自由受伤。

　　人要有独立的思想和人格，不管美不美，至少要真实。

　　信仰是力量之源。人心需要存放，所以应该有信仰，总有一些东西，值得你一生坚守。

　　人都需要荣耀，但荣耀不是虚荣，炫耀是一种虚弱的表现。对于物质，你要有能力支配它，但是别被它支配。

　　良心和责任有时让我们付出很多，它们能带来心湖的平静，可以让我们辛辛苦苦而又踏踏实实地走向幸福。

　　男人要分清楚自己的光环是权力和财富带来的衍生物，还是你自身的光华；女人要努力透过外表走进内心。气质和内涵相伴，内涵是历久弥醇的暗香，那就是平和、不屈、独立、包容和严谨。

我们容易忽略的往往是最不可或缺的东西，比如空气，所以很少人留意呼吸对生命的意义。

一成不变的东西不存在，当你说一个人变了的时候，其实也许没变，变得也许是你自己，因为我们最难发现的，就是自己的变化。人可以改变，但不要面目全非，至少要保持恒定的品行和人性。

一劳永逸的事情也不存在，我们要规划未来，但不要沉溺于未来而忽视当下。生活总是那么拥挤，但又值得我们去沉淀。

勤劳是一种智慧，但勤奋的脚步并不能完全踏入天赋描绘的境界，天赋有天赋自己的盛景。

不是每个人都敢休闲，有时候休闲也需要自信。自信源于你是一个敢于放下，又不会患得患失的人。

习惯了失去，就会有更好的心态来面对生活的不幸。借口，只能获得短暂的心理安慰，并不能改变任何结局。

如果经历是一种财富，那么这世上就没有失败和贫穷。无数个小确幸，竟也能穿成有光泽的链子，挂在人生的脖子上，别人并不觉得它值钱，但只有自己才清楚它的价值。

经要念到死才管用，自己的经要自己念，自己念经叫修行，人家给你念经叫超度；悲观与超脱，只有一步之遥。

把钱寄存于个人手里是不明智的，应该存在银行。思想和精神如是，不能够依附他人，而应该寄存于天地，内化于灵魂。

关怀和爱，也不能通行无阻，世上也有少数关怀和爱，会像夏日的棉袄和冬日的蒲扇一样，不合时宜。

活就是哲学，我坚信命不是算出来的，是活出来的。生活需要目标，但我们不全是为了目标而生活。

平衡，是一种智慧和幸福，平和，也不会寡淡和无为；有的事情再累也不会觉得辛苦，因为它带着自己赋予的意义。

好看的命运都似芭蕾，在动态和未知中，踮着脚尖踩好平衡。而那些坚持信念走独木桥的人，说不定有朝一日能成为生活的平衡木冠军。

我在湖面上捕捞人生破碎的智慧，又顺手洒下了几尾思想的鱼苗……

从健康通往幸福

能自己走路，想去哪儿去哪儿，能自己吃东西，想吃啥吃啥，能听能看能说，身心能自由，这就是幸福，而幸福的源头，在于健康。叔本华说："健康胜于其他任何幸福。"

现代人对健康问题的重视，已超越了防火防盗防诈骗。一是说明生活水平高了，人们更加珍爱生命，所以健康意识也提高了，二是说明健康可能真成了一个现实的问题。

或许是一些人欲望太多，竞争激烈，所以生活压力大，从而带来了健康问题，对健康的过分担忧又带来了新的压力。这样的怪圈不断叠加重复，让人难以自解。

每年的体检就像一场高考，考试的时候惴惴不安，等结果的过程提心吊胆，开成绩时心惊肉跳；暂时过关了的欣喜之余仍有顾虑，没过关的赌咒发誓余生要做好"八戒"。生命变成了指标的奴隶，人人都想让身体安全地活在某个指定的数值范围里。

生活中仿佛处处是雷，吃啥不吃啥，首先成了人们纠结的难题。能吃的东西越来越少，不能吃的东西越来越多。医生给人的警示，往往都是从不吃什么开始说起，如果医生直接跟你说你想吃啥就吃啥，你反而会胆战心惊，瞎猜他的言外之意。

锻炼的人越来越多，这是一个进步，但对一些人来说也是自相矛盾的怪圈。锻炼就是为了消耗，很多人都因摄入过多而烦恼。

三月不减肥，五月徒伤悲，现在减肥成了男女的主要话题，很多人常常上秤过磅，每天为二两肉的得失悲喜。

锻炼的方式千奇百怪，跑步瑜伽狮子吼，顿足捶胸水上漂。滨江路上，一到晚饭后就有人在那里散步、跳舞、抽陀螺和撞树。

朋友圈里，人们晒着每天走路的步数，现在连走路都成了一种时尚的人生追求，这让动物情何以堪？它们会认为人类是多么无聊和"凡尔赛"，这是还在炫耀直立行走吗？或又幸灾乐祸地认为人类比起它们，已没有剩下多少功能。

周末去公园爬山散步，碰见好多熟人，或走或跑或坐或立，浅浅地打个招呼，又各自忙去，看得出，大家都想有更长的寿命用来跑更多的步。据说理论上人是可以活到150岁的，只是环境影响和健康管理的不到位，才缩短了近一半的寿命。加油吧，希望大家真的能跑100多年。

管住嘴，迈开腿，是人们共同的口号，但吃和练，永远是矛盾的主体。很多人重复着不吃难受、吃了后悔，吃了练、练了减、减了吃、吃了练，或者边吃边练、边减边吃的循环，这魔咒不可打破，仿佛永远处于纠结的过程，从来不会有肯定的答案。

还有一些人毅然开始吃素，或者不吃不练，入定虚空。他们大都身材瘦削，眼睛里满是平和不屑。不要以为他们有什么非凡的信仰，其实他们就是胃饿小了后单纯的不饿。

有人做过调查，百岁老人中，有经常锻炼的，也有从不锻炼的；有不抽烟不喝酒的，也有既抽烟又喝酒的，说明了个体差异，人的健康最重要的，是要找到自己身体的某种规律和平衡。当然，抽烟喝酒并不是什么好事，健康还是要从拒绝恶习开始。

季羡林活了近百岁，他的养生之道是："不挑食，不嘀咕，不锻炼。"

弃医从文的冯唐，提出的口号是："不着急，不害怕，不要脸。"

我支持"不挑食"，我决定"不要脸"。"不挑食"，可以广汲营养，关键是不被吃啥不吃啥限制，心理上也就没有了负担；"不要脸"，则能够让人面对生活压力无所畏惧，保持皮糙肉厚的心态，从而有利于健康。

这说明了心态的重要，上升到了心理的层面。其实健康分为身体健康和心理健康两个方面，心理健康往往会影响身体健康，身体出问题，又会加剧心理问题。

心累，身体才累。对身体过分地担忧反而会增加罹患疾病的概率，过度紧张或过度放纵都无益于身心健康。

敏锐性是一种能力，但应该学会取舍，对所有事情都过于敏感，明察秋毫或睚眦必报不是好事，有时需要培养钝感力，这"迟钝的力量"，可以抵挡任何尖锐事物的偷袭，并在坚定的专注中保持平和快乐的心境。据说耳聋的人长寿，或许就是过滤掉了生活中影响情绪的杂音。

培根说："身体乃是灵魂的客厅，有病的身体则是灵魂的禁闭室。"

社会难以完全公平，这是由社会的复杂性决定的，而在生命面前，却能真正做到疾病面前人人平等。

医院是人生终极道理的大讲堂，让人懂得生命的珍贵，亲情的价值，得失的意义。人得了病，会感觉自己是世上最不幸的人，到了医院，才陡然发现还有那么多人跟你有一样的不幸。或许，我们的生命都是平等的，就如很多人穿过疾病，平等地站在死亡面前。

人人都会生病，病站在生死之间偏靠生的位置，以一种悖论的方式存在，它只是以一种邪恶的方式，为人们敲响善意的警钟。我们要做的，就是要重视它的警告，及时管理好自己的身体，并阻碍它右移的脚步。

由于害怕疾病，人们放大了养生的作用，社会上各种"专家"指手画脚，各种养生观泛滥成灾，有的耸人听闻，有的相互矛盾，有一些人自以为是或受人蛊惑，做着为了健康而损害健康的傻事。

人生最重要的，是健康和自由，那些灵魂曾经关过禁闭的人，最懂得它们的珍贵。那么，大家都到客厅里来吧！健康是通往自由的保障，自由才是终极的幸福。

我希望在"不要脸"的世界，永远健康快乐。

节日是一种无法变现的心情

新年,希望一切都是新的开始。其实每个人都在这样想,即使脚还踩在昨日的泥淖之中。

每到这个时刻,人们会把自己的心情打扮成软萌的样子,歪着头,说几句祝福的好话,然后击鼓传花,把这些话在微信上粘过来贴过去,似乎其情也悠悠其乐也融融。心底下却在暗自感伤一年的辛苦,咒骂着该死的命运,咬牙切齿恨不得把昨日嚼碎了重来。至今都不敢相信,兵荒马乱的一年,就这样草草收场啦?

每当这个时刻,我都不知道该怎样送别旧年,既想赶紧逃离,也有万般不舍,时光给我收获的同时,也会同时安排失去。总结盘点没有意义,人们想表达的,不过只是站在这个跨年节点上一种暂时的心情,仿佛一切都可以在今天消失,一切又可以在明天重来。

可以翻篇了,那些曾经新鲜的欢乐和悲伤都成了过往的感受,大都没留下痕迹,只有少数撵都撵不走的东西,自愿留下来自怨自艾、刻骨铭心。

一年战至终章,征衣未洗,号角已催。年底年初,总结过往,放飞希冀，对人们来说是一个感性的时刻，但理性的时间不会片刻停留，那就继续赶路吧。

过了今天，脚一滑，就刺溜到了来年，各种旧事情又潮涌而至，成为你新的问题，这些事情毫无仪式感，甚至连过去的衣服都不愿换一件。今天大家互致问候，互道珍重，是因为内心都知道未来仍将不易。祈祷是最鸡肋的东西，但如果这时候没有一点愿望，又像是错失了一次抽奖的机会。

我希望这一年的最后一天，有着美丽的冬日暖阳，午饭后可以在阳台上晒着太阳睡午觉，空气清新，梦暖暖的，阳光透过竹隙洒落，一身碎金。醒来时，厚棉睡衣上全是阳光的味道，即使不好意思把屁股也拿出来晒晒，至少脸也是幸福的，可以自由享受阳光的抚摸。我希望这一年，就这样，温暖简单地飘过，对于前面后面，昨天明天，啥也不要去想。

放飞是快乐的，也是短暂的，风筝线却一直牢牢握在命运的手心，拉拽着我们进入新年。其实一步一步地跋涉，才是所有生命的常态，所以节日无非是一种无法变现的心情。

即使没有钟声，新年依然会如约而至，手里紧攥着一本新书。这又是一本365页的书，今天刚翻开第一页，其实，书里有什么，答案可能在最后一页。不要以为你就是那个作者，那个作者名叫命运，也不要以为你就是那个读者，那个读者名叫时间。你只是书中的人物，扮演着自己的角色。这本书可以有着很多种结尾，所以，不要去做别人人生的观众，也不必相信宿命到只会等待，努力吧，做好你自己人生的主演。

眨眼进了二月，日子像高铁一样，带着我们呼啸着直奔春节而去，也不管我们买没买票。整个中国大地，又是一场盛大的迁徙，人们像鲑鱼、海龟、灰鲸、角马、大雁一样，不顾一切长途跋涉，只为了满足生命中与生俱来的某种情感的饥饿感。不管路上是不是还结着冰，反正心里早已弥散开温暖和期待。

亲情越用越多，不用越来越少。这是一个属于亲情的节日，也是最接近儿时记忆的节日，忙碌的人们，终于可以在这几天卸下社会的甲胄，返身扑回故乡和童年的怀里，大口呼吸着因日渐稀薄而更显珍贵的家的气息，回归有血有肉的真情本性。

年关，每年都有特殊的氛围，但渐渐淡去了吃喝的意义，却保持着模糊的向往。究竟向往些什么，越来越说不清，但觉得总归是一种隐隐约约美好的东西。

新年总是与希望伴生。每个人都是风尘仆仆的旧人，每个人又都得到了一枚崭新的新年徽章。当奔波暂时停顿下来，聒噪的命运，仿佛才有了片刻的安静。

外面的鞭炮焰火一顿狂轰滥炸之后，渐渐归于"冷枪"，春节联欢晚会也在尬笑中胜利闭幕了。我睡不着，打开电脑去我的树洞屋，想在日记里写几句心里话。

这时隔壁电视换台，传来了《邪不胜正》里朱潜龙和蓝青峰的对话：

"正经人谁写日记呢？你写吗？"

"我不写，你写吗？"

"我不写，写出来的能叫心里话？下贱！"

我弱弱地辩解一句，我写日记只是想说说感受，存在网上，并不是想故意晒到网上招谁惹谁，所以，大家可以假装没看见我的"下贱"，谢谢！

新年到了，这个时候，人们往往喜欢把人生中所有的注意事项重新翻看一遍，感觉又懂了一遍，又得到了一遍激励，于是决定重新启程。希望的晨曦还没升起，还未落到没洗的脸上，各种愿望早已像红包一样在空中飞来飞去，其实都是些人生的零钱。所以，靠愿望的红包发财发达本身就是一个不可能成功的主意，娱乐精神并不能改变本质规律，我们还是必须脚踏实地走路，勤勤恳恳地挣钱。

新年开始，基本没有什么仪式，有的连许愿之类的事都没来得及做完，就一头又扎进了生活的浑水。在这个日子，唯一的不同，就是可以浮上来换口气，并顺便朝前面瞟上一眼。

春节期间是各种关系集中发酵的时间，整个社会就像一个巨大的泡菜坛子，加了好些酒，让它们在里面发酵和反应。

春节呼啸而过，慵懒的日子里，大脑也随着身体慵懒，变得迟钝。

假日要结束了，憨吃傻胀、毫无规律的日子就要结束，生活将重回2014年春晚上小彩旗那种单调的旋转式，很多人仍站在人生舞台的角落继续旋转，并寻找旋转的意义。

"走起！"仿佛是长假的作业，明知到处都是人，要挤要等还要钱，但不出去一趟觉得似乎没过节。走近了没面子，走远了伤不起，开车很累，挤车更累，还好有拍照的爱好，支撑着我飘摇的信念。

平时不爱出去凑热闹，但有一次大意了，稀里糊涂开车去了金佛山，果然落入陷阱。一路堵车，然后各种排队，肚子疼得厉害，顺着没完没了的迷宫栏杆折来折去，贪吃蛇一样，尾巴越拖越长，电视台的无人机在头上嗡嗡地笑着，记录着假日旅游经济的火爆。排了两个多小时上山，上了个厕所，啥也没玩，然后又排一个多小时下来。记得以前曾来过两次，我为什么还要来呢？

看雪？也没雪啊？雪又有什么呢？没见过？咱这冰冻智商，千万不能让北方人知道。这趟旅行，唯一的收获似乎是开车去远方排队上了个厕所，难道我自己家里没卫生间吗？于是我有了几点振聋发聩的感触："很多人都想去做天边撒尿的悟空，最后却只到了服务区的厕所""旅游就是到各种陌生的厕所方便……"

回家后赌咒发誓过节绝不再出去，这个誓言菩萨其实已收到了很多种方言的版本，但菩萨一点都不信，一并在做退单处理。

旅行的故事很多，除了尴尬忙乱，也有所见所得。旅行是假日里心情的一种固定仪式，路上，始终也有着跟平时不一样的快乐。

但拉长到人生的长度，寄情山水是假日的意义，并不是人生的意义。

从心灵层面，旅游是没有深度的出行，流浪才是有深度的行走。所以，节日只是一个小小的驿站，流浪的心始终在外头。

自然之魂

——我不说话,是因为我想拥有和你们一样的真诚

让大自然说吧

因为我发现山在说话、水在说话、树在说话……所以，我不想多说话，就让大自然自己说吧。

大自然只以素面示人，它的美丽、温蔼、阴郁和暴戾，都直接写在脸上。

大自然拥有极高的智商，能够自配资源，运用规律，维持万物生态平衡；但它似乎没有好的情商，不然，为什么天气总想控制人的情绪，心情好时风和日丽，脾气来了暴风骤雨。

天会砸坏地，火想变为冰，万物都按自己的规律运行，它们相互制衡和关联，但心底却也有自己的想法。所以要理解和尊重自然所有的现象，即使是特殊的和极端的部分，也自有因果。

夜很浓，白天很淡，大自然老谋深算，又淡心寡肠。

山都是有顶的，而深渊则可以是无底的，山是大自然嗅天的鼻尖，深渊是大自然难测的心思。

天总在你头顶，不管飞多久，你也触摸不到天顶。但要真正认识天空，必须超越浮云。

天空比黑夜更包容吗？只是侧重不同。黑夜包容我们的过失，而天空给了我们那么多想象。

大海不言，心自宽广。海洋比陆地大一倍多，人却生活在陆地上，那谁才该是地球的主人？海是大自然胸怀的浪漫，我们即使生活在陆地，也要有一颗看海的心。

湖能承受雨泉之意，海能承载江河之托，江河永恒的生命力，都来源于细水长流。江水每天都在面前流过，不必计较它带走了什么，它带走的，海里都有。

阳光是自然和人类之间的一种最重要的社交语言，它是大自然最无私的馈赠，也是生命交融互换能量的载体，那些生长的故事，都带有阳光的味道。

最美的光线是阳光，它在照亮世界的同时，也给平凡的希望镀上了和平的金色，阳光甚至可以给乌云镶上金边，让你的苦难显得不那么晦暗难看。

有时候，不管人生遇到了怎样的寒意，其实阳光和生活始终隔着一层薄纱，能轻松撩开薄纱的，是爱和信任。

冬日才知阳光的温柔，那些酷日骄阳，不过是大自然无处安放的激情。

太阳与万物生灵有着最重要的关系，我曾看到日全食那天，其他动物都刚刚起床又回去睡觉了，只有司晨的公鸡，徘徊在窝前，对忽明忽暗的天空满腹狐疑，倍加警惕。

日全食又给了我一些哲学的启示——黑夜也是可以造假的；太阳是遮不住的；我们现在张狂到拿太阳当猴戏看，哪天它真灭了，我们会连月亮都丢了。

天气阴阴晴晴，反复不定。衣服忽薄忽厚，增减自知。衣服，是人们对环境的一种迎合形式，却也是对天气的对抗方式。

雾是写意的淡墨，它以似是而非的哲学展示存在，将平淡的真相变得神秘，又以朦胧的温情，给人以空洞的安全感，又在模糊的自由中包容着清晰的想象。其实雾是一种文化现象，它弥散旷野之息，也濡染传统之心。

没有雨不够浪漫，雨多了就有了惆怅。雨是哺育人类的乳汁，给了精神太多的滋育。

下雨是大自然对人类的调情，阳光的视线被雨帘隔开，生命多了私密，那些雨丝般的情愫，在雨雾烟霭中滋生，优雅、性感而坦诚。

那些雷雨，竟也如此亲切，我发现了它暴怒中的善意，银河决堤，雨流飞泻。突然想起自己以前写的诗《雨神的天空》中的一句："去吧／不管是浪漫、奔腾或流浪／我赐你们自由！"

好大的风，刮得人心悸，此刻只有自然的暴怒，不允许任何反驳，一切都在风里蜷缩着等待，只有树木在毫无意义地挣扎……我希望风把夜吹跑，让我看看天空苍凉的底色。

季节，不过是大自然的生命轮回。

在季节里，我想把春天过得蓬勃，把夏天过得惬意，把秋天过得充盈，把冬天过得温暖。

这还是过去那些春天吗？我觉得无甚区别，其实对春天的认知，人不及一只认识很多花朵的蜜蜂。我想做一个温暖的春行者，和大自然一样，拥有一段和颜悦色的情感和温暖喜悦的心情。

人生之夏，一切欲望无处遁形，身体被炙烤，灵魂被拷问，但愿你人前的浓妆，经得起汗水的擦洗。

我并无悲秋之意，谁予我伤别之情，那些落叶的感怀，不过是生命偶尔的抒情，而那些金色的收获，填补了人生空洞的呻吟。

我想让寒冬成为温暖的背景，我懂得北方飘雪的寂寞和美丽，也欣赏南国千湖的清冽和冷静，冷比热更清晰。更适合人思考，让人的灵魂保持清醒。

万事万物都有着自身特定的气质。我觉得，美的本质就是精神的自由，而大自然最具有自由的气质。人的自由是这个世上最珍贵的东西，微弱得难以捕捉，美好得难以言表。而自然的自由则是强大无疆的，连人类都是它可以随意取舍的部分。

离开大自然太久，人会失去灵气。人是天地之间的生灵，自由的方式，无非是行走和思想。大自然提供了足够大的场地，包容着生命的脚步和超越生命的精神流浪。

风花雪月的感受，不过是生命行走中自然现象在内心的映射。而有思想的人，只是大自然里"一株会思考的苇草"。

离群体近了，害怕拥挤同化，离群体远了，又觉得风中孤独，所以，有时候人才会把思想囚于暗室，或偷偷探出自然之外，愈加虚无缥缈，无根无垠。所以，做到真正的自由不容易，这个不是大自然的问题，而是因为我们缺乏安全感，而习惯了思想的自缚或逃避。

清风无渡，明月何来？风光无限好，岁月有余闲。感怀生命不如没心没肺地拥抱自然。生命中最值得的，是自然的呼吸，感谢微风，带给我旷野之息。

地球上物种有多少种，科学家还没有数清楚。记得有次团队坐车出门，领队清点人数时，总是少了一个人，结果是忘了数自己。我半开玩笑友情提示他："别忘了你自己也是人。"是的，人常常会把注意力放在外物身上，却常常看不到自己。所以，我们也是地球的某一物种，我们在旁观他物的时候，也别忘了审视自己。

人类来自自然，但一些人的所作所为却背叛了自然，他们常常只顾自己的方便和快乐，毫不理会大自然的感受。其实人类呼出的一直是废气，所以，人类欠地球很多，控制碳排放，是人类的救赎，也是万物未来生存的需要。

不知什么时候起，大自然变为了墙上的油画。

不管是文艺复兴时期艺术与科学的结合，还是后来印象派对瞬间光色的捕捉，大自然以艺术美的形态出现在墙上，又在画外以无奈与愤怒展示着现实的疲态。

我们对自然充满了热爱和畏惧。自然法则是最大的潜规则，不言不语，又法不容情。

我喜欢那些大自然里的事物，它们总有那么多朴素的情节，让人展开想象：老天爷抓了一大把种子去造城，半路上不小心从指缝里滑落了几粒，山坳里便长出了星星点点的人家。农民是自然的长子，他们最懂得生长的意义，而城市却是一个早晨听不到鸡叫的地方，只是自然和社会的"城乡接合部"。所以对于大自然母亲的心意和脾气，长子更心知肚明。

大多数人的生命最终成了一片静止的风景，只有少数人成了气候。那些成了风景的人，生命与自然的关系还比较肤浅，而那些成了气候的人，一定懂得人与自然和谐共通的天道。

大自然一直在说话，说的不是它的记忆，而是它的预言。其实除了人，万事万物都有着自身特定的内涵和气质，我们都应做一个能听懂自然腹语的人。我们看到的自然以及心态的自然，都是人与世界的一种貌似和谐的表达与妥协。

我曾看过一部获奥斯卡最佳纪录片奖的《徒手攀岩》，亚里克斯·霍诺德只穿着一双登山鞋，腰后挂一小袋镁粉，历时3小时56分，徒手攀上了900余米高的伊尔酋长岩，陡峭的石壁上，每一个手指和脚趾的附着点，都是一次生死托付，那微小的摩擦力，承载着整个生命和梦想的全部重量。亚里克斯说："你直面恐惧，只因这是实现目标的必然要求，这就是勇士精神。"是呀，对于我这个贪生怕死的凡人俗物，全程看得我手指脚尖脑仁都在疼。壮士，你趁着死神上趟厕所，就这样骗过了死神，居然爬到死神的屋顶上看星星，我真佩服你！有人弹幕问："人与自然相比渺小得太多，为啥要去单挑它呢？"我弹幕帮他回答："面对强大的自然，总得有人站出来，说出人类的不屈！"

伽利略说："大自然这本书是用数学语言写成的。"我说："大自然这本书是用汉语言文字写成的。"每个人都喜欢从自己熟悉的角度去认知外物，其实大自然可以被翻译成各种它想要的语言，而我们的作用都微乎其微。作为生命的一分子，我们只是无关紧要而又坚韧不屈地维持着大自然的生态平衡。

有人在森林里造了一些不可思议的奇异屋，用各种材料，按照自己的想法进行设计和修建，与自然一体，与梦想融合，身心境合一。我喜欢这类个性的东西，创造的过程就是寻找内心的过程，寻找自我与世界关系的过程。这时生活成了一幅画板，可以自由地画上自己想要的场景。

原始不代表落后，而是一种坚守。不管我们有多少社会属性，自然属性才是我们的本源。返璞归真是人的终极需求，就像裸奔是生物的基本权利。

　　我常常向往裸奔,不是去世界杯球场上哗众取宠,而是抛开一切尘事俗念,在大自然的丛林里狂野。山洞、木屋、篝火……这些意象很遥远,又隐隐觉得有几分熟悉。

　　我并不想扯掉原始人身上的树叶,那是人家进化的标志。而我脱光生活的裸奔,又何尝不是一种精神的进化?

　　我突然发现,上帝正偷偷隐身在树丛中,腰间只围了两片芭蕉叶子……

动物们活得真诚

有人说:"关闭了灵魂,人就真的可以叫作动物了。"

这话听起来有点不对劲,好像我们以前不是动物似的。他的言下之意,又像是在说没有灵魂的人是猪是狗?但我们又怎么能说动物就没有灵魂呢?我们又没有认真看过它们的眼睛。

我认真看过它们的眼睛。我有好几本动物的摄影画册,《自然的影调》《神圣自然》《万物有灵》等,最让我触动的正是动物的眼睛。我从它们的眼神中看不到如我们眼底的迷惘,似乎只有超越我们的坦然、平和与认定。

每个动物都有一次"人生",我们却忽视了很多动物的情感。那些曾经亲密的动物伙伴还在大自然里生息,而我们却早已以人的名义,背叛了它们。

我们说自己是人的时候,显得那么高傲、自负和冷酷,仿佛自己就是大自然的主宰,万千生灵都应在我们脚下瑟缩臣服。但此时没有注意到的是,大自然看我们时那种嘲弄鄙夷的眼神。

有人说:"人为万物之灵,又为万物之贼。"动物炫耀的是牙齿,人类炫耀的是大脑。即使我们真的更有智慧,也别忘了自己也有撕肉的牙齿。

彼得·汉德克说:"自从了解了人,我就爱上了动物。"我爱上了动物,却因为我觉得自己并不了解人。

神奇动物在哪里?

我喜欢天空,更喜欢天空中的飞鸟,没有鸟的天空是贫血的天空;没有鸟,天空也会孤独。

而今生态好了,每天清晨四周到处都是鸟叫,叽叽喳喳絮絮叨叨吵成一片。我曾经买过一只画眉,从来不叫,我觉得它是对失去自由的无声抗议,出于负疚感,就把它放生了。再者,除了爱饶舌的鸟,真正的鸟都知道生命的意义是飞翔,我希望这只不想饶舌的画眉也能去天空寻找到它生命该有的意义。

我看见一个农家院墙外面,鸡在柑橘林里出没,门旁几只白鸽被关在笼子里,正冷冷地看着这些鸡。有梦想和激情的鸽子被关了起来,屈服于现实的鸡却有了"自由"。现实有时会用这种极端的方式,来混淆意义。

早起的鸟儿有虫吃,是因为虫儿起得更早。有人说鸟是害虫的天敌,但我觉得早起的虫儿也很无辜,害虫益虫只是人类站在私利角度的裁判,真实的生命本不该被人的主观意识干扰,很多生命总是息息相关,自有因果。

我们要爱护小鸟,别惹小鸟,搞不好,它可能就是那只会用弹弓石头砸你家房子的愤怒的小鸟。但又听人说:"哥爱的不是鸟,是自我。"我听懂了,这是一个向往像鸟一样自由飞翔的哥。

还有那些迁徙的鸟啊,多么令人感佩!它们不远万里地飞翔,只为了生存、越冬和繁殖,它们有着坚定的信念和方向,也有着让世人动容的故事:

在克罗地亚的一个小镇，一位老人收养了一只受伤的白鹳，取名玛琳娜。一只雄性白鹳阿克与玛琳娜相爱，很快便有了爱情的结晶。初冬的一天，阿克和小白鹳们按本能迁徙到了万里之遥的地方，只留下了由于残疾不能飞翔的玛琳娜独守鸟巢。第二年刚刚早春，阿克回来了，此后的十多年，阿克都做到了早春第一个回来，初冬最后一个离开。

2017年春天，阿克却都一直没见踪影，老人怀疑是迁徙途经黎巴嫩时被盗猎者所害，于是用阿克的羽毛，将两只白鹳的爱情故事写信寄给了黎巴嫩总统。总统深受感动，表示一定会完善法律阻止盗猎行为。黎巴嫩国内一片哗然，一时间这对白鹳情侣登上了各大新闻头版。

此时，阿克还没有回来，人们甚至在玛琳娜的鸟巢边架起了监控，在市中心的大屏幕上24小时播放，无数人守在电视机旁，或者天天在广场上昂头仰望，期待着奇迹的发生。但是阿克始终没回来。人们开始哭泣，甚至开始为阿克悼念。

直到有一天，奇迹出现了，伤痕累累的阿克拖着疲惫的身躯再次出现在了监控中，轻轻落在了玛琳娜的身边。广场上爆发了雷鸣般的掌声，激动的人们哭着相拥在了一起。满眼都是玛琳娜的阿克并不知道，它出现的那一刻，全世界都哭了。

感谢这两只白鹳，让人们可以更加坚定地相信爱情，有的爱情，仍然会至死不渝。

鱼有着不卑不亢的生活态度，它们知道，即使为他人所欲，鱼也长不出人们更想要的熊掌。它们不紧不慢，安静平和，对生活中的苦难，主动选择遗忘。这是一种对自己生命极其礼貌的生活方式，没有梦想，也就没有痛苦，即使偶尔有几秒钟的梦，也没有脱离生命之水。热带和亚热带海洋里时有飞鱼的身姿，它们的飞翔也无关梦想，只是遭到敌害攻击或受到轮船引擎震荡时保命的所需。

猫是动物界的巫师，有着一双魅惑的眼瞳，让人捉摸不透它的心思，它的媚叫又令人心神游离。正因为如此，很多人并不了解它是否具有真诚的品质。

我买了一条小木船放在朴园草坪上，船舱里养了六条红鱼，失踪了三条，后来终于破案了。黄昏时，但见一黑猫化装成艄公，端坐在船中间的横板上，静静地守着水面，见人来一惊，倏地逃了。听说黑猫是别人家的，生了很多只，也没人喂，就成了野猫，四处翻墙越货偷腥摸鱼。这时，自家黄猫踱过，悠闲慵懒，刚吃过主人给的猫粮，腹中饱满，自觉高黑猫一等。环境不同，生存压力不同，猫生也就不同。

想起小时候看的一部动画片，一群小老鼠昂首挺胸地准备去拔猫的胡子，边走边念叨："老鼠怕猫，这是谣传，一只小猫，有啥可怕？壮起鼠胆，把猫打翻，千古偏见，一定推翻！"我喜欢这几只有啥说啥勇敢真诚的小耗子，年轻气盛，敢于去拔强者的胡须。

在朴园，自从猫被狗赶走以后，狗就承担起了拿耗子的职责，而且对此业余爱好十分上心，此事对耗子伤害性不大，但侮辱性极强；有一次狗居然把一只耗子从楼底撵到了三楼我屋里，此事对于我侮辱性不大，但伤害性很强。

狗又咬死一只鸡，你说思想教育吧，它听不懂人话；罚款吧，它没钱；拘留吧，它白天本来就拴着的。遇到这种无知无畏的青皮，不好整！人与动物的差别，或许就在于纪律和道德。人有法律意识，狗却狗屁不懂。

动物似乎没有人虚荣，我想给狗拍照，狗不停地跑，就像是狗血里打了鸡血，拍照都不好拍，我可是用的最适合拍人像的85mm定焦镜头呢，你对得起我对你的拟人吗？

周日去城市周边农村瞎转，偶遇两只小狗，很单纯地跑过来摇尾蹭腿，老远处听主人在喊："滚滚儿！欢欢儿！回来！"欢欢儿听话地回去了，而滚滚儿屁颠屁颠地跟着我，一直送我到村口，然后才晃着小屁股回去了。我回望，竟有些不舍，有时候人和狗的关系，比人和人要直接和感性得多。

还有很多动物，都带着自身的命运和哲学。

豹知道伏下身才能更好地进攻，我欣赏它悄无声息的步态，让即将到来的残酷杀戮顷刻变得优雅，竟让人滋生出一种阴暗的期待。

我在石桌上写字，背后是一大片柠檬林。蓝花楹婆娑的枝叶，伸到了电脑前，指指点点。有一只蚂蚁爬到了电脑上，也许它想爬到网上，看看世界。

人应像老虎一样独行山林，还是像蚂蚁一样集体存在？我尊重简单得一如蚂蚁般的生命形态，它知道个体的拼搏，更懂得团队的意义。

思想的统一属于团队的意志，个体思想也有可能长出棱角。有一只小蚂蚁说："看不到尽头，还有什么意思？"鱼说："我在海里，也到不了海的尽头。"梦想与现实经常这样毫无意义地对话。于是，那只蚂蚁，依然会常常爬到小土丘上望向远方，不过，已不想多说什么。而那条鱼在八秒钟后，也忘记了自己刚才说过的话。

我们在网络世界成了一只只无法挣脱自身束缚的蜘蛛。

有只蝉停在路边柠檬树枝上,被我捉住。蝉用腹语说:"哑蝉老弟,自己人啊!"我猛醒,想起了自己的身份。我打入人类几十年,以前以为自己是在装虫,现在才发觉这是本能。感谢虫界没有放弃我,我为叛徒行为感到惭愧,我马上就把这个同志放了!

蜗牛的世界原来这么美丽!因为放大了很多细节,所以微世界是一个更大更生动的世界。蜗牛的壳是一种保护,还是一种负累,只有蜗牛自己知道。蜗牛从不看低自己,它觉得自己脱了马甲可以简称牛。从某种层面上讲,人其实是有壳的生物,那是人们为了保护自己套上的马甲,戴上的面具。

我还知道,蝴蝶效应里的蝴蝶无罪,那些遥远的风暴,并非它的主观故意,而是命运的故意设局。

如果天马来到地上,也有可能踩到鸡屎,因为这是一个充满生活气息的人间。再说,天马也是马,不要有那么多娇贵之气。

然而,人类也有残忍的一面,马戏团里的老虎在驯兽师左手鞭子右手铁棍的威逼下,因迎合人类而失去了真诚的凶猛,而多了虚伪的顺从,那不屈不甘却又无可奈何的眼神,让我心疼。

我很羡慕那些野生的动物,可以在大自然里自由裸奔,而人们从不会说它们发疯。这点跟人类相反,如果动物穿上了衣服,人类脱光了衣服,这才是发疯。

当动物有了欲望,也会争斗。我看见邻居曾把小狗的衣服给猫穿上,惹得它们打架。猫狗本无物欲,人却以己之欲施于猫狗,让猫狗也变得自利,其实,我更喜欢动物顺应天道赤裸着的本性。

曾几何时,"来自猩猩的你",早已面目全非。由于远离了自然属性，又被越来越多的社会属性所改变，现在的你，已让留守森林的亲戚们不敢相认。

在某些领域，人对动物的认知限已经有点儿混乱了，认知有时候看到企鹅只想到QQ，看到鸭子只想到新浪，看到木马只想起病毒，看到熊猫只想起黑客。

我又常因开会或电脑前久坐，感到腰酸背痛，这又让我开始怀疑直立是一种退化，趴着走会不会更稳当和舒服。

我们都在代表人类做事，伤害也好慈善也好，都是人类的自我纠结和进化，只是自私地拿别的生命做了试验品。人这种动物貌似很复杂，其实很简单，它也就是大自然中既强大又心虚，既自我设限又有些不甘，既有善心又施恶行的物种。

我热爱大自然多姿多彩的生命形态，我看到了动物们超越人类的"真诚"，这也让我感到了自己生命的趣味和价值。

我喜欢你们的歌声，理解你们的无言，我现在也是一只在生命的激情中保持沉默的蝉。

我不说话，是因为我想拥有和你们一样的真诚。

植物比动物更坚定隐忍

动物以猎为食,植物以静为养,生存方式不同而生存相同。

大自然包围着人类社会,所以人类的任何内卷挣扎都显得那么可笑。只有植物这样安静的生命,才似乎更懂得孕育、准备、盛开、凋落、转化、升华、孕育的轮回,而不会止步于某一个狭隘短暂的过程。

植物生长有一种特殊的魅力,那么缓慢,又那么直观,似乎让生命有了思考的空间,那些年轮,又让成长有了可见的刻度。

我常常惊叹于种子的发芽、生长,这样一个过程,就是希望从萌芽到实现的回放。

种的花发芽了,每天都在不断变化,一团一簇,盛开在不同的时候,这就是我想要的一窝一窝的幸福!

穿着橡胶裤,在朴园齐腰的池塘中种植蓝菖蒲、再力花、西伯利亚鸢尾、水竹等水生植物,期待一周后它们能突破水面,获得新生。到了夏日,荷叶撑天,欧月月季开始爬窗,铁线莲拉拉扯扯，鸡冠花无牵无挂，无尽夏期待着自己长生不老。冬瓜是瓜果中的哥斯拉，又白又大，有一个实在太大，吊着太辛苦，我还搬了个小凳子请它坐着长。

风吹草低，草叶深知低伏的好处，柔韧的生命更加适应生存的残酷。"野火烧不尽，春风吹又生"，在岁月更迭中，越是渺小的物种越接近永恒。

上街买了一株月季，是紫色和绿色两种叶子，有一朵紫色的花以及一些花蕾。花的盛开是生命的一次仪式，代表着美好和感恩；那些小野花是精灵般的植物，它们在苍茫的人生原野中，洒下了斑斑点点的幸福。

树一直站在原地，它们知道站立中宣示的精神和岁月中等待的意义。树直立的身姿，给了很多生命以启示和指引。

我见过挤破石头生长出来的黄葛树，那苍劲的虬枝，又反身把青石挤得破碎；千年不死、千年不倒、千年不腐的胡杨，即使是死亡残躯，也顽强如生；树也有着浪漫的情怀，每一片树叶的凋落，都是树委托叶寄往风中的自由之心。

一个城市、一座古刹、一围深院，有没有历史内涵，主要是看有没有几棵古树。让生命梦想延续的最好方式，就是种下一棵树，留下这次人生的线索。树知道你的秘密，也带着你的密钥，或许，如果有来世，转世的你，在某一刹那，会从树伸展的身形中，突感几分熟悉和亲切。

我知道，那些正直而虚心的竹，迟早会萌出更多春笋，那是最生机勃勃的力量，展示着一簇簇新生。

浮萍是快乐的，因为自由；浮萍是无助的，因为无根。人生中也会有状若浮萍的时候，但从流漂荡的身体，却驻有平静坚定的灵魂。

没有淤泥的肮脏，也就没有荷的高洁，荷知道如何在世俗泥淖中保持清心，生命中的一些品质，需要艰辛和苦难的反衬。

耕作是人类和自然相互尊重的共存方式。我热爱那些庄稼，那些朴实的庄稼，总是用温暖的眼神注视着你，满是平和的爱意。多么熟悉的眼神啊，又让人想起了母亲。

同为生命，植物比动物更坚定隐忍。我敬畏植物强大坚韧的生长力量，仿佛没有什么能够阻止植物的一次次萌芽，一次次生长，一次次摧折，一次次枯亡，一次次新生。

生命的故事，七分动人，三分酷烈，无处不在，数不胜数，和我们有交集的，皆属机缘。

有人似根，有人似藤，有人似草，有人似花，我希望有更多树一样站立的人。在一个峡谷里，我拍下古树下一个老人劳作的身影，整理照片时，发现他跟树有着一样的关节弯曲，据说人和树相处久了就会同化，人长得越来越像树，树长得越来越像人。或许只有老人，才能复刻出树木在岁月中饱经风雨的伤疤和年轮。

人和植物一样，需要一片自己的土地和空间，即使是人群的森林，也别让各自伸展的枝叶遮蔽了彼此的阳光，心灵才是那一块保护生命独立价值的肥沃土地。

人生无常，即使有时候我们只是经历了风摧的草，即使有时候心中的无奈会像一片掉不到底的落叶，我们也应该坚守植物一样的希望和初心。

就人生态度而言，发芽总比发霉好。那就做一粒种子吧，不要把思想种在花盆里,要把它撒在原野中,撒在某一个春雨之后的黎明。

就让那些生长,悄悄发生……

棉花是有涵养的事物

不知从什么时候起，我们的生命狠狠地深插在土地上，像锥子一样尖利。似乎不够发力，就无法立足；不够锐利，就无法生根。仿佛只有用这样大的力气，才能体现生命的果决，增加自己人生的底气。

后来我们经历了很多，才发现锐利并不能带来稳定，力量大小不是成败的关键，以柔克刚才是生活的智慧。比如棉花可以吸收力量，所以棉花反而更有力量。

或许很多人不知道，棉花的力量曾经影响了世界。我曾读过一本书《棉花帝国》，棉花产业的历史实际上与近代资本主义的历史紧密关联的，棉花曾是这个世界历史上最重要的一项产业，改变了整个世界的面貌。但我知道，这并不是棉花平凡的本意。

除了商业价值，我还是更喜欢棉花自带的诗意，我已忘记我是什么时候第一次看到棉花的了，或许是儿时看到大院里邻居请人来弹棉花，那随着"琴弦"在空中翩翩起舞的棉花，烟一样缭绕在空中，一团一簇，永久不散，就像生命的某种理想。它们又轻轻地落回摊开的生活，一片洁白和蓬松，即使后来被压实，也似乎保有着灵魂通畅的呼吸。

我渴望有一块棉田，来认识棉花的生长，靠近彼此的生命。我觉得棉花是有涵养的东西，值得我完全信赖。它有时会以自己的善良，提醒我们的人生为何苍凉，是因为我们僵直的生命，已经偏离棉花地太远，离温暖太远，离柔软的人心太远。

棉花有女人一样的温柔，它可以让男人飞得高高的梦想即使从天上摔落下来，也能软软地着陆；它愿意用单纯包裹复杂的伤口，予以慰藉，就像一个港湾，轻荡着柔和的暖流；它又像母亲一样，包容庇护我们的无知，在我们背后辛勤忙碌，想偷偷擦拭掉我们的失败和过错。

棉花试图以絮状的善良，填充世界单薄的寒衣；棉花包裹着人们的灵魂，宁愿自己承受命运的击打，也要保全好我们的心灵。

棉花一直想以自己洁白的品行，给更多的心灵带来纯洁；原来纯洁是一种蓬松的意态，让世俗无从着力。

我喜欢亲肤的棉质，就像棉花喜欢我的肌肤，我喜欢在新棉里裸睡，抚摸彼此的迷梦。

我把棉花轻拢于手心，就像自己的心被轻拢于棉花的怀抱。投入棉花的怀抱，又像把心交给了温暖的爱情。我希望不管遇到怎样的胜败，我的心都不要被那些欢乐或沮丧占据，我只想用最洁白、单纯和柔软的棉花，填充我灵魂所有的缺口和空洞。

棉花以温暖的方式，陪伴生老病死，以友好的态度，欣赏柴米油盐，棉花是生活中最真诚的艺术，它用无私的爱，让我们的生命不会单薄得只剩寒意，灵魂不会孤单得结满冰凌。

棉花是花吗？棉花的花语是缠绵、珍惜和纯洁，如说它是花却不鲜艳，只有恬淡的品行。它闻起来没有香气，历久了却有芬芳，那是棉花灵魂深处的暗香。

其实棉花只是果实，它是在以花的灵动，来展示果实的魅力，棉花在花与实之间的缠绵，使它具备了美丽和朴实的双重品格。

我不知道棉花是否会喜欢轻风，喜欢那可以带它远走高飞的爱情，棉花的性情似乎并不像蒲公英那么浪漫轻浮。它轻灵的生命，始终怀藏着土地厚重的使命，就像那些正直的麦子，一生都在追寻生长的意义。

或许，每一个有内涵的心灵，都有着这样一片棉田，是那一团一团洁白的火焰，照亮了生命的孤寒和荒芜……

深情难了，因为这片大地

当这个世界慌张凌乱时，我却感到了灵魂的安静。当这个世界寡廉薄义时，我遇见了生命的深情。

世界走得很远，喧嚣淡尽；生命变得很美，真实清新。

命运秉性乖张，暴戾恣睢；我本心性纯良，静水深流。

关上的是窗，打开的是门。锁上的是欲，摊开的是心。

退去的潮水，泛起浮光泡沫，带走了好多垃圾；大海仍在翻滚内卷，一刻不曾停息。

我想在空寂的滩涂留下孑行的脚印；我想抚摸沙滩，抚摸那初生的皮肤，多么娇嫩细腻。

丢弃思想，任它沉沦在繁华旧处；放归记忆，由它失散于寂寥空气。

我只想留下最干净的情感，用它编织一个纯美的黎明。

我洞悉春天的秘事，微笑愈加清澈，生命更具张力。

深情难了，因为这片大地。

不知从什么时候起，我们的梦蜷缩在一个个美丽的气泡中，随着轻风舒缓地上升，期待着在镀金的天空破壳。这高处的风景，带给我们遐想的无限，在云端，我们做着自己的神。

我们迷蒙的眼睛在钻石的辉映下闪闪发光，我们全身散发着香味，我们的一颦一笑都那么莞尔和优雅；我们在天空中播下梦的种子，并托着腮帮，等待它开出世上最美丽的花。

在等待中，我们的欲望和情感在空中飘荡，互换着幽蓝的能量，空气中挤满各种焦虑的期盼，仿佛人人都很快乐，人人都很忧郁。

不知从什么时候起，我们远离了大地，它至今仍在记忆的深处，用母亲一样慈祥的眼神凝望着我们。

大地生长着稻谷和大豆，江河流淌着乳汁，这些渐渐陌生的景象，能否唤起我们内心本能的吮吸，让我们的灵魂，回归大地温暖而安谧的子宫。

大地孕育新生，也接纳死亡。只有它懂得生命的真实过程和结果，那些流浪梦想的诱惑，那些回归心灵的旧伤，都是大地看多了的故事。大地用埋葬一片枯叶的方式，来祭祀生命，表达遗憾和宽恕。

为什么梦想总想脱离大地，去到虚无的天上？好像大地只是束缚，生活都是泥潭。

我们有没有认真善待过生活，而是把所有的磨难归咎于它，谁能了解生活的善意？它承担着所有人的压力，又在黑夜里偷放梦想逃亡。

我们有没有认真注视过大地，伏下身体，去倾听它的心语，就像我们常常会忽略母亲沉默的爱一样。

人来源于血肉，为什么最后又归于泥土？是因为土地的无私，还是人类的顿悟？为什么直到生命的终结，我们才愿意把身体伏向大地,为什么直到亲人离去,才想起还他们一个拥抱?

我们是否还能被那些朴素的生命感动,大地滋滋地生长着庄稼,躺倒在油菜花的怀抱里,这满目真实得可以触摸到呼吸的金黄,掩盖了黄金的浮光。

只有大地缄默不言,永远在最不引人注目的下面,支撑着我们的脚步,它包容着我们的淡漠、遗忘甚至背叛,永远那么宽容和慈祥,给予我们这些虚荣和自负的安泰,以最后的力量……

四季并非刻意的风景

　　大自然的四季更迭，并不是刻意展示给谁的风景，于它自己，只是呼吸，而于我们，却是恩典。大自然给人类的一次次机会，并不完全出于它的有意。

　　据说四季的产生，是源于45亿年前地球与孪生兄弟"忒伊亚"的碰撞，地球的地轴被撞歪了23.5度，阳光自北向南移动，才有了四季流转。

　　四季流转和生命流淌似有关联，又完全不同。四季流而可转，生命流中渐失。四季之间都有一段行程，而生命的时钟上刻着春夏秋冬四个点，每个生命都会这样转上很多圈，直到悄悄地在某个位置停下来。停下来的是生命，停不下来的是四季。

　　我们在季节或生命的轮回中，认真感知冷暖，而其他得失，也都是注定。

　　季节，仿佛都是从春天开始的，村上春树说："冬天总要为春天作序。"而我觉得，在别人认为的春天里，或许你内心却藏着寒意，在别人认为的冬天里，正孕育着花开的伏笔。所以，自己生命的四季，应由自己定义。但如果非得要说，还是习惯从春天说起。

春

写春天，是个最愚蠢的主意，因为写春天的人太多，春天已经被说得体无完肤；不写春天，是个愚蠢的人，因为四季之中，春天的脾气最好，不温不火，不急不躁。其他呢，夏火爆，秋阴郁，冬冷酷，谁都不好惹。

我去一个海拔一千米的山上居住，阳光不冷不热，花儿争奇斗艳。对面山上一团团的野樱花错过了，但是幸好没有错过春风浩荡。我和花花草草一起迎接春天，怀着和它们一样期待的心情。

春雨像一个使者，将生长的信息传递给万物。于是，周遭开始悄悄发生着新的故事，竖起耳朵，就可以听见它们窸窸窣窣欢快的低语。

深夜喜闻猫叫。来了！来了！春真的来了！春天有时竟会意外地以这样一种诙谐调侃的方式，来验明正身。

春光乍现，大地回暖，即使看不见冰融雪蚀，但仍然感到生命的苏醒，各种活力开始在空气中汇聚，欢快地交互。冬眠的动物都睡醒了，纷纷起来上了个厕所，又开始了新一轮生活。春天里，就连渐渐失落的寒冷，都带着不好意思的笑意。

脸上暖洋洋滑过的，不知道是什么讯息，心里喜洋洋的期盼，说不清是什么缘由。这个春天，同样孕育着熟悉的希望，这让我觉得是不是每年的希望，都是一样？是不是过去的希望还没有实现？抑或是幸福本应该是人生的一种标配，并不应该年年拿来改装？

那些看得见和看不见的地方，又都在萌芽，那些希望，都长得翠绿。

阳光不旧，日子常新。万物都在动态中平衡，又在庸常中变化。我喜欢透过纱帘的绿树，影影绰绰，让你猜不出它是热烈还是静美，就像它也猜不出我将在春日的哪一片绿草中放牧快乐。

我一直在平庸中追寻意义，却发现平庸也是一种朴素的意义。所以，在一个忽冬忽夏的春天，我决定拿出一点儿半新半旧的时光，来虚度浪掷！

弄好了花架，加了灰色和白色的木网格，把兰草和矾根种在同一个长白花盆里，浅淡优雅中的颜色在跳跃。一些美好，纷纷和春天一起到来。

春潮涌动，势不可挡。打开了阳光房顶的蜂巢帘，头顶蓝天，沐浴春阳，驱散荫翳，仿佛一切过去画乱了的生活，都可以擦除重来。

"旧时王谢堂前燕，飞入寻常百姓家。"燕子又回来了，衔泥啄草，把去年的窝又加大了一倍。我在燕子的精神感召下，爬到阳光屋顶，把树叶清理掉，又用水冲洗拖净，剩下的，就是在窝里等待星空。

春夜总让人舒适，在阳台上坐了一阵，夜风带着丝丝轻柔暖意，暂时没有了生活的杂乱，回归本真和简单。如日中天是一种状态，似月停空也是一种深情，那些星星，是多么干净！

春来了，更多与植物的节日有关。我喜欢植物超过动物，是因为植物的生命更顽强安静，这种默默的生长可以持续百年千年，而动物生命的热闹就像一闪即逝的火花。

春天，温柔和蔼，以最舒适的方式照顾着你的心情，但我总觉得生活美得有点缺乏真实感，躲在风和日丽背后的那些风雨如晦呢？难道这只是"楚门的世界"？

一下滑进了三月，气候越来越暖和了，好像有了夏天的感觉。

连三月都投奔了夏天，说明春天的珍贵和短暂。一些花也就只有一周左右的花期，看见花开算是缘分，大多数却是错过，不知不觉蓦然回首处，已是一地落英。人就是这样，留不住美好，却年复一年期待美好；没有回报，却日复一日支付着光阴。

微笑的人，每天都在内心守着平易，让自己的心灵开一两朵小花，他们主要不靠眼睛搜寻得失的风景，而是闭着眼睛守着内心的春野。如是，即使外面的世界花谢花飞红消香断，内心又怎会徒生一抔净土掩风流的遗憾？

编辑姐要我写篇卷首语，有关春天的，这类明媚粉嫩的东西貌似不符合我"重口味往死里整"的风格。我写了篇《春里春行》，有过期水果榨汁儿加点蜂蜜的效果，不求多有营养，但应该喝不死人。

春天是大自然给我的生命倒上的又一杯果酒，果然，它又一次把我灌醉。

夏

这个初夏，雨水太多，我还到外地躲了半个月雨。回来后，今天终于阳光直射，热辣重来。

说整就整，是重庆人的脾气；说热就热，是老天爷重庆分爷的倔强！因为它知道，任何鸳鸯锅都是丧权辱国般的妥协，微辣才是重庆最后的底线！

正当大家嘚瑟于今年凉快了一阵，貌似遭遇了猪肉解冻模式的时候，老天爷杀了个回马枪，直接调到了烧烤模式。我不解老天的用意，其实我们都是凡人，炼不出金丹，你又烤我们干啥？

不过我们还是见过些世面，几个美女跳出来应战了，拍了一个MV神曲《小火锅》:"你是我的小呀小火锅儿/就让你做我的粑耳朵/小面每天伴你早起/化身火锅滚烫自己……"嗯,我们重庆男人最具标志性动作的是大热天打个"光巴胴"(赤裸上半身)摇着蒲扇坐在路边烫火锅,现在蒲扇不摇了,换成吱吱呀呀的破电扇了。无论如何,我们自己就是火锅,比你更热,比热更烫,越热越火爆,越烫越有资格,老天爷,我们就是要让你当"粑耳朵"。

夏天终于亮出了它明晃晃的态度,火龙喷着热浪,赤日千里,大地火烧,水里的鱼笑了,感谢老天给烤鱼们报仇了。后来,嘉陵江的水也晒干了,那些在水里笑的鱼,也成了烤鱼。

准备去山上避暑,但肯定人多吧?我想象中,无数个脑袋都纷纷扎在林子里,无数个屁股却还露在林子外晒着。

最近游泳馆也没敢去,泳道全被放暑假的娃儿们占领了,还有很多不会水的家长也跟着在池子里泡着,顺便偷偷搓澡,只是不好意思拿香皂罢了。

苦瓜、老荫茶、冰粉凉虾、原始森林、山涧、瀑布、蛇、冰川、洞穴、古墓、空调、冰柜、贞子、寒冰掌、冷宫、余额……

建议你多想想这些关键词,可能会凉快些。

天热,只见城里的狗热得纷纷吐着长长的舌头,山上的狗却悠闲地在树荫下睡着午觉,这是狗和狗的差别;城里的人再热也不好意思吐舌头,这是人和狗的区别。

连续高温红色预警,前几天忘了浇水,有几盆花都成了柴火,还是多肉植物没心没肺地假装不渴,仍带着气死老天的婴儿肥。我每天清晨用伸缩水管把每个花盆灌一遍水,浇透,相当于让它们连喝带洗澡。

大地蒸腾着热气,人们用空调做结界,抵抗着热浪侵袭。人对夏天，总是赤诚相待，而空调制造出来的凉爽，总是那么不真实，欺骗得了身体，吓唬不了天气。大自然总是有道理的，它觉得冷热都是对你的磨砺，所以都是为你好。

不太喜欢空调制造的伪气候，常常半夜在凉台支个折叠床睡觉。竹下，石佛前，花草树木的罅隙透过点点星光，习习江风带着江水的甜味，月朦胧鸟朦胧山朦胧树朦胧水朦胧人朦胧，就连清晰的热，也开始朦胧起来。

虽然我最多只算是个"楼顶洞人"，但也很羡慕原始社会风餐露宿的生活，这只是我叶公好龙的想法，现代人的伪流浪，不一定非要在路上。

秋

秋老虎果真了得，立了秋，居然屁股比以前还烫，更是老虎屁股摸不得。本已向秋的心境，遇到酷热，更显落差。

十月，经历秋夏的拉锯厮杀，秋天的主力部队终于打败了残夏，气温陡降，细雨霏霏，情深深雨蒙蒙，像雾像雨又像风。生命隐隐感到了渗入骨髓的清冷，个体有了某种孤单，人们开始有了刀枪入库，马放南山，喝点小酒，进入冬眠的心思。

下雨下得有了秋的心情，又似乎没有秋的气质，秋雨中，总有一种蔓延的清冽，心里会弥开淡淡的忧伤。开车时狠狠地开了音乐，小提琴的音符如雨水落在车窗上，被雨刷一层一层地抹去，但始终抹不去雨的存在。音符又落在我心上，被心湖一滴一滴盛接起来，但始终盛不满幽深和空寂。

夏天不复再来，山上避暑的人也纷纷撤离，消失在不同的城市街道，仿佛从来就没出现过，大山深深吸了一口新鲜空气。好吧，让夏的残意逃离，装着从来没看到过它们。

晚上，躺在阳光房绿色的大沙发上，头顶的秋月透过一大片玻璃，将素净的霜辉洒在我的脸上身上，又铺满目光触及所有。夜阑人静，还有一些人在忙碌着，在看不见的秋天背后，调节着各自生活的温度，也调节着人生即时的心情。

这样一个清秋，一杯热茶、一方靠垫、一筒被窝、一抹书香、一部电影、一段迷梦，是很受用的事情。秋，或许就该是这样一种淡淡的付出和静静的收获。

最喜欢橘黄的灯光，冲淡了灰冷，描摹出暖意，让人感到虽万物萧瑟，但心的世界依然生机盎然。

经历春的希望，夏的热烈，秋天，是一种冷静，似乎开始面对自身，审视岁月的真实打算，又在思索中觅得值得珍惜的意义。人生之悲秋，其实不是消沉的缺失，而是成熟的拼图。

国家决定每年秋分增设"农民丰收节"，网友急问：放假吗？国家没吭声，心里嘀咕：碰瓷儿吗？你有农村户口吗？有宅基地吗？要什么假期呢？现在睡到鸡叫还是中午，不都是农民兄弟自己说了算吗？

我是秋的作品，生日在十月初，记得二十岁时曾写过一首生日诗："走进十月我曾高扬年轻的头颅/走出十月备感双肩负重/十月之外的日子蜂拥门外嘲笑我……索性猛一甩怒发让风卷愁云/一扬脖饮尽最后一杯残酒/打开门让所有的日子都进来/看我枯萎……"那时真是"少年不识愁滋味，为赋新词强说愁"。如今，庆幸的是我已不再哀叹什么"天凉好个秋"，而是可以带着淡然的微笑，平和从容地走进那道清寂的时光之门。

其实秋天不只是萧瑟阴郁，它又以金黄的颜色，给人生最鲜艳亮丽的画面感，凋落的黄叶，丰收的麦穗，都在这个季节里辉映。秋天以一种哲学的方式，展示着失去与成熟的关系，让人们在悲悯感怀中，有了坦然和镇定的获得。

秋天连接着夏天和冬季，它以"清火"的方式整理夏日的狂躁，又以清冷的凉意预告冬天的来临。

冬

所谓夏虫不可语冰，井蛙不可语海！孔子说，不和三季人说冬。而我今天与你们说冬，是因为我们大家都经历过人生的四季。

我国北方的冬天是枯黄萧瑟的，南方却有黑冷的绿，大多数冬景，比起卢森堡大峡谷那种温丽斑斓，少了放松和生动。

南方的冬天，室内室外都是阴湿的冷。我倒是怀念北方的冬天，那么爱憎分明，室外的风用刀子割你的脸，室内暖气马上又让你回归温暖的包围，一穿一脱都是极简单的程序，不像在南方洋葱一样剥了一层又一层。

一般以一场阴雨，宣告冬天的正式来临。寒意清清冷冷地渗透，生活热胀冷缩，日子缩小了一大圈。暖色的灯变得重要，在屋子里伪造着阳光的骗局。

下班又去游泳，外面凄风苦雨，进了游泳馆反而有一种温暖，水温也有二十多摄氏度。也就是说，现在在这里当鱼，比在岸上当人来得舒服。又幻想当年庄子和惠子站在岸上吵架的画面，什么"子非鱼""子非我""鱼之乐"……乱七八糟的，让人感到无聊！乐不乐，脱了跳下来试试水温不就知道了。

一入冬，山上比山下寒冷得多，我在季节里逆行，又跑到山上待了几天。还好家里有地暖，光脚踩在上面，脚心里升起温暖，独自去小镇上吃了一顿羊肉汤锅，感觉暖和多了。喜欢山上这无人的冷寂，给我宽大无边的自由，似乎没有人愿意停留在寒冷瘠薄之处，而我的心灵却为之彻夜欢乐。

有人说，南方人盼望下雪，如同等待一场艳遇。

南方盼雪，盼来的往往是淅淅沥沥的霜雨和冷冷清清的惆怅。很多人都希望老天来个干脆，直接冰刀霜剑乱劈，不要风言冷语折磨。而我觉得，一切不以下雪为目的的降温都是耍流氓！

但大多数时候，我们会错过下雪，在期盼中，气候慢慢变得暖和。人在大自然中，总是被安排的部分，所有生命的背景，都是自然的安排即时心情。

这一天一早醒来，终于看见了大雪。

一夜之间，世界突然变得明亮干净。这是这个冬季最坦诚清楚的告白，披上白雪的山峦和城市，娇嫩得像刚出生的婴儿，纯洁得像听不够的童话。

窗外银装素裹，对于南方人来说，是难得的景象。一切有关于雪的幻想就此铺开。

面对一片洁白，霸屏的是各地的尖叫。即使是周末，人们也不再冬眠，早早地起床，穿得跟屎壳郎一样的黑装，跑到雪地里滚雪球了。原谅南方人的疯狂吧，南方很少下这么多免费的雪。

雪覆在冬青上，几根枝条顶破雪茧，在洁白的上方展示着自我的嫩绿，原来破茧而出的梦想，都有着鲜明的色彩。

冬天最值得珍惜的，除了雪，就是冬日暖阳。它照在我身上，也希望照耀在那些需要阳光温暖的人心上。

阳光懒懒地敷在身上，渗进衣服，唤醒身心，鼻息中满是阳光的味道，如此柔软清新。冬日暖阳，仿佛是整个冬天最有意义的存在，看一抹煦暖调皮的阳光顺着格子门爬进来，又顺着楼梯爬上楼，我没有惊动它，却也无法捉住它。

守好这一束阳光，就像守好一束希望。生活最终连接着一个明亮的去处，眼前张狂晦暗的事物变得虚弱自卑，惊逃着四处躲藏。

冬日里让人备感美好的，除了雪和暖阳，还有梅香。暖阳不可多见，而梅香彻骨芬芳。家里插着梅枝，枝枝杈杈，疏疏点点，似刚直与柔美相遇。那香气弥散在冬日清冷的空气中，让寒冷孤寂的季节瞬间有了一种高雅的气质。

朴园蜡梅开得寂寞，平时也没人去细品，周末去折梅枝，蹭得一手暗香。狗在梅树下盯着我，它不理解人类浪漫的造作，更不懂"天山折梅手"的逍遥。我一边折梅，一边安慰树和自己："有花堪折直须折，莫待无花空折枝。"

冬天里的人们总是披星戴月、早起晚归，有形的日子仿佛只剩下灯火闪烁的城市和红彤彤的车流。而白天的忙碌，只是另一个时空的记忆。白昼很短，黑夜很长，这样的日子，过得平静而浪费。

整个冬天，我仿佛都在等待这一刻。

阳光濡湿了冰冷的大气层，渗入空气，像电热毯，慢慢地去湿加温，空气中慢慢有了一丝温暖的活力。

那是春的味道。

…………

附:

一个被文字偏爱的思想者

敬亭山

　　为了写这篇文章,我酝酿了近半个月。作为哑蝉的铁杆粉丝,我追随了他十五六年,感觉要写的很多,关键词都写满了一大页,但面面俱到蜻蜓点水等于什么也没说。闻书香可识人,文字是有能量场的,它会磁吸相似的人。我与哑蝉既是惺惺相惜的文友,又似志同道合的兄弟,所以,我想就作者的思想和文字特点来谈谈感受,同时,和大家一起来认识一个隐匿在文字背后的如歌灵魂。

　　毕淑敏曾说,每个人应建三间精神屋,盛放爱、事业和自己。2006年博客盛行,为了攥着开启心灵的钥匙,安放自己的灵魂,留下生命来过的证据,我和哑蝉一样,在博客上自建了精神小屋。

　　初识哑蝉,首先是因为博客的名字和作者的网名吸引了我,后来是独特的文字,再后来是文字背后的思想。能让我这样一个自由随性的人,花十多年时间,对其文字一直追随,必定是超越文字的灵魂吸引了我。这样一个灵魂,单纯而丰富,安静而有趣,让我忙碌易躁的心灵也不由自主放慢脚步,随之共振。

　　在作者前一部散文集《火柴天堂》里,可以看到作者思想情感的深邃透彻，以及驾驭文字的从容。而我这次有幸阅读了《野岸集》，更像是在享受一场思想家宴，这些涓涓流淌的哲思，如此平实而又亲切地抚慰味蕾，入脑走心。

　　作者是一个崇尚自然的人，文字清澈淡然，不刻意拔高，骨子里却有一种令人敬佩的境界的高度、视野的广度、思维的深度、思想的纯度、情感的温度、生命的厚度。加上他兼具诗人的气质，常赋予散文诗化的节奏韵律，所以文章整体更有灵动饱满的张力。这种文字的多维度美感，极像特殊人物出场时自带的背景音乐，具有很高的辨识度。

　　作者的文章需要细品，而并非浏览，读者安静下来，才能随之步入化境。他的文字就像王羲之微醺之下写就的《兰亭序》，自出新意，平和而又奇纵。他的文思自由流淌，瑰丽奇幻，信手拈来的隐喻俯拾皆是；意象又如苏州园林，移步换景，无论从哪一个角度，都能触发连绵想象，流连之间，又会对下一个拐角充满新鲜的期待。

　　我过去接触过作者的很多文章，至今仍有鲜活的生命力，久而偶读，仍会像初次看到一样有滋有味。这些文字又似长出无数条无形的触须，蜿蜒至读者内心隐秘之处，触碰到的，是大家日常忽略而又真实存在的神经末梢。这让读者暗自欣喜，因为大家会突然发现自己的灵魂并非早已睡死，或许只是心弦空置，庆幸仍能够被这些文字唤醒和撩动。

　　我想，一个人如果没有丰富的人生阅历和思想沉淀，是写不出这么多来自心灵深处的感言的，这是一种潜藏生命底层的力量，即使有的片段表面看起来挣扎凝重，也是源于思考的深邃，细心的人才会发现，这些文字的背后，总能透出丝丝光亮，恰似"乌云镶嵌的那道金边"，让人隐隐看到经历反思穿越风雨后的希望。

尼采说:"孤独,是因为站在了高处。"思维的孤独是最大的孤独,思想的优秀是最大的优秀。在我看来,一个人优秀与否,在于他有没有属于自己的独立思想和生活哲学。优秀的人都有一种不被世人理解而又能自控的孤独力,或许正是因为他有着独立的勇气,与众不同的思维角度,高维度的真知灼见和一针见血的洞察力。

孤独是个体生命的繁华,生命在孤独中丰富圆满。他这种喜欢哲学的人,活得清醒而痛苦,却又丰盈而幸福。或许每个人都有一个心灵的秘密花园,但只有少数灵魂自由的人才能抵达最深处,洞见人生来处的真实原彩,美丽或凋败的遇见,都是所得所幸。为此,我羡慕他,他是自己精神世界的君王,享受着"最高级、最丰富多彩以及维持最为恒久的乐趣"。

在他眼里,生活就是一本被打开着的哲学书,文学是表象,哲学是内核,似乎人生每一个角落里都藏有哲思,而每一处哲思都能够被他的文学温柔以待。

好的文字永远有画面感,哪怕是抽象的思想也能被具体描画。晦涩是哲学的特征,而作者总有奇思妙想,用精绝的隐喻和斐然的文采,给无骨无形的哲思撑起了合体的外衣。他就像一位魔法师,有着对文字特殊的调动能力,他的语言风格,似乎永远不会死气沉沉、循规蹈矩,即使思绪天马行空,灵魂却也不离人性大地。这种自由深彻的文字牧歌,让人难以模仿。

令人钦佩的是,作者文中的哲思并非影摹于书本,而大都是源于自己对生活的感悟,既贴近真实际遇,又常与先贤先哲的思想不谋而合。叔本华说:"思考比阅读重要,只有自己本身的根本思想才具有真理和生命力。"如此看来,作者的哲思一直在自主生长,如一棵不失土地之根,又茕茕孑立于生命高地的绿树。

他是一个被文字偏爱的思想者,是书山文海里流浪的苦行僧。他是世界上最想活得清醒的人之一。在精神方面,一直用近乎自虐似的写作来磨砺自己的心性,在光怪陆离的世界里踽踽独行,以求保持灵魂的澄澈清明。他说:"文字,是心灵的逃生舱。"在我看来,文字是他心灵的护法,写作对他而言像一个富有创造力的灵魂正在沙盘上推演着人生。

作者文中对于哥窑意象的描述,其过人之处在于能把思想的碎片拼成"哥瓷"般的艺术品,看似有层层叠叠的裂纹,却又紧致关联,精美绝伦,这是化腐朽为神奇的美丽证据,也是一颗心挣扎与自愈后的痕迹。

我比较相信命与名随,哑蝉的生命沉寂宁静,心灵却有着大音希声的骄傲;他的文字洁净、亮丽、华贵、大气,又有着生活醇厚的包浆,由于没有脱离思想和情感,所以再精美的辞藻在他笔下都显得那么真挚自然,毫无俗艳浮光,这番精美,亦如"入窑一色,出窑万彩"的钧瓷。

我觉得,《野岸集》是一本致敬成熟的书,也是写给正走向成熟的人看的思辨之书。文中有太多人生况味,但重要的不是得到多少结论,而是在一起享受从思辨到自悟的过程。"我来人间一趟,心藏诗和远方",他希望自己的文字不失人性之本,又有着大胸怀大视野和社会责任感。我理解他的纠结和释然,浸润着悲悯大爱的忧郁和善良,就是他灵魂自在的路途。

这个社会不缺少懂得享乐的生活家,却缺少生活中的思想家。生命延时的秘诀,其实就是放慢速度,审视内心,这才是对生命最深情的尊重和热爱。

有人这样评价刘震云:"他的幽默不停留在语言,而是识破生活的荒诞后,用幽默消解严峻和苦难的智慧,化铁为冰。因而,他的幽默不单薄、不回避。"我觉得这样的评价也适用于作者。"世界以痛吻我,我却报之以歌。"真正幽默的人总是自信、宽容、睿智、豁达和乐观的。王小波说:"什么样的灵魂就要什么样的养料,越悲怆的时候我越想嬉皮。"我觉得作者也是这样的人,有的文字看似自嘲和戏谑,本质上却是人生之海中搏风击浪的勇敢、坚强和智慧。文字是有性格的,在思想的领地,他孤独着自由着快乐着,嘶哑地哼唱着冰与火之歌。

他说:"我必须幽默,不然早深沉死了。"他的文字深刻却不刻薄,厚重而不凝滞,不羁只是表象,热爱才是内核。他有着男人的成熟持重,也有着男孩儿的嬉闹顽皮,我称之为"徐氏幽默"。文字里表现出来的有趣的灵魂,"像火炭上一滴糖吱吱作响翻腾不休",又如孩子的笑容一般治愈。或许只有懂他的人才会知道,这些嬉笑调侃,看似无关痛痒,却在自品多味;貌似无羁放弃,却是倍加珍惜。

作者是"走平衡木"的高手,工作与生活,痛苦与快乐,坚守与妥协,总能最终促成一种平衡,流诸笔端的都是生命的自然流淌。我感觉他的大脑像一口永不枯竭的井,源源不断地流出思想。他沉稳沉静,自由有趣,是一个活得真实的人,不刻意、不做作、不矫饰,理性思考,感性生活,以丰富多维的视角去审视世界和内心,身体入世,心灵出世,身处喧嚣,浑然不觉。这,才是生活的智者。

"如果你有一杯水,你可以自己享用;如果你拥有了一条河流,要学会与人分享。"作者出于心灵输出的需要,每日攒硬币一样写下心灵呓语,这是自度。当日积月累整理出二十多万字心灵感悟的时候,这样的思想就已经汇聚成了河流。这个时候,作者意识到不应该只是满足于成为"孤芳自赏的墙角的花",而应该与世人分享自己的哲思，寻找到更多和鸣。纪伯伦说："生命的意义，在于人与人的相互照亮。"是的，生命需要共情，灵魂需要光亮。这时候，文字也就具有了度人的责任。

"以手指月，指非月。"灵魂相似的人，才能看到文字中静静燃烧的蓝色火焰，读懂他的文章，需要有一定阅历和思想触悟的灵性。我感谢他的文字给予我的启示和陪伴，让我的心灵在生活的混乱滞重中，竟也生出了几分轻灵和释然。跟随这些思辨，跨越人生千山万水，又对前方燃起了更多的信任和希冀。

我不知道还有多少渴望心灵契合的读者，和我一样，与哑蝉远在天涯，又近在咫尺。愿我们都能解读这些文字的密码，汲取到彼此心灵的能量，在精神跋涉的路上，遇见最真诚的自己，又在这个迷茫的世界上，因对生命的热爱和不屈，而邂逅某种幸福……

2022年9月于杭州

（敬亭山，自由撰稿人。）